芥川龍之介と太宰治

fukuda tsuneari

福田恆存

講談社文芸文庫

目次

芥川龍之介と太宰治

芥川龍之介　I

一　文学史的位置について

写実は──その対象に現実社会を選ぼうとも、あるいは自己の生活や心理に取材しようとも──客観的な素材の確さをもって、その限界のそとにもれた精神の不安を支えようとするものであった。逆にいえば、自我の不確実性に対する懐疑が、現実と他我とを客観し、その限界にまで行きつこうとする努力によって、いちおうの慰撫と落ちつきとを与えられうるかぎりにおいて、リアリズムという技法が成立しうるのである。僕たちはこれによって現実の醜悪と通俗との限界をきわめ、その涯(はて)に自己を位置づけることを知った。また僕たちは自己の愚劣と利己心とを自覚し、これを完膚なきまでに剔抉(てっけつ)することによって、それから免れ、自己の安定をはかるすべを覚えた。が、写実の限界はここに尽きる。それは他のあらゆる文学上の流派や技術と同様どこまでも人間精神の発展と必然的な聯関を有するものであり、したがってリアリズム小説も近代自我の成長とその運命を共にしなければならない。

近代日本文学の宿命はさらに複雑であった。現実はもはやどうしようもないもの、解決の方途なきものとして捉えられていた。芸術家たることはみずから社会人たる資格を拋棄し断念することであった。しかしそれはフローベールの孤絶とはまったく異っていた。なぜなら西欧の社会的疾病は個人の孤立と敵対とをすら耐え忍び、その毒素の猖獗(しょうけつ)のはてに自然消滅するのを待つだけの根強い治癒力を包蔵していたからである。近代ヨーロッパの自然主義作家は瞬時といえども現実の凝視を怠らなかった。自己の否定を強いてくる現実の悪を監視し、それに甘んじて自己を否定せしめることによって自己の確立をはかったが、この逆手はわが国の自然主義作家のついに理解するところではなかった。当時、最高の技法として西欧に学んだはずの写実が容易に心境小説、私小説へと推移していったのも、彼等が自己の精神の必然としてリアリズムを把握していなかったからにほかならない。自己を生かそうとする執拗な努力が、その根かぎりのはてに見いだした現実の障壁ではない。現実はついに自己を容れる余地なきものとして、はじめから与えられた観念であってみれば、そのような自己否定が一種の安易さをたたえていたのも当然であり、その不自然な抑圧が自己の肯定と主張とに転じて行った過程も諒解されるのである。しかもなお彼等は積極的に現実にかかわろうとはしなかった。むしろ自己を容れようとしない、解決不可能な現実であればこそ、抑圧されたものの真実を主張しうるという、はなはだひねくれた事情があったのである。「自分のようなものでも、どうかして生きたい」という藤村の、いわばいじらしい自己主張もこの意味において正当に理解しえよう。

しかしとにかくわが国の自然主義作家たちは現実の抵抗を感じうる境遇にあったのに反し、その後の白樺派の人たちにおいては、現実ははるかに後退し、彼等の多くは自己の主張が容易に通りうる環境に人となった。のみならず、当時、日本の政治的、社会的発展が、それまでの自然主義作家たちの生活を色どっていた封建的残滓（ざんし）をさらに洗いたて、日本の個人主義を歪曲（わいきょく）されたままに完成せしめる段階に達していた。それにともない、白樺派の手によって近代人という概念が、同時に近代的意味における作家概念が、日本は日本なりの形において確立されえたのである。白樺派の作家達は強引に現実の切り捨てをおこなった。そのさい、彼等の基準となり、彼等をして現実を裁かしめたものは、新しい近代の人間観であり、芸術家の個性にほかならなかった。しかし、この揺ぎない自信に満ちた個人の背後には、はたしてヨーロッパの巨人が後楯（うしろだて）となっていなかったであろうか。彼等の信奉した人間観、文化主義、ディレタンティズム——これらことごとくはなんらかの支柱なくして可能であったろうか。たしかに彼等は当時の現実に対し一種の防波堤を築き、それあるがゆえに、そのなかに純粋に自我を完成せしめえたのであった。そしてその完成が彼等をして社会とそこに蠢（うごめ）く他我との卑小、俗悪を否定せしめたのである。二葉亭からさらに藤村、花袋の自然主義を通じ直哉、実篤の白樺派にかけて、その作品の年代的順位を通じ僕たちがなによりもさきに心をとどめるのは、個々の作家なり作品なりが一定の地盤の上に完成し閉じられたものとして存在するというより、その地盤を彼等が力をあわせて総がかりで築きあげているかのごとき感を与えるという事実である。いいかえれば、それまで日本にはなかった芸術家、乃至は作家という概念をば、彼等が西欧に学んだままにこの土地に移し植え、その風土にかなった生理において成長せしめんがために、懸命な努力を払っている姿である。が、それは目標に向う試みであるよりは、むしろ出発点を確立しようとする摸索であった。

しかしながら、この努力が誠実と情熱とを賭けたものであったにもかかわらず、いや、むしろその誠実と情熱とのゆえに、結果としての錯誤は大きかったのである。彼等は近代ヨーロッパの芸術家概念を当時の日本の社会的現実のうちに持ちこみ、そこに当然生ぜざるをえなかった芸術家と社会人との、芸術と社会との、この両者の対立と乖離（かいり）とに処して、あくまで舶載の芸術家概念を基準に社会を裁こうとしたのである。彼等にあっては、芸術と社会との対立は、そのまま理想と現実との対立として受け取られた。ここにあきらかにその信奉する芸術家概念としての理想は、いかに悪と矛盾とに満ちていようとも明治日本の社会的現実との交渉を通じてこれを解決せんとする意慾から自然発生的に生じたものではなかった。もちろん、あらゆる理想は他から与えられたものである——が、それが現実とのあいだにもつ間隙の幅が問題なのだ。この間隙が一定の限度を越すとき、人は現実に対する意欲を失う。与えられた観念に対する情熱と誠実とが大であればあるほど、彼はその忠実さのゆえに現実を切り捨てねばならない。ここに至って、僕たちの先輩達は独特の倫理を編みだしたのである。

それは一種の動機論であろうか——現実にかかわり、これを解決しうるか否かによって彼等の努力の真実性が決定されるのではなく、現実においていかに敗れようとも、むしろその敗北の姿が傷ましければ傷ましいほど、かえって彼等の情熱は詩神の眷顧を忝うすることとなった。現実に対して無力であること、現実がついにどうしようもない障碍であること——このことは作家の求道心の真実を試すのにかえって都合のよい試金石とさえなった。彼等の関心は現実そのものではない——芸術に対立するものとして教えられた手の施しようのない現実という固定観念は、彼等を導いて、それが動しえないものである以上、自分たちの真実を賭けるのは、ただこの障壁として現実に対する心の傾きそのものを措いて他にないとまで信ぜしめるに至った。

まずなによりも芸術家になること、芸術家らしい生活を営むこと、現実社会に対して芸術家でなければもちえぬ判断力を養うこと——いわば出発点としての地盤を築くことが作家の目的であった。彼等は詩神に猜疑(さいぎ)の眼を向けられさえしなければなにも恐れるものはなかった。結果は、もはや取返しのつかぬ現実喪失として現れた。この意味において、志賀直哉は日本における最初のもっとも近代的な作家であり、一途に現実喪失へと下降して行った近代日本文学史において、強引にその下降を喰いとめた積極性はどこに見いだされるかといえば——はなはだ逆説めくが——現実喪失をあえて恐れなかったばかりでなく、かえって現実を大胆に追放したところに、強度の現実性を確保しえたことにある。敵の踵をかむようにして追跡をかさね、しかもついに捕ええぬ不安と小心とを小うるさく思い、追うことをやめて立ちどまり、そこにじっくり腰を落ちつけてみたものの眼に、いまや見えるだけのものが見えはじめたのである。彼は見るために自分の体を動かそうとはしない。動かずにいて視界にはいってくるもの——それを現実と見た。志賀直哉のリアリズムとはそういうものであった。すなわち、彼は慾をすてて、万能性のかわりに確実性を獲得したのである。遁走する現実を抛棄したがゆえに、ここに傾きの倫理は垂直の安定を得たのであった。

芥川龍之介の芸術はあきらかにこのあとにつづくものであり、しかも終生、直哉に羨望を禁じえなかった彼は、ついに直哉の態度を自己のものとはなしえなかった。彼は自然主義作家と白樺派とが築きあげた地盤のうえに立ちながら、同時にこれに疑いの眼を放った。それは一種の芸当である——不安を不安のままに、傾きを傾きのままに定着せしめること、この意図のもとに芥川龍之介の作品は生れた。彼は近代の作家概念にいちおうは信従しながら、しかも自己にはそれを禁じようとした。当然、あらわな自己主張は彼の好むところではない。なぜなら自然主義作家や白樺派の人たちによってほとんど神格化されていた近代的人間像としての芸術家の自我に、芥川龍之介はそのような素朴な尊信を懐くことができなかったからである。他我を受け容れる柔軟な神経の持主であった彼は、自己のうちの社会人の常識をして、芸術家の孤立と倨傲とを疑わしめた――彼はなにより虎の威を借ることを恐れ慎んだのである。世間人に対して謙虚ならんとする彼は、のみならず芸術家の純粋性をもって、自己のうちの俗物を否定せしめんとした――彼は彼に先立ったなんぴとよりも詩神に忠実だったのである。かくして彼の現実喪失はますます深刻化することとなった――なぜなら彼はすすんで自己の実生活を社会人の常識をもって平板化せんとしたがために、己れ自身の現実をすら喪失することとなったのだ。ここにあきらかに一歩後退がおこなわれた。傾きはいっそう激しいものとなった。

彼の真実を疑うものは、いまや詩神のみではない、現実が、社会がこれを猜疑するのである。現実はかならずしもどうしようもない、解決不可能の存在ではなくなった。それは芥川龍之介にとって二つの意味をもちはじめたのである――すなわち、現実は開かれたものとして社会人たる彼に妥協の義務を要請し、一方、芸術家たる彼にはますます固く門戸を鎖すのである。それに照応して芸術もまた、彼を容れるものとして、同時に彼を卻けるものとして現れる。彼はもはや、自然主義作家のように現実に対する傾きそのものに安んじて自己の真実を賭けることもできなければ、といって白樺派の作家のように明快に現実の切り捨てをおこなうこともできない。彼はいまや社会的現実ではなく自我そのものの現実に対する傾きに真実を賭けるのである。なんらかの別な方法が必要であった。ここに芥川龍之介の比喩の文学が成り立つ。

二　比喩について

比喩とはなんであろうか。それはあきらかに象徴と写実との中間に位する。芭蕉の句や象徴派の詩の最高のものは、素材に頼りつつも、これを否定して事物の本質へと人を誘う。写実はあくまで素材の限界を守り、この境界線を人の越えることを拒絶している。が、比喩はそのいずれにも徹底しえない。「車軸を流すような雨」といったばあい、僕たちは車軸と激しい雨と二つの観念を聯合しなければ、その話手の意図を諒解しえぬのである。象徴と異り、それは形状のかなたにまで及ぶことはできない。僕たちはこの比喩的表現において、「車軸」にかそれとも「雨」にか、そのいずれに強声が置かれているのかを断定しえぬのである。話手が雨を語ろうとしていることはあきらかである――が、僕たちが「雨」の観念に到達するためには、「車軸」の存在が邪魔だてをする。写実とはまさに反対である。そこには結果として、また原因として、一種の現実喪失がある。僕たちの想像は「車軸」を離れて滑かに「雨」のうちに移行し沈潜しえぬのである。比喩の生命はこの観念聯合のおもしろさにある。いわば二つの観念の結びつけに興味があるのであり、したがって両者を同格に成立せしめるものであるが、しかもここに見のがしえぬことは「車軸」という既成の権威に頼っているという事実である。

そこで人は比喩を語ることによってある種の奸計をもくろむ。なぜなら比喩は比喩なるがゆえに、あくまで己れを表白するものではない。同時にまた、比喩は比喩なるがゆえに、語られた素材そのものを表現するだけにとどまるものではない。比喩によって自己を表現せんとするものは、そのあいまいな境界線の上に立っていて、相手の出方一つで右にも左にも随意に自己を移し置くことができる。同感者に出会えば襟をくつろげ、安心して自己を語りだす。抵抗を意識すれば表情を硬くして自己を韜晦(とうかい)する。いわば自己主張と自己韜晦との相反した心理の織りなす微妙な表現形式――それを僕は比喩と名づける。まことに卑怯な方法である。が、この中間的性格に比喩の宿命的なアイロニーがある。

しかし、人はなぜ比喩を語らねばならぬのであろうか。イソップや黙示録作者の比喩はいうまでもなく当時の支配階級の強権に対するカムフラージュであった。俗物を戯画化する諷刺家のひそかな喜びはこれを無視できぬ。それにしても醜悪な容貌をもった佝僂(せむし)の奴隷にとって――肉体的にも社会的にも自己を葬るべく運命づけられた男にとって最後に残された自己主張の手段は、動物という既成の無害な存在を借りきたって比喩を語ること以外になかったのではあるまいか。また、異教徒たる征服者にそれと気づかれずに報復の夢を語るために無力な狂信者は不可解な隠語を用いたのではなかったか。とすれば、僕たちはこの二つの例から比喩を語らねばならぬ事情を理解しうるのである。それはたしかに奸計であるにはちがいない――が、もし精神がなんらかの理由によりその表現を阻まれているとき、しかもなお己れを主張したいと欲するならば、比喩を語るということのほかに人はなにをなしうるであろうか。強権は表現を封じる。しかし、世にはより本質的な表現不能が――ほとんど創造の源泉を涸すがごとき障碍との出遭いがある。外部的な偶然的な事情ではなく、時代の宿命が、そしてまた性格の必然が人をして比喩を語らしめる。芥川龍之介のばあいがそれである。彼は表現の権利と資格とに対する懐疑にたえず自己を脅かされていた。

僕たちが静かに自分の生活を顧るとき、つぎのような虚脱のひとときを経験することがないであろうか。一日を我の鬩ぎあいのうちにすごし、ひとびとの軽蔑や嫉妬や排斥のために自己の欲望や情感を根こそぎ否定されて戻って来た僕たち自身の姿を、薄暗い書斎のなかに見いだすことはなかったであろうか。そんなとき僕たちは胸に恨みを秘めて、実生活において否定された自我をなんらかの方法で生かさんことを想う。社会悪や他我のエゴイズムというどうしようもない現実に拒否された自我は苦しまぎれに芸術に救いを求める。僕たちはこの最後の拠点によって反撃をこころみようとする。僕たちの精神は実生活にか芸術にか、そのいずれにか表現の道を見いださなければ、ついに正当化される機会を失ってしまうのだ。が、精神は自己主張に優越者の責務を課する。ところで実生活においてみじめにふみにじられた自我の、いったいどこに優越者のおもかげを見いだしうるであろうか。薄暗い憂鬱と不満とは、所詮おなじ抑圧されたエゴイズムの表情ではあるまいか――と覚った瞬間、僕たちはあえて自分自身を徹底的に否定しようとする。己れのエゴイズムを扼殺し、かかる醜い本能のうちに棲む精神の卑小陋劣をも嫌忌し厭離したい想いに駆られる。なぜなら僕たちの背後には歴史を形づくる巨大な精神の峰々が聳え、人間の達しうるかぎりの最後の限度を示しているではないか。その脚下に僕たち下賤の俗根がぶざまな蠢きを見せているのだ。しかも巨峰は己れを憧憬する俗物一切を否定し蹂躙し去る。歴史と血統とが――芸術さえもが僕たちの生存を嘲笑し、僕たちの小生意気な自己主張を許そうとしないのだ。いまや過去のこころみもすべて徒労に終ったのではなかろうか。一切は拒絶され、精神の一つの在り方は闇から闇へ葬られてしまうのではなかろうか。このとき自分の精神も肉体も、意識も日々の生活も、まるで他人のそれのようにどこか遠くの涯に退いていくのを感じる。

この場所に創造ははたして可能であろうか、僕たちは沙漠のなかにいるのか、それとも泉のほとりに立っているのか。芥川龍之介の表現はここから始っている。自己の実生活がつぎつぎに彼の精神を裏切って行くのを感じたとき、彼が頼ろうとしたのは芸術であった。だが、その芸術的表現をさえ彼の精神は不可能にしたのである。なぜなら、精神は表現されるためにかならず肉体を必要とする。怜悧な妥協なくしては、いかなる精神も表現をもちえぬであろう。が、実生活において妥協を知っていた芥川龍之介は、表現の素材として役だちうるようなあらゆる肉体的表情をみずから抹殺してしまっていた。それは彼がなによりも自己との妥協を恐れたからにほかならない。いや、彼の実生活における妥協こそは、自己との妥協を避け、たえず自我の純粋にいようとするための賢い手段でしかなかった。このように妥協を忌み嫌って不断に昇華をこころみんとする精神――いいかえれば、自己の安住する実体的な素材を見いだしえぬ精神というものは、自己主張としての素朴な芸術的表現に不満を感じてやまないものなのである。これは彼みずからが「永遠に超えんとするもの」と定義した聖霊でなくしてなんであろうか。ここに僕は彼にまねて一つの系図を考えてみる。――フリードリヒ・ニーチェ＝トーマス・マン＝アンドレ・ジッド――いや、やめよう、もしこれに芥川龍之介の名を加えれば、人はおそらく僕の稚気に苦笑を禁じえまい。当然である、僕は日頃から日本の作家を語る文章のうちに西欧の作家の名を記することに寒々としたみじめさを感じている。なるほど芥川はよくゲーテ、ストリンドベリ、トルストイ、ボードレールなどの名を口にしていた。しかし彼がこのみじめさを、このアイロニーを理解していなかったはずはない。理解していたればこそ自己主張を封ぜられ素朴な表現の道を失ったのではなかったか。が、そういう彼もときにふてぶてしく反逆する――「僕を咎むるにゲエテを気取るものとすること勿れ。僕はゲエテのみならず、多数の前人を気取るものなり。」この言葉はそれ自身アイロニーの響きを伝えているではないか。

僕はすでにイソップについて語った。ギリシア彫刻の美に取り巻かれながら、奴隷の境涯にあって肉体的不具を宿命づけられた彼は、いかにすれば精神主義者にならずにすんだであろうか。寓話を語ることに彼の自我の矜恃をかよわせたことは必然ではなかったか。彼の生活を否定したものに対する痛烈な批判を比喩に託すること以外にどんな方法が残されていたか。一切の生活が拒絶され、数十篇の寓話が残った。この比喩のかげに隠れて作者の精神は実に倨傲である。「あらゆる批判の芸術は謙譲の精神と両立しない。就中僕の文章は自負と虚栄心との吸い上げポンプである」と芥川は書いている。しかし「西方の人」を読んで、芥川龍之介のうちにみずから神やクリストに擬したい気取りを看取するものがあるとするならば、すくなくとも僕はそういう批評に共鳴することができない。芥川自身なによりもそうした批評眼に警戒していた。この警戒に僕はとくに注目したい。なぜならそこに比喩的方法が成立するからである。

クリストは比喩を話した後、「どうしてお前たちはわからないか?」と言った。

（「続西方の人」十五　クリストの歎声）

芥川龍之介がかほど巧みに比喩を語った例を僕はほかに見いだしえなかった。彼に気取りと虚栄とをしか看取しえぬ人々はクリストに狂気をしか見なかったパリサイの徒である。狐や烏を比喩としたイソップは彼から見ればまだしも幸福だったかもしれぬ。狐や烏について語っているかぎり、人は気取りを疑われずにすむ。が、クリストに自己を託するに至っては、その稚気を軽蔑されるのみか、常識人の激怒を買っても致し方ないのである。常識は彼の所業をいちいち滑稽な鵜の真似と見なすにそういない。芥川龍之介はかかる公式主義に備えてまた一つの比喩を語っている。

　クリストの一生を背景にしたクリスト教を理解することはこの為に一々彼の所業を「予言者X・Y・Zの言葉に応(かな)わせん為なり」と云う詭弁を用いなければならなかった。のみならず畢にこう云う詭弁の古い貨幣になった後はあらゆる哲学や自然科学の力を借りなければならなかった。（「続西方の人」十二　最大の矛盾）

たしかに気取りとはこの詭弁の心理学的、乃至は精神分析学的解釈でなくしてなんであろう。もちろん、僕はつぎの一節を読んだのちになおかつ虚栄と気取りとをいうものがあるとすれば、それもまた一つのアイロニーとして同情するに吝(やぶさ)かでないつもりだ。芥川は遺稿の一つにこう書いている。

彼（丈艸）には彼の家族は勿論、彼の命をも賭した風狂である。（中略）けれども僕の信ずる所によれば、そこに僕等を動かすものは畢に芭蕉に及ばなかった、芭蕉に近い或詩人の慟哭である。

（「続芭蕉雑記」三　芭蕉の衣鉢）

イソップの比喩とした動物たちは作者を否定しはしなかった。しかし芥川龍之介はただに民衆の嫌疑のみならず、たえず彼自身を否定するクリストの声を恐れなければならなかった。血統それ自身が彼を拒絶しようとしている。しかも彼はみずからもその資格を疑っている血統にあえて参与しようとする。芥川龍之介が比喩を用いる必要をもっとも強く感じたのはこのときであった。彼は表現の終るところに、ひるがえって表現を意思した――比喩を語る以外にもはやいかなる方法も残されていない。

僕たちの精神は外部からの拒絶に遭ったとき、いつかその憂鬱のうちに親近を探し求めに行く。この親近において僕たちはすべてを許し、また己れのすべてを許してもらおうとする。すべてを許し許され、自己確立の保証を得んとするのだ。が、拒絶は内部からやってくる。精神はただに親近を求めてそのなかに保証を得ようとするのみではない――内部からの拒絶はこの親近感のうちに、それが強ければ強いほどかえって同時に疎外を感ぜしめる。「畢に芭蕉に及ばなかった、芭蕉に近い或詩人の慟哭」という言葉はここに成立する。芥川龍之介の実生活は彼の精神的意図を拒絶する。あえて一つの風波も立たしめまいとした教養人の平板な生活の裏に、人は無慙（むざん）にふみにじられた激しい精神のうねりを見ないのであろうか。彼は常識のかげに自己の精神的宿命を捩（ね）じ伏せてしまった。また彼は過去の歴史のうちに聳えている巨大な精神を仰望しつつ、たえず自分自身のうちに香具師（やし）のうしろめたさを感じていた。この上からと下からとの二つの拒絶が彼を襲ったとき、彼は逆に刃向って芭蕉を大山師と呼び、みずから「ゲエテを気取る」「自負と虚栄心」を人前に発（あば）き投げつけるのである。親近に疎外を感じる心——これこそ自己主張と自己韜晦とに綾なされた比喩のものをいう場所にほかならない。比喩はひとすじの親近にではなく、かえって疎外に成り立つものではなかったか。いや、閉め出されたものとして疎外を感じたればこそ、親近に比喩を語るのである。

それにしても、比喩を語るものはついに現実喪失のいらだたしさから脱却することはできない。たとえそれがみずからあえて志した道であったとはいえ——そしてその結果として比喩を必要としたものではあったにしても、その歎きに変りはない。芥川龍之介は実生活において自己の精神的真実を託しうるような肉体的表現をことごとく抹殺してかかった以上、既成の権威に借りざるをえなかったのであるが、このさい彼の身分証明として実生活に行動の肉づけを欲したのは、誰よりも芥川龍之介自身にほかならなかった。が、社会人としての彼はあくまで日常生活の平板化、常識化を意図した。彼以前の作家たちが徐々に社会的現実を喪失して行ったうえに、ついで自分自身の現実をすら喪ってしまったとすれば、彼としてこの一層激しくかしいだ現実への傾きに自己の真実を賭けるほかはなかったのであるが、ここに至ってはもはや写実の力の及ぶ限度をはるかに越えてしまったものといえる。それゆえにこそ比喩の芸術が、といえば果しのない循環論法に終る。

彼は……「譬喩」と呼ばれている短篇小説の作者だったと共に「新約全書」と呼ばれている小説的伝記の主人公だったのである。……クリストも彼の一生を彼の作品の索引につけずにはいられない一人だった。（「続西方の人」十三　クリストの言葉）

ここに僕たちはついに伝記の主人公たりえなかった芥川龍之介の無念と孤独とを理解しなければなるまい。彼は自己の真実と高貴とを承認せしめるにたる証拠物件とてはなに一つもっていなかった。気取り屋が身分証明書なしに闊歩しうるためには、その作品にとって百年の歳月が必要であろう――時が比喩を語るものと比喩に用いられたものとのあいだに橋をかける。が、それまでは彼は無念と孤独とに耐えねばならない。僕はここにデンマークの王子を想い起す。彼は死の直前親友ホレイショーにむかって三たびも「事のここに及びつる始終の仔細」を世に語り告げるよう頼んでいるではないか。世人の誤解を恐れるハムレットの心情は理解するに難くない。僕は芥川龍之介の遺稿数篇のなかにハムレット自身さえ自己の真実を信じきれなかった。いや、彼の無念はそこにとどまらなかった。芥川龍之介の無念を読みとるおもいがする。

ものの悲劇であった。彼は自己の無念にすらかならずしも安住しえない。それは索引として附するにたる現実を喪失せる自意識ではない。はなはだ近代的なストイシズムであるといえよう。これはたんなるの人」においてひそかに自己の伝記の製作を企てながら、それすら比喩的方法を用いずにはいられなかった彼である。たしかに自意識ではない――かほどまでに自己の真実にいようとする心は、高貴なるものへの憧憬のうちにも自己の限界を衛ろうとする純情にほかならない。が、この純情のつつましさは自己の情感を――いや、なによりも純情の存在を気づかれることを恐れる。けだし、直接法で語ることを嫌う羞恥心こそ、比喩の基調をなすものであるかもしれない。とすれば、索引の喪失は比喩の文学の完成にますます効果あらしめるものといえよう。

三　風景について

芥川龍之介を想うたびに僕の記憶に浮びあがる一つの風景がある。ある百科事典の抜書――

青木ケ原、富士山麓山梨県側にある大森林地帯。一名樹海ともいう。西湖、精進湖、本栖湖畔から上方大室山の附近におよび、全地域六十二平方粁。貞観六年、富士噴火の際、流出せる熔岩帯の上に生じた森林。針葉樹、闊葉樹混淆の密林にして、上樹下木生い繁り人跡未踏の神秘境である。樹木のかく密生せるは、土地が一面に熔岩で、多孔質のため、よく水分を保留し、かつ容易に崩壊流失せぬゆえ、植物の著生繁茂に好都合なのである。密林内は磁石まったく用をなさず、自然枯れの樹木倒れて蛇のごとく横たわり、起伏せる熔岩には苔蒸して、在来神秘視せらる。もと帝室御料地なりしが、明治四十四年山梨県に御下賜。禁猟地。

樹種＝（針葉樹）あかまつ・とが・もみ等。
（闊葉樹）はうちわかえで・いたやかえで・うりはだかえで・ぶな・いぬぶな・りょうぶ・まゆみ・にしきぎ・やまざくら・ぬるで・やまうるし等。
（下草）しだ、その他の陰地植物。

この樹海のなかを吉田から精進を抜けて一筋の県道がとおっている。僕は幾年かの夏、バスに揺られながら、毎年くりかえされる車掌の判でおしたような説明をききながら、この海抜千米にちかい高原を往復した。都会に生れ都会に育ち、自然に対してはなはだ冷淡であった僕も、この樹海の風景のうちには僕自身の情感をこめることを覚えた。

この密林に繁茂する樹々は豊沃な土地をもたなかった。どの幹もあの黒々とした逞しさを恵まれず、枝は養分の欠乏に苛だち、暗い情熱に全身をくねらせて、みずから作った蔭のうちから日光のわずかな恩恵をつかみとろうとしているかにみえる。根は硬い岩の抵抗にあって絶望的な裸身を露出している。僕は幹の下部と佶屈した根との表皮に白っぽい苔様の斑点を見いだしたとき、事実、自分の腰から足の裏にかけて異様なむずかゆさを感じさえした。しかも、頂きにちかい薄緑色の繊細な葉は高爽な大気を吸って、燦々とふりかかる日中の陽光に戯れ、微風に清らかな囁(ささや)きをつたえていた。あたりには陰鬱な焦躁と清潔な矜恃とが漂うている。樹海は欠乏のうちに生命の豊富を意思し自己の暗い素姓を羞恥しながら、しかも倨傲な憧憬を語っている。人が秘密を探りにその密林に分け入るならば、二度と引き返すことはできぬといわれてきた。僕は樹海に透明な秘密を教えられ、静謐(せいひつ)な焦躁を知った。

これは芥川龍之介の精神的風景でなくしてなんであろうか。彼はかの原始林とおなじように、他人の跋渉を峻拒する。のみならず、みずから自己の肉体と情熱とを羞じ、その秘密を闇に葬ろうとこころみる。己れの体臭を抹消しようと努めた彼の芸術は、樹海の樹々のように汚れた体臭を去って、その上空はあくまで澄みきっていた。そのかわり彼の自己抑圧を裏切るように、激しい屈折をもった文章が残った。僕は気負った彼の文体に理智の輝きのみを見てすごすことはできない。あの奥には磁石の用をなさぬ暗鬱な情念の秘密地帯がある。芥川龍之介がアナトール・フランスの高邁な知性のかげに眠っているパン神の野性をのぞきみたとき、あの悔恨の述懐が、己れ自身のうちに手の下しようのない動物の存在を眺めていなかったはずはない。ただ清潔な矜(ほこ)りがそれを蔽っているだけにすぎない。

彼は「或阿呆の一生」を書き上げた後、偶然或古道具屋の店に剥製の白鳥のあるのを見つけた。それは頸を挙げて立っていたものの、黄ばんだ羽根さえ虫に食われていた。彼は彼の一生を思い、涙や冷笑のこみ上げるのを感じた。

（「或阿呆の一生」四十九　剥製の白鳥）

彼は唯薄暗い中にその日暮らしの生活をしていた。言わば刃のこぼれてしまった、細い剣を杖にしながら。

（「或阿呆の一生」五十一　敗北）

樹海に、澄明と暗黒とを、意思と貧困とを、そして憧憬と虚勢とを知ったものにとって、これらの文章はけだし一つの暗合である。が、過去におけるあらゆる直接法的表現に自己を託しえなかった芥川龍之介が、比喩的方法によって目ざしたものこそ、じつにかかる精神的風景画の完成にほかならなかった。いや、樹海はおそらく彼にとってたんなる暗合ではなかったにそういない。僕は「或精神的風景画」と副題された「大導寺信輔の半生」の最初の一齣（ひとこま）を想い出す。

本所の町々はたとい自然には乏しかったにもせよ、花をつけた屋根の草や水たまりに映った春の雲に何かいじらしい美しさを示した。彼はそれ等の美しさの為にいつか自然を愛し出した。（中略）荒あらしい木曾の自然は常に彼を不安にした。又優しい瀬戸内の自然も常に彼を退屈にした。彼はそれ等の自然よりも遥かに見すぼらしい自然を愛した。殊に人工の文明の中にかすかに息づいている自然を愛した。

（「大導寺信輔の半生」一　本所）

芥川龍之介はあきらかに彼自身の精神的風景を意識していた——その貧困をきわめたうしろめたさと醜い情念とともにその哀切のこもった美しさをも。ここにあらゆる羞恥にもかかわらず、彼の表現への希望と意思とが起ち上る。

僕はふたたび芥川龍之介の歩んだ道にそって、表現というものの本質を考えてみなければならない。表現とは自己の限界を踏み越し、より大きなもの、より高いものに自己を合一せしめんとする慾望であり、このかぎりにおいて芥川龍之介の「永遠に超えんとするもの」である。表現は横に拡り、自我を他我に順応せしめ、あるいは他我を自我に同化せしめることの可能を予想している。表現の心理的根柢には、人智の、人間精神の、一致を夢みる文明の意思がひそんでいる。それはさらに人間が自然を、いや人間が人間を理解し征服しうるという思想の前提のうえに成り立つ。自我の秘密を他人に伝え、他我の心をのぞきみることができる、と——そう十九世紀のリアリズムは僕たちに信じさせてきた。最高の表現方法として考えられてきたリアリズムは、このような楽天的信仰のもとにその勝利を誇り、しかも、ほかならぬその楽天思想のゆえに敗北を喫せねばならなかった。

自己の限界を超えんとする意思がさきに表現を可能ならしめたのであったにもかかわらず、それがまた「永遠に超えんとするもの」の当然の宿命として、不断の昇華のうちに、たえず表現に裏切りを感じるのである。人は人間が人間を理解することのむずかしさを、個人と個人とのあいだにはいかなる架橋も不可能なることを、身に沁みて味わわされずにはいられない。この意味において、羞恥とは自己を超えねばならぬ義務を負わされつつも、やはり自我の限界を、さらに人間の限界を知り衛ろうとする心にほかならない。それは文明に対する理智の楽天的信仰とは逆に、自己のうちの動物的なるもの、野蛮なものの存在に気づいた心が、ひたすら自己を閉じようとするのである。羞恥は表現とは道を通じていない——羞恥はあくまで表現を嫌い、他人の窺知を拒絶する。それは自己の孤独に閉じこもり、狭く深く沈潜しようとこころがける。かの楽天的な理想主義とは逆に虚無と厭世とに通じている。芥川龍之介が「永遠に守らんとするもの」と規定したものこそ、この羞恥感情でなくしてなんであろう。が、さらに「永遠に守らんとするもの」の羞恥は、自己の真実にいる確さから、おのずと表現さるべき実体をはぐくむのである。ここにふたたび「永遠に超えんとするもの」が羞恥を押しのけて現れる。このような二律背反と、しかもその両者をつなぐ同一性とが、前章で僕がアイロニーと呼んだものの底流をなしていたのであった。

芥川龍之介の比喩によって描いた風景画が貧困をきわめたのは自然である――彼は自我の真実の貧困に表現の苦渋を感じていたのだ。青年時代の自分を顧て彼はこう書いている。

のみならず信輔の「えらいもの」は「芸術的」をも第二の条件としていた。彼はその為にあらゆる情緒をインクと紙とに表現しようとした。しかしそれも困難だった。あらゆる情緒は穀物のように彼自身の中に積まれていた。少くとも積まれていた筈だった。が、ペンを執って見ると、紙の上へ髣髴出来るものは感歎詞の外に何もなかった。しかしそれはまだ好かった。彼は今度はありのまま見聞を書いて見ようとした。が、この試みも失敗だった。彼には一匹の犬の姿も、或は二人の学生の電車の中に話している容子も満足には文章にならなかった。彼は二度目の失敗に失望――と言うよりも驚嘆した。実際こう言う表現的陰萎は彼自身にも意外な発見だった。信輔はなお念の為に友だちをふり返った。すると彼等は——彼等の二三は殆ど表現に苦しまなかった。彼等のペンは紙の上へ続々と文章を綴っていた。彼は彼等を嫉妬するよりも寧ろ彼自身に憤りを感じた。若しこの表現上の才能も全然彼に欠けていたとすれば、畢竟彼の大望の全部は夢に了るより外はなかった。それは当時の信輔には悲劇以上の悲劇だった。（「未定稿・大導寺信輔の半生」空虚）

僕たちはこの文章のうちに、芥川龍之介が自分の「表現的陰萎」の苦痛を自覚していた事実を、そしてほかならぬその点から意識的に自己の芸術を意思しはじめた事実を見のがしてはならない。自己の限界を知り守ろうとする羞恥心を前にして、自然主義的、乃至は心理主義的芸術方法は単なる「感歎詞」のほかにはついに餌食とすべき素材的内容をどこにも見いだせなかったのである。「感歎詞」は内容ではない——内容を捕捉し、内容に頼りながら、しかも内容を棄却する形式である。芥川龍之介の描いた風景画においては、内容ははるかに後退し、色彩と線とが彼の心理的陰鬱を物語る。もちろん漱石に傾倒し、その系譜を自任していた彼であってみれば、心理主義的表現法を避けたのは、人間心理に対する洞察力の不足していたためではない。まさにその逆である。漱石がその心理主義のはてに見いださざるをえなかった精神の不安定と自我の虚妄とが、すぐれた心理家であった芥川龍之介をして、心理主義の無力を感ぜしめ、その直接法的論理に安易と虚偽とを見ぬかしめたのである。この虚偽に対して彼のうちなる詩人の純情が羞恥を覚えるので、さらに純情は純情それ自身を羞恥する。形式が形式を羞恥し型取ろうとする。

芥川龍之介を理智主義者とする迷妄がある。このような通説は彼の作品の一つ一つに気のきいた主題を読みとることを教えてきた。彼等は歴史に近代人の心理をかよわせた解釈学派として彼を遇する。幼稚な読者は芥川龍之介の作品の解りよさを愛し、成長期の魂は逆説的な自意識と近代的な人間観、倫理感とに自己の投影を見て楽しんだ。また自然主義の亜流は彼の現実解釈を浅薄な常識として非難し、その乳臭と白き手とを軽蔑することしかしらなかった。よき意味にせよ、あしき意味にせよ、芥川龍之介は一個のスタイリストとしての位置しか与えられていない。彼を愛するものと軽んずるものとの別を問わず、その作品に主題の美化をしか見ない読書法に僕はなによりも反撥を感じる。人々は、整った形式のもとに、理智とはおよそ反対の暗い情念が隠されていることに気づかず、さらにこの情慾を羞恥する純情が輝いていることにも盲目であった。芥川龍之介評価の過失はことごとくこの蒙昧から出ているからだ。主題はいかに新奇であり独創的であったにしても、所詮は落ちをもった常識にすぎぬ。理智はついに常識を超えない。あらゆる箴言を見るがいい——箴言を無用の饒舌から救うものがあるとすれば、それは行間にひめられた生活の体臭を措いて他になにがあろう。

芥川龍之介はその作品の内容に自己の体臭を抹殺しながら——いやそれゆえにその文章

に体臭を残している。この意味で彼をスタイリストだというならば、僕はあえて反対しない。なぜなら、古今東西のあらゆる文章芸術はその真実をスタイルに賭けているものであり、なお適切に近代日本文学の作家たちは、その現実喪失と自我喪失との危機を文章完成によって切り抜けんとしたスタイリストであったからだ。また逆に、日本の言語と文章との伝統から、さらに明治の初期においてヨーロッパ思想の移入が文章改革のなみなみならぬ労苦を作家たちに強いたことの必然から、彼等はことごとくスタイリストたらざるをえず、それがますます彼等の現実喪失を深からしめたともいえるのである。そして現実と自我との喪失がその極に達したとき、ひとびとははじめてこれに気づいたかのように、芥川龍之介にスタイリストと理智主義者とを発見したのであった。

が、彼の文学は毛頭理智主義などというべき筋合いのものでもなければ、俗説の考えているようなスタイリストなどは彼にとってついに無縁の存在であった。芥川龍之介は主題によって人生や歴史を裁断してなどいはしない。僕はこのことをはっきり断っておきたいのだ。彼の芸術にあっては主題は一つの枠にすぎない。この額縁のなかに彼の美しい風景画が端正におさめられている。この額縁こそは、現実の酷薄さと彼自身の自己批判とから、傷つきやすい純情を衛る防禦線でもあった。裸のままの純情は現実のうちにあってははなはだ脆い。そこで羞恥が額縁を要求する。たしかに芥川龍之介は西欧風な理智の額縁を好んで用いた。が、彼の描いた作品は日本の伝統に深く根ざした淡彩の風景画である。

「いや、何もあったと申す程の仔細はない。が、予は昨夜もあの菰だれの中で、独りうとうとと眠って居ると、柳の五つ衣を着た姫君の姿が、夢に予の枕もとへ歩みよられた。唯、現と異ったは、日頃つややかな黒髪が、朦朧と煙った中に、黄金の釵子が怪しげな光を放って居っただけじゃ。予は絶えて久しい対面の嬉しさに、『ようこそ見えられた』と声をかけたが、姫君は悲しげな眼を伏せて、予の前に坐られた儘、答えさせらるる気色はない。と思えば紅の袴の裾に、何やら蠢いているものの姿が見えた。それが袴の裾ばかりか、よう見るに従って、肩にも居れば、胸にも居る。中には黒髪の中にいて、えせ笑うらしいものもあった。（中略）何が居ったと申す事は、予自身にもしかとはわからぬ。予は唯、水子程の怪しげなものが、幾つとなく群って、姫君の身のまわりに蠢いているのを眺めただけじゃ。が、それを見ると共に、夢の中ながら予は悲しゅうなって、声を惜まず泣き叫んだ。姫君も予の泣くのを見て、頻に涙を流される。それが久しい間続いたと思うたが、やがて、どこやらで鶏が啼いて、予の夢はそれぎり覚めてしもうた。」

（「邪宗門」）

このまま見のがせば見のがしうる文章である。しかし芥川龍之介以前に誰がこのような含羞の美しい文章を書きえたろうか。まったく自己を韜晦しきっていながら、比喩のうちにかくもみごとに主観を託す方法をはじめて用いたのが芥川龍之介ではなかったか。「邪宗門」は未完のままに終った。が、この一節には芥川龍之介の精神的風景がじつにみごとな結晶を示している。清潔と透明とのかげには、暗い情念と醜悪な現実とが存在する。この明るさは憐憫（れんびん）の涙を通して眺められた明るさである。それは、人間の悪を充分に意識しつつ、それを羞恥し憐む純情が、それゆえに意思する美にほかならない。未完の「邪宗門」は常識的な解題を拒否しているが、そのためにかえって読むものをして芥川龍之介の精神的風景に足をとどめしめるのである。

しかしながら、このような色彩の美は年とともに彼の風景画から脱落していった。もちろん彼は最後まで商品としてほそみの額縁に自己の風景を飾ることを忘れなかったが、それが次第に線ばかりの素描となっていったのである。色彩を棄てた線描は、ようやく芥川龍之介独自の文体を洗いたて、それとともに彼の精神的風景画は単一の表情をとりはじめた。それはあるいはマンネリズムかもしれぬ。が、自然は新奇をもって僕たちを楽しませるのではない――毎年くりかえして訪れる季節季節の表情が僕たちに親近感を与え、この反覆によって季節に対する僕たちの感覚は錬磨される。いつしかひとびとは自然の風景に各自の心理の綾目を読みとることを学んだ。僕たちは己れの愛惜する風景の訪れを毎年こころまちにしている。こうして芥川龍之介の作品を読むときの快感を、僕たちはその内容にではなく、どの頁にもくりかえし現れる文章のリズムに感じているのである。

四　文体について

すべては彼の文体に反映されている。超えんとするものと守らんとするもの、現れ出ようとするものと秘め隠そうとするもの、自己主張と自己抑圧、陽光の澄明と湿地帯の暗鬱、型づくろうとする善意と毀とうとする悪意、空間的な確実さと時間的な不安定性——これらの二律背反が相互の牽制と反撥とのうちに織りなす緊張美、それが芥川龍之介の文体の特徴である。この魅力に限りない愛著を覚えるものにとっては、その常識的主題や解釈などになんの興味も感じられない。彼の文章を読みながら、このように二律背反の緊張を自己の心理に反映しつつ一種の浄化作用を行うものに、はじめて芥川龍之介は自己の羞恥を解除し、比喩の秘密を明かす。

外部からの圧迫、さらに内部的な自己抑圧に耐えて彼の文章は静謐な——いわば一点非の打ちどころのない古典的完成を意図する。あらゆる猜疑と否定とに応じ、厳格な批判と卑俗な趣味とに備え、まず彼は自己を韜晦する。いや、他の何人よりも彼は彼自身の猜疑を虞れなければならなかった。たえず自己を超えて昇華せんとする苛だった精神を牽制し、それを抽象と消滅との不安から衛らんとするかのように、気負った意思と格調とを矯め蔽わんとする忍耐が、表面いかにもものやわらかな表情を浮べている。僕が前章に引いた「邪宗門」の一節を、さらに晩年の作品を除く物語形式の諸作を想起するがよい。ここに僕たちは、迂回と緩慢とによって自我の安定を計ろうとする彼の造型意思を見のがしてはならない。

かつて志賀直哉が「妖婆」のうちの一文「――二人は思わず顔を見合せると、殆ど一秒もためらわずに、夏羽織の裾を飜しながら、つかつかと荒物屋の店へはいりました。」という文章について、いかにも志賀直哉らしい感想を述べていたのを思い出す。「夏羽織の裾を飜しながら」の一句は主人公二人の行動に焦点を合して読みすすんできた読者の注意を余計なものにそらしてしまうという意味のことであった。僕は読者の心理がさほど性急で機械的なものかどうかを疑うのだが、いまはあえてそれも問うまい。しかし、なおそこに残るものは、直哉のついに理解しえなかった龍之介の文章造型の苦労であり、終生直哉を羨望しつつ「暗夜行路」を書くことのできなかった龍之介の悲痛である。すでに述べたように芥川龍之介はみずから現実描写の無能力を充分認めていたし、かつ虚偽とそれに対する羞恥とのゆえに自己の精神に直接法的分析を加えることをいさぎよしとしなかった。くりかえしいうが、「感歎詞」をしか自己のうちに見いだしえなかった彼は、文章によってなにものかを描写しようとは考えていなかった。彼の文章は苛だつ精神の不安定を地上に固くつなぎとめ定著せしめるための鉛錘にすぎない。僕は「妖婆」一篇の創作動機をただその物語的興味に帰するのみである。が、自己の精神とかほど縁どおい内容を、そのプロットによってのみ丹念に物語って行くという作者の心理には軽々に看過しえないものがある。いわば、彼はこうした迂回と冗漫とのこころみによって、かの造型美術の安心立命を冀い、自己の精神のしばらくの鎮静を欲していたのだ。その結果は問わず、この意味において「夏羽織の裾を翻しながら」という一句は、もっともあらわに彼の造型意思を——すなわち自己保証のためにひたすら文章完成の悦楽に耽る作者の心を示すものにほかならない。いうまでもなく、しかもこれは破綻においてはじめて顔をのぞかせた作者の本音である。志賀直哉の反撥を買ったのは当然であり、この箇所のみならず、「妖婆」一篇は失敗作であり、「邪宗門」の未完で終った事実も、彼の造型意思の破綻を証明している。

空間的な造型美術と時間的な散文芸術との決定的な相違を、かつてヴァレリーは「ドガについて」のうちでたくみに語っているが、比喩による風景画の完成をこころざした芥川龍之介は、言葉にいちおう絵画における絵具の役割をはたさしめようとつとめたのであった。絵画にあっては、絵具はついに単なる手段であり材料であって、「精神はその外にあり、全く自由になっている。」（ヴァレリー）が、散文においては、言葉は材料であり、同時に精神そのものである。この分離すべからざる精神と材料とを、芥川龍之介の造型意思はあえて使い分けしようとこころみる。「その外にあり、全く自由になっている」がためにみずから真実を賦与しえぬ不安と焦躁とが、その極点において造型美術の安定性を憧憬するのである。芥川龍之介の精神的風景とはこのような不安性に見られるのであり、この不安がまた彼に造型美術的方法によって風景画の完成を意図せしめたのである。それゆえに、なんらかの実体的な内容を指示し伝達するためのものとして彼の文章の誇張や無駄や装飾を非難する愚を、僕はあくまで警戒したいのである。そのような場で芥川龍之介は彼の文章を考えてはいなかった。

　こうして、古今に倫を絶した俳諧の大宗匠、芭蕉庵松尾桃青は、「悲歎かぎりなき」門弟たちに囲まれた儘、溘然として属纊（しょっこう）に就いたのである。　（「枯野抄」）

最後の一句を言うための、このむしろ大仰な迂回と緩慢とを見るがよい。あきらかに事実を描写する文章ではあるまい。僕はまた彼が好んで用いた無意味な副詞や語尾の屈折にも、その安定を欲する造型意思を認めざるをえない。が、精神としての言葉と材料としての言葉とを分離せんとした彼にとって、精神は言葉の外にあって、「全く自由になっている」だけに、その無念と孤独とを耐え忍ばねばならない。

芥川龍之介はその作品において、すぐれた庭師のように一木一草のたたずまいに気を配り、築山や泉水の配置をととのえる。庭師は自分の造った庭が、最も美しく調和して見える一点をひそかに用意しておくと同時に、また廻廊のどの部分から眺められても破綻の起きないようにこころえている。のみならず、僕たちが無遠慮にこの眺望（ヴィスタ）の内部に踏みこみ、気ままに逍遥するならば、この庭はいままで気づかなかった美をつぎつぎと現して僕たちを楽しませてくれるにちがいない。造園術は他のあらゆる実用美術とおなじように、自己に向って注がれるすべての角度からの視線に備えていなければならない。芥川龍之介の文学の造型性と、そしてさらに言いたければその通俗性とがここに生じた。が、庭師はかかる狭隘な制限と観者の要求とに応じながら、そっと隠しておいた唯一の自分の視点からかろうじて僕たちに語りかけてくる——というよりは、誰にも聞えない孤独の呟きをひそかに洩しているのである。僕たちがこの一点を発見したとき、樹木の陰翳が落日のうちに美しく仄見(ほのみ)えてくるのだ。芥川龍之介が徐々にうしろさがりに退いて行ったところも、この庭師がひそかに隠しもっていた視点にほかならなかった。この一点において、それまで耐えてき、またみずから課してきたあらゆる圧迫と制限とを一時に振り払おうとでもするかのように、彼は必死の切りかえしをおこなう。ここに、拒絶に対して渾身の力を揮って反撥してくる精神の姿態をさながらに反映した屈折多き文体が生れた。のみならず、現在書きつつある自己の文章をさえ否定してくる圧力にもそのまま敏感な抵抗を示し、自己の精神を容認しない敵を予想して、文体はさらに佶屈に佶屈を重ねる。僕はふたたび梢をくねらせた樹海の樹を想い起すばかりである。

断定、強調、昂揚、飛躍、そしていらいらしたもどかしさ——このような特徴がさきの迂回と緩慢とのあとに突如として現れる。ことに晩年の作品にあっては、迂回と緩慢とはほとんど部分的にしかおこなわれず、自己の精神を相手の体内に忍びこませるため激越な身ぶりで現れてくる断定と飛躍とをますます効果あらしめる踏切台にすぎないものとなっている。なにげなく読者を自己の目標にまで引きずってきた龍之介は、あたかも障碍を跳び越えるときのように、その最後の目標をまえにして一瞬息をひそめて停止する——と、おもった瞬間、一気に調子の激しい語調をもって跳躍し、しかもそのときの彼はもはや背後の読者を顧ないのである。

架空線は不相変鋭い火花を放っていた。彼は人生を見渡しても、何も特に欲しいものはなかった。が、この紫色の火花だけは、——凄まじい空中の火花だけは命と取り換えてもつかまえたかった。

（「或阿呆の一生」八　火花）

二十三歳の彼の心の中には耳を切った和蘭人が一人、長いパイプを啣えたまま、この憂鬱な風景画の上へじっと鋭い目を注いでいた。……

（同上　七　画）

雨上りの風は工夫の唄や彼の感情を吹きちぎった。彼は巻煙草に火もつけずに歓びに近い苦しみを感じていた。「センセイキトク」の電報を外套のポケットへ押しこんだまま。……

（同上　十三　先生の死）

「火花」における「が、」や「——」はあきらかに彼のまさに踏みきらんとするときのポーズであり、「先生の死」の従属文附加は、跳び越えたあとのうしろ向きに立った精神の姿態を髣髴させるものでなくしてなんであろう。なお注意すべきことに、彼があれほどしばしば用いたこの従属文どめの文体が、欧文においてはもっとも必至であったにかかわらず、実際に彼が青年期にときおりこころみた飜訳には見いだされぬということである。また「画」において「和蘭人が一人」と息を切った停止は、同時にその無内容な「一人」という言葉の迂回によって踏み切らんとして踏みきらず、そのまままさらに「長いパイプを啣えたまま」と緩慢な安定を計っているが、文末の「……」に読者が気づいたときには、すでに跳び越えたあとのうしろ姿が無言の余韻を残しているのである。あんなにも効果を気づかってきた彼が、このときばかりはまったく無関心でうしろ向きに立っている。それは「先生の死」の文末においても同様であるが、ここでは彼はいちおう読者を突き放し読者の心理と表情とから強いて面を背けているかにみえる——僕たちの手の触れえぬ倨傲の一瞬であり、このときはじめて芥川龍之介は冷酷に自己の本体に立ち直ったのであろうか、それともここでもまた彼の弱気が読者の表情を読むことを避けているのであろうか。いずれにしろ、彼のうしろ姿の孤独な頼りなさが、そして完全な無抵抗主義がそこにある。死期に近づくにしたがって直截簡明な短文のたたなわりはいよいよ激しい屈折を帯び、それがふしぎに僕たちをしてそこに表現された精神的真実を疑わしめぬ力をもっていた。あれほど造型美術的完成に努めてきた彼が、ついにそれを破ろうとする力に身を委ねざるをえなくなったこと、しかもその瞬間に彼の真実が確立されたということは想えば悲劇的な運命であり性格であった。当時の読者は、芥川龍之介の頼りなげな無抵抗のうしろ姿を目がけて「気取り屋！」という冷罵を浴びせかけた。しかし羞じ蔽われていた彼の純情が輝くのもまたこの瞬間である。そしていちおう効果を無視したこの抛げやりな態度のうちにじつははじめて彼の文章の効果が現れる。といって晩年の「歯車」や「或阿呆の一生」に私小説的告白を読んで芥川龍之介の深刻化を喜び、前期の物語形式の諸作に技巧と通俗性とをしか認めなかった人々にも僕は与しない。むしろ従順に物語作者としての芥川龍之介に蹤いてきて後期の作品に困惑した単純な読者層をこそ僕は信じたい。しかし、ひるがえって考えてみれば、晩年の作品にのみ彼の真実を認めたひとびとも畢竟その心理の奥では暗々裡に前期の作品の魅力と効果とに捉えられているのである。後期の告白と主張とをそういう読者の心にもたたきこむ用意を、たしかに芥川龍之介は前期においてはたしていたといえるのだ。彼自身の心理からいっても「鼻」や「舞踏会」を通らねば、「或阿呆の一生」を書きうる勇気をもたなかったのにそういない。いや、「或阿呆の一生」そのもののうちにおいても、型を毀とうとする意思の安定と確実とを保証しているものは、ほかならぬ造型と効果とを狙う文体であったのである。

より正しい芸術観を持っているものが、必しもより善い作品を書くとは限っていない。い。そう考える時、寂しい気がするものは、独り僕だけだろうか。僕だけでない事を祈る。

（「芸術その他」）

五　古典と現代について

この言葉は人生に対してのみならず、芸術そのものに対してすら自己の態度を鮮明にしようと欲していた芥川龍之介の芸術の性格を適切に裏切り示している。自己の芸術観を磨きあげようというこころは、とりもなおさず過去の古典のいかなる一片に対しても盲目であるまいと努めることであり、一方現代の作品の扮飾と氾濫とのかげにひそむ低劣な精神に欺かれまいと警戒することでもある。歳月を閲（けみ）し多数のひとびとの評価に耐えて現在にまで生きのびてきた作品というものに対する、いわばはなはだ他愛のない信頼の念である。が、これは批評精神の欠如でも甘さでもない。むしろその逆であり、おおよその懐疑の埒（らち）を充分承知のうえで頼ってゆく窮極の地点であって、見かたによっては不逞だともいえようし、あるいは逆に謙譲だともいえるものなのである。

懐疑などというものは、たとえそのもっとも深刻な様相においてさえ、いつでもその肚の底には虫のいい人間万能の思想を隠しもっている。それは自我のもっとも手のこんだ装飾であり、頑是ない幼児の無いものねだりに似ている。あらゆる懐疑家は実在を疑っているのではなく、実在とみずから仮想した幻影を疑っているにすぎない。だが、こうしたこころみは無益に終らなかった。僕たちは彼等のおかげで自我の限界を知ったのである。懐疑そのものの限界と懐疑しうるものの限度とを知ったのである。ひとはおのおのその懐疑の深さに応じて、そのはてにそれぞれ位層の異った絶対を発見するものである。あるものはそれを神と呼び、あるものは運命と称し、歴史といい、現実と名づける。このときひとびとの見いだした神や歴史は、その出発点において仮想した幻影とはたしてどれほどの相違があったろうか――ありはしまい。変異がおこなわれたのは実在の側でもなければ、幻影の側でもなかった。彼等の心のうちに変化が起ったのであり、なおいえば、懐疑の限界にまでゆきついたということにほかならない。僕はいわゆる懐疑家の作品のかげに、いかにも晏如（あんじょ）たる精神のゆるみを見いだすたびに、人間というものに許された懐疑の能力と権利とに猜疑をもつことを禁じえないのである。人間の窮極のものに対する不信と懐疑とは、あるいは絶対の信頼と帰依との言葉によってしか表現の真実を保ちえないのではなかろうか。

芥川龍之介の人生の常識に対する信頼の念、さらには芸術に対する信頼の念は、このような懐疑を前提としていたが、より重要なことは、それにもかかわらず彼がこの信頼にたてこもったという事実である。

芥川龍之介が自己の真実と自己の芸術家とに疑いの眼をむけたとき、彼にとって古典は神となり、運命となり、歴史となった。彼は芸術家として自己の生活の主題をこの歴史のうちに位置づけ、自己の作品がその前後において歴史のどの点につらなるかを見きわめなければ我慢がならなかったのである。いいかえれば、それほど彼は古典を絶対に信頼していたのだ。もし古典の系譜を信頼できなければ、彼は生活の出発点を失い、創作の動機や理由をどこに見いだしてよいか途方にくれたにそういない。事実、彼は古今東西の傑作のいかなるものにも寛容な理解を示し、多かれ少かれその讃美者たらんとしていた。たしかに芥川龍之介は一小説家としての処世を全うせんとするまえに、まず謙虚な古典の読者としての資格を重んずるかにみえた。このことは彼の文学を理解するうえにもっとも重要な事実である。このばあい、たんに芥川龍之介のディレタンティズムを指摘するのみですまされぬ。なるほど彼の知識は体系への方向を採らなかった。あまつさえ、ここでもまた通説は彼の学殖に浅薄な才子肌の要領のよさをいうのみである。このような非難に対して一つの極論がある——いわゆる学問的体系とは記憶力と処世法との結託、さもなければ、たかだかしみったれた計算ずきな知識慾と鈍重な感覚との合成にすぎぬ、と——すくなくとも芥川龍之介はそのくらいの反駁を用意していたにちがいない。ディレタンティズムとは、そのもっとも高い発想においては、つねに処世の蔑視であり、その意味で、あくまで純粋に自己を衛り、伝統への忠実を誓わんとする純情の態度にほかならない。したがってそれはたえず人間精神の頂点をみつめ、真実のいかに微細な破片でも、これを見のがすまいとする細心と、それだけに残酷なまでに貪婪（どんらん）で、いっこくな正直とをあわせもっている。このときはじめてディレタントは恣意と安逸とを離れて、厳しい義務と自己完成とに自縄自縛される。もはや彼は衣食の方便として——とまでいわぬにしても——生活の一様式として容易に自己の芸術を売る暇と自由とを許されてはいない。

そこには与えるまえにまず享（う）けんとする心があるが、それは罪のない貪婪であると同時に、自己の可能をことごとく生かしきってその限界にまで到達しようとする意識的な欲望でもあった。伝統の大河の任意の一支流に棹ささなかったために己れが思わぬ方向に漂いいでることを、芥川龍之介はなによりも虞れていた。それはまた古典の障壁をへめぐらし、そのなかに自己を逐いこんで、そこからなお一歩をあゆみだしうる自己の必然性をぎりぎりの真実として捉えんとする心であった。歴史の背景を無視して彼の信ずべき自己など存在しうべくもなかったのである。これを謙譲と呼ぶべきか自恃と称すべきか、僕は知らぬ。古典享受の重圧のもとにあえぎつつ、創造し与えんとする己れの力を踏みにじられてしまうなら、それもいたしかたない——すくなくとも、かくのごとき重圧と影響とを故意に避けることによってはじめて成り立ちうるような芸術を、芥川龍之介は断じて自分に許そうとはしなかったのである。

わが国の文壇において芥川龍之介ほどすなおに無心に古典と相対した作家を僕は知らない。なによりも「正しい芸術観」を冀ったものの悲劇がここに生ずる。彼は享けることの誠実の極限に、かならず与えんとする意思を、いわば宿命的な「デーモン」の力を自己のうちに見いだしていたからである。「闇中問答」の言葉を借りれば、それは「世界の夜明けにヤコブと力を争った天使」であり、彼の「エピキュリアニズムを破ったもの」である。ここに芥川龍之介のディレタンティズムの軽視しえぬゆえんがある。彼は自己一身のうちに享けることと与えることとをいかに結び合すべきかに生涯悩みとおした。さらにいえば、彼の意図したことは古典と現代との結合であり、両者を共に並び立たせんとする、したがってこの両者への責任感に逐われた懸命な努力であった。

過去のすぐれた古典の一群が、それぞれの位置設定と評価とを要求しながら、ひとつのパスペクティヴを描きつつ彼をめざして迫ってくる。このヴィスタは三角形の頂点をなし、彼を終点として彼の精神の内部に閉じられる。その鋭い尖端が彼を威圧し、彼の精神的真実を拒否するのだ。ひとつひとつが完成されたものとして最高のリミットを示しているこれらの古典の精神のあとで、おくればせながら——すなわち、まったく受身の状態においてなおかつなにごとかの表現を意図するとは、そもそもいかなることを意味するのか。僕たちは二千年前の古典に対していったいどこに自分の言葉を書きつける余地を見いだしうるのか。かくしてヴィスタの尖端は、自己を表現せんとする芥川龍之介の野心の背後を突き、それを抑制する。沈黙こそもっとも賢明な策ではなかろうか。「ハムレット」に一行を加えうるのでなければ筆を採ることをいさぎよしとしない覚悟は、ひとり西欧の詩人のみのものではない。それは古典の——血統の重圧に苦しみながら、なお自己の精神的真実に拠って現代に応えんとするものの切迫した決意である。それはおくれてやってきたものが当然負わねばならぬ孤独な闘いにほかならない。

この受身の闘いにおいて受胎がおこなわれる。まさにこの瞬間、それまで自己にむかって閉じられていた血統のパスペクティヴは苦しげな展開をこころみはじめる。わずかの間隙をとおして、彼から逆にほどけ開けてくるこの新しい逆倒したヴィスタこそ、彼のよわよわしい自己主張であり、また現代に対する必死の責任表明でもある。ここにディレタントや、いわゆる古典学者とも、また反対に頑固に自己の盲点に拠って強烈な個性を放射するたぐいの芸術家とも異った、精神の一つの存在様式がある。自己にむかって閉じられてくるヴィスタと、逆に自己から開けてゆくヴィスタと、この両者を一身に支え、両者を一点につなぐ狭隘な場所に立ちすくむ精神の逼迫（ひっぱく）した緊張の美こそ、芥川龍之介の文学のもつ魅力であった。ふたたび比喩とは——己れに迫るものの圧迫がまさに己れの真実を否定しつくさんとする瞬間に、身をひるがえして自己を樹てる必死の方法にほかならぬ。迫るものと受けるものとが、たがいに他を通じて自己の保証を獲得し、共に並び立たんとする。古典と血統とは、受けるもののかろうじておこなうこの切りかえしによって、代々その命脈を保ってきた。芥川龍之介は古典のあらゆる文章のはしはしに人間像を――すなわち彼自身の血統的反映を探し求めたナルシスであった。彼の姿が池の面に映じているかぎり、また池水のさざなみも彼の瞳にこまやかな影をおとしていた。ここに古典との、比喩による黙契があった。彼は己れの痕跡を辿りうるかぎり、いかなる文章にもついていった。そして自己の影を見失ったとき、彼自身の言葉がはじまる。

しかしながら、僕たちは芥川龍之介を考えるばあい、追憶の系列としての古典と同時に、それと関聯して彼がもうひとつ他の面からやってくる圧迫と拒絶とに苦しんでいた事実を見のがしてはならないのである。けだし、僕たちが二千年前の古典に対してなおなにごとかをいいうるところありとすれば、それは自己の生活と現代とを古典のまえに対決せしめうるときにほかならない。しかも芥川龍之介の柔軟な精神は、このときにおいて、身に迫る現代の拒絶をも痛切に感じずにはいられなかったのである。いわば、古典に逐われて彼がようやく見いだした血路を、今度は現代の名において塞がれようとしたのである。僕たちは彼がいかに時代の歴史的な動きに敏感であり、また押し寄せる民衆の大きな力をどんなに虞れていたかを知っている。といって僕はかつて階級闘争の文学論が芥川龍之介を裁いた安易な常識をいまさらくりかえすつもりはない。僕の強調したいのは、彼の古典に対する惝怳（しょうきょう）と、古典の彼に課した責務と、この二つのものに攻められて彼の内部から展開しはじめたヴィスタを受け応えられぬ現代の卑俗低劣――しかもまたそれを卑俗低劣として否定しきれなかった彼の性格的宿命である。ひとびとは現代の名においてともすれば彼の古典憧憬を書斎臭をおびたポーズとして嘲笑し猜疑する。あらゆる文化価値の並列と氾濫と、その受動的な享受のうちに陥る現実喪失と民衆からの遊離と――これらの現象はたしかに資本主義文化の末期的症状であり、滅びゆくものの姿ではあった。が、こと文学に関するかぎり、問題はこのさきにある。芥川龍之介は自分の身辺に迫るのを感じたこのような現代の否定と民衆の圧力とをずぶとく軽蔑し、孤高に安住することができなかった。彼のすなおな心情は、たとえ卑俗であろうとも、現代と民衆との要求に応じようと身がまえする。現代は卑俗である。が、この卑俗さがはたして自分のものでないといえようか。あらゆる教養と文化的装飾とにもかかわらず、民衆の低劣さがはたして自分のものでないといえるであろうか――そこに芥川龍之介はうしろめたさを感じた。が、この自覚が彼のうしろめたさに積極性を与え、彼の文学の頽廃的下降に一種の健康を保たしめたのである。が、いずれにしろ、芥川龍之介はここにふたたび現代の拒絶に遭ってじりじりとあとずさりをはじめる。さきに彼の内部から開けはじめたヴィスタは苦しげな徐行のうちに、ややもすれば逆に自己のうちに向って閉じようとする。しかし彼は知っている――現実が卑俗であろうと低劣であろうと、彼の惝怳する血統の系譜に参与しうる栄誉こそは、その現実にむかって自己の内部から自己のヴィスタを展開しうるものにのみ与えられるものであることを。僕がさきにいった造型性とはこのヴィスタの確立以外のなにものでもなかった。

このように二重の拒絶を受けながら、その不安を超えて芥川龍之介の心中ひそかに恃んでいたものは――それはもはや意識の領域に属する自信というがごとき安易なものではなく、実践においてわずかにその存在を偲びうる、いわば全身的な、それゆえにただちに自己不信と裏返しにしうるていの自恃ではあったが――その現身のかなたにおいて彼の惝恍する血統の系譜に参与しうるであろうという期待にほかならなかった。そのあげくのはて、この悲願成就のためには運命の力に俟たねばならぬことを――すなわち、肉体の死滅という時間的事実によらねばならぬことを、彼はすでに明察していたのである。畢竟、彼は古典として過去の血統から拒絶されて、架空の未来に血統参与を希望したのだ。いわば、血統の普遍性、永遠性という空白の地盤にみずから新しく血統を創造しうる自恃――というよりはもっと謙虚な、かすかな、絶望と諦念とのうえにたてられた、それゆえにかえって強靱な希望を、心のうちにあたかもひとごとのように秘めていたのである。

僕たちは、こうした彼の切ない希望を背景として芥川龍之介のこころみた仕事を考えてみなければならない。いくえもの圧迫と拒絶とに打ち克って彼が血統に参与せんとしたという事実は、いいかえれば、彼は自己の文学史的位置をみずから設定せんとこころみたということにほかならぬ。じじつ、彼ほど文学史において己れの位置する場所をみずから測定せんと欲した詩人を僕は他に知らない。また、彼ほど自己がいかなる点において現代の民衆とつながるかに心を配った作家も僕は知らない。僕は一片の雑記にも彼の悲痛な愁訴を聴くおもいを禁じえぬ。

私は知己を百代の後に待とうとしているものではない。

公衆の批判は、常に正鵠を失しやすいものである。現在の公衆は元より云うを待たない。歴史は既にペリクレス時代のアゼンスの市民や文芸復興期のフロレンスの市民でさえ、如何に理想の公衆とは縁が遠かったかを教えている。既に今日及び昨日の公衆にして斯くの如くんば、明日の公衆の批判と雖も亦推して知るべきものがありはしないだろうか。彼等が百代の後よく砂と金とを弁じ得るかどうか、私は遺憾ながら疑いなきを得ないのである。

よし又理想的な公衆があり得るにした所で、果して絶対美なるものが芸術の世界にあり得るであろうか。今日の私の眼は、唯今日の私の眼であって、決して明日の私の眼ではない。と同時に又私の眼が結局日本人の眼であって、西洋人の眼でないことも確である。それならどうして私に、時と処とを超越した美の存在などが信じられよう。成程ダンテの地獄の火は、今も猶東方の豎子をして戦慄せしむるものがあるかも知れない。けれどもその火と我々との間には、十四世紀の伊太利なるものが雲霧の如くにたなびいているではないか。

況んや私は尋常の文人である。後代の批判にして誤らず、普遍の美にして存するとするも、書を名山に蔵する底の事は、私の為すべき限りではない。私が知己を百代の後に待つものでない事は、問うまでもなく明かであろうと思う。

時々私は廿年の後、或は五十年の後、或は更に百年の後、私の存在さえ知らない時代が来ると云う事を想像する。その時私の作品集は、堆い埃に埋もれて、神田あたりの古本屋の棚の隅に、空しく読者を待っている事であろう。いや、事によったらどこかの図書館に、たった一冊残った儘、無残な紙魚の餌となって、文字さえ読めないように破れ果てているかも知れない。しかし――

私はしかしと思う。

しかし誰かが偶然私の作品集を見つけ出して、その中の短い一篇を、或は其一篇の中の何行かを読むと云う事がないであろうか。更に虫の好い望みを云えば、その一篇なり何行かなりが、私の知らない未来の読者に、多少にもせよ美しい夢を見せるという事がないであろうか。

私は知己を百代の後に待とうとしているものではない。だから私はこう云う私の想像が、如何に私の信ずる所と矛盾しているかも承知している。

けれども私は猶想像する。落莫たる百代の後に当って、私の作品集を手にすべき一人の読者のある事を。そうしてその読者の心の前へ、朧げなりとも浮び上る私の蜃気楼のある事を。

私は私の愚を嗤笑すべき賢達の士のあるのを心得ている。が、私自身と雖も私の愚を笑う点にかけては敢て人後に落ちようとは思っていない。唯、私は私の愚を笑いながら、しかもその愚に恋々たる私自身の意気地なさを憐れまずにはいられないのである。或は私自身と共に意気地のない一般人間をも憐れまずにはいられないのである。

（「澄江堂雑記」三十　後世）

ここに芥川龍之介は文学史の問題をもっとも切実に語っている。彼は追憶の背景をうしろにして自己の占めるべき地点を定め、同時に後世のひとびとのまえに彼自身がその背景の一部として横たわらねばならぬ位置をも考えている。血統の系譜において与えるものと受けるものとの隠微な契りを語っているのだ。「落莫たる百代の後に当って、私の作品集を手にすべき一人の読者のある事を。」——僕はこの一節に文学史のもっとも本質的な問題を読みとる。ここに一切の時間は消滅する。時間のそとに血統が感激の一瞬に成立するのである。ただ相互への感謝と矜恃とがあるのみである。これこそ歴史の秘密でなくしてなんであろうか。歴史はつねに時間を頼りつつしかも時間のそとに成り立つ——そしてこの感激がふたたび歴史を時間のなかへと逐いやるのである。が、芥川龍之介はこの文学史の秘密を意識した瞬間、己れを顧て絶望的なうしろめたさを感ぜずにはいられなかった。

彼を中心として歴史は無窮の過去から迫って来るとともに、またそこから無限の未来にむかって展開してゆく。生涯一流の天才と力を争った彼は、たえず自己に向って追憶の系列が閉じてくる負担に堪えがたい圧迫を感じていた。彼の芸術はこの絶望的な身悶えからかすかに開いた血路であった。彼自身の言葉に聴こう。

僕は時々こう考えている。——僕の書いた文章はたとい僕が生まれなかったにしても、誰かきっと書いたに違いない。従って僕自身の作品よりも寧ろ一時代の土の上に生えた何本かの艸の一本である。すると僕自身の自慢にはならない。(現に彼等は彼等を待たなければ、書かれなかった作品を書いている。勿論そこには一時代は影を落しているにしても。)僕はこう考える度に必ず妙にがっかりしてしまう。

(「続文芸的な、余りに文芸的な」二　時代)

僕等はたとい意識しないにもせよ、いつか前人の蹤(あと)を追っている。僕等の独創と呼ぶものは僅かに前人の蹤を脱したのに過ぎない。しかもほんの一歩位、——いや、一歩でも出ているとすれば、度たび一時代を震わせるのである。のみならず故意に叛逆すれば、愈前人の蹤を脱することは出来ない。僕は義理にも芸術上の叛逆に賛成したいと思う一人である。

(「文芸的な、余りに文芸的な」三十九　独創)

史上の天才と肩を並べようとする彼に稚気と乳臭とをしか見ぬものはしあわせである。明治以後の文壇の犯した過誤を顧るとき、僕は天才と力を争った芥川龍之介の文学がかえって永久に民衆とつながっていた事実を指摘したいのである。なぜなら古典の意識は現代への顧慮と責任とから生ずるものであり、またその逆でもあるから。

シェクスピイアも、ゲエテも、李太白も、近松門左衛門も滅びるであろう。しかし芸術は民衆の中に必ず種子を残している。（「侏儒の言葉」民衆）

わたしは勿論失敗だった。が、わたしを造り出したものは必ず又誰かを作り出すであろう。一本の木の枯れることは極めて区々たる問題に過ぎない。無数の種子を宿している、大きい地面が存在する限りは。（同上　又）

僕はここから芥川龍之介のヒューマニズムを導き出そうというつもりはない。ここでは僕は何度でもくりかえし芥川龍之介の悲痛をいいたいのである。彼の民衆への信頼と愛情とはほかならぬ虚無感に胚胎するものであったから。

僕はいままでいくつかの章に分けて芥川龍之介の精神的風景を描いてきたのであるが、その間、多くのことどもを語りきたった覚えはない。ただひとつの立体像を刻みあげたいこころから、いわば、その周辺をめぐり歩きつつ、それぞれの地点からその中心に迫ったまでである。もしそれがフーガのようにいくぶんかモチーフをずらしつつ、ひとつの変移と統一とを完了しえたなら、僕の意図は達成されたというべきであろう。所詮、これらの文章は中心の峰をめぐり行きつつ印された足跡であり、僕の頭はたえずその峰の頂きに向けられていたために、足跡はおのずからひとつの中心に牽引を感じている。ひとつの円環を完成しようとする僕のこころみは、したがって直線的な変移を目的とするものではない。出発点にすべては含まれ、出発点にすべてが規定されている。円環の完成とは、要するにそのはじめの出発点に戻ることにほかならない。やはり僕はこののちもひとつのことをくどくどと語りつづけてゆくよりほかにすべを知らないのである。ひとつの環を完全に閉じえたという内心の満足感を、いわば確な手ごたえを僕は待っているのだ。

六　文化意思と虚無思想について

芥川龍之介の文学を歴史的に規定して、日本の近代を確立する文化運動のひとつとするのは、おそらくそのかぎりにおいて正しい観方であるといえよう。芥川龍之介という樹海のなかには、一本の樅の木がひときわ高く西欧の空を慕っていたことはたしかである。明治以来の作家のうちでも、彼は他のなんぴとにも劣らず啓蒙的なジャーナリストであり、進歩的な文化主義者であった。彼こそは西欧の文明を受容する近代日本の爛熟期を代表する作家であった。

菲才なる僕も時々は僕を生んだ母の力を、――近代の日本の「うらわかきかなしき力」を感じている。（「僻見」一　斎藤茂吉）

ここにあらためていうまでもなく、八十年前の日本が後進国として近代文明の仲間入りをしたということのうちに、ほとんど救いがたない宿命的な現代悲劇の因子を見いだしうるのである。歴史において百年遅れて出発したということは、百年遅れて決勝点に到達することを意味しはしない。遅れたということは、短期間に急いで同じ成果を回収すればたりることでは決してない。もはや、それは同じ成果では断じてないのである。なぜなら当時の日本と欧米とのあいだには、トラックにおけるようにたがいに喙入（かいにゅう）を禁ずるコース・ラインも引かれていなければ、同じ成果と正味とを予想するハンディキャップも設けられてはいなかった。良かれ悪しかれ、僕たちの父祖は百年遅れながら、欧米の第一走者と肩を並べて走らなければならなかったのである。このことはいかにして可能であったろうか。ここに、あたかも第一走者と最後のものとが二周も三周もの差をもってたまたま先後を争うような、いわば滑稽な事態が生じたのであった。しかも、おそらくは両者ともこの数周の差に気づいてはいなかった――が、この錯覚のみじめさの結果を受け取り、その帳尻をあわせなければならなかったのは、あくまで当時の日本であった。

このような質の差をたんに時間の差としてしか理解できぬ甘さは論外である。しかし、僕たちがあくまで生を肯定し、時間のうちに生活するものであるかぎり、質の差を質の差として認識するだけではなにもならぬ――このような観念や知識はそのままではただ停止あるのみ、僕たちになにものも附け加ええぬであろう。僕たちが現実に渉り、一歩を踏みいだすためには――今日を明日にもちこすためには、すべては質の差と百も承知のうえで、なおこれを時間の場で解決しなければならないのである。いや、これは当然の問題ではない。僕たちが現実を生きるものであり、実践するものであるかぎり、そうせざるをえぬ日々の生活法なのである。

トラックを数周おくれて走りながら欧米と肩を並べているという虚栄の錯覚をまざまざと意識し、それゆえに日本の伝統に郷愁を寄せつつも、しかも近代日本の母の「うらわかきかなしき力」をそのまま受け継ごうと志したのが芥川龍之介であった。ここに、近代文明の世界に参入した日本の欧米追随と、同時にその結果として己が限界を思い知らされたもののみじめな敗退とが、芥川龍之介にあってはより本質的な文化主義と厭世主義との対立となって性格的な定著を見たのである。もはや、この両者は対立としてたがいにたがいを排除するごときものではない——それはたがいに他を前提として成立し、その極限においてかならず他に転化する性質のものである。芥川龍之介の歴史的、性格的な宿命といわねばならない。

古今東西のあらゆる文化遺産のまえに彼は貪婪な眼を輝し——いや、これはすでにいった。僕がここで強調したいのは、この受身の姿態において古典のまえに圧迫されていた彼ではなく、颯爽としてつぎのごとき言をなしたその激しい文化意思である。

僕は未だに覚えている。月明りの仄めいた洛陽の廃都に、李太白の詩の一行さえ知らぬ無数の蟻の群を憐んだことを！（「或自警団員の言葉」）

これはまた「人生は一行のボオドレエルにも若かない」という「或阿呆の一生」の冒頭とともに、芥川龍之介の芸術至上主義を示すものであるが、けだし、彼にあってはこの芸術至上主義と文化主義とを分つことは容易でない。その言にしたがえば、「精神的にえらいもの」になることを欲していた彼は、また同時に第二の条件として「芸術的に」高峰に攀じることをみずからに要求していた。「精神的にえらいもの」を志すことは、いわば、人間の精神力を信じきろうとする意思にほかならない。これこそはまた人間力のリミットを示すものとしての徹底的な天才肯定である。しかしながら——というよりは、それゆえに、天才をア・プリオリなものと考え、そのまえに「香を焚き」責任解除をよろこぶ天才礼拝とは絶対に相容れぬものである。一言にしていえば、彼の天才肯定は、同時に自己の態度としては天才否定を意味していた。あらゆる逆説をオーソドックスのうちにたくみに常識化するゲーテは、ここでもまた「天才は努力である」と語っている。しかし、この処世訓じみた言葉の背後に芥川龍之介はなみなみならぬ人間精神の逆説を見ぬいていたにそういないのである。

多くの先達がそうであったように、芥川龍之介もまた不可能への異常な情熱を懐いていた。しかし、僕たちはこれを単純に情熱という古めかしい言葉で理解していてよいのであろうか。この素朴な表現ははたして近代的な精神の態様を伝えうるであろうか。なぜ僕はこうしたことに拘泥するのか——それはつぎの一節によってあきらかである。

ピカソはいつも城を攻めている。(中略)彼は或はこの城の破れないことを知っているかも知れない。が、ひとり石火矢の下に剛情にもひとり城を攻めている。

(「続文芸的な、余りに文芸的な」十 二人の紅毛画家)

芥川龍之介にあっては、不可能への情熱とは決してその克服の希望を前途にもっていなかったのだ。かかる意味の文化主義は絶対に世俗の文化通念や理想主義的楽天思想に道を通じてはいない。彼が責任を負いうるのは——彼自身の言葉どおり——自己の「成し」うる結果ではなく、「成さん」とする態度なのである。もしここに性急な定義を下すならば、天才は不可能に対して情熱を感ずる——が、「文化人」は情熱への義務を感ずるのである。芥川龍之介は義務によって己れの情熱の帳尻をあわせようとしたのであった。情熱の放縦を義務が償うのである。さらにいえば、彼は情熱の焔火を義務が完全に冷凍せしめてしまったあとでなければ、自己の情熱を信じ許そうとしなかったのである。が、いったいなんぴとがこのような義務感を情熱と識別しうるであろうか。僕は「我等の内にある一切のものはいやが上にも伸ばさねばならぬ」と書いた彼が、天才たることをみずからの義務と考える稚気を終生ついに脱しえなかった男であったと固く信じている。愚劣である——が、ここに彼の魅力と秘密とのすべてがかかっていた。当時の青年は彼の片言隻句にまで耳傾けようとしていたではないか。かかる野望にみちた精神の純情を、わが国の文壇はそのまえにもあとにもついにもたなかった。

情熱への義務を感じていた彼が天才をすらア・プリオリなものとしてではなく、ポステリオリな義務として考えざるをえなかったことは当然であるが、注意すべきは、ここにおいてもまた、彼はこうした天才主義の真偽を問題としていなかったという事実である。天才主義の虚偽と愚劣とを彼ほど肝に銘じて知悉していた人間はなかったはずであり、それにもかかわらず彼はそれを奉じた——ここに、可能と不可能とを同時に担ってなりたつ天才という言葉の意味を、芥川龍之介は身をもって理解していたといえる。僕はふたたびくりかえす必要があろうか——すべては質の差と百も承知のうえで、なおこれを時間の場で解決しなければならない実践の秘密を。

芸術活動はどんな天才でも、意識的なものなのだ。と云う意味は、倪雲林が石上の松を描く時に、その松の枝を悉途方もなく一方へ伸したとする。その時その松の枝を伸した事が、どうして或効果を画面に与えるか、それは雲林も知っていたかどうか分らない。が、伸した為に或効果が生ずる事は、百も承知していたのだ。もし承知していなかったとしたら、雲林は、天才でも何でもない。唯、一種の自働偶人なのだ。

（「芸術その他」）

平凡な言葉である——が、彼にとってほどこの言葉が切実なひびきをもったことはなかったであろう。それは単なる創作技術の問題ではない、その精神生活を律する主題であり、責任を前提とした宣言なのである。すくなくとも青年芥川龍之介は知性の無力に天才の礼拝や凡俗の自覚を対句とする小器用なまねを知らなかった。知識階級の無力無為を反省し、そのはてに無意識の力をもちだす公式主義のもとに膝を屈することは、「文化人」

の面目にかけて彼のとうてい行えることではなかったのだ。じじつ、彼は性格と才能とを先験的な宿命の手にゆだねて偸安をこととする無責任な態度を頭から郤けていた。彼にとって、天才的芸術家とは己れの無意識に寄りかかるものの謂いではなく、隅々まで意識を張りめぐらし、その尖端が無意識の扉にふれるもののことであった。僕は、彼の作品がいかに才能に溢れ、表面軽快にみえようとも、その底に苦渋に満ちた義務の切迫した呻吟を聴きとらずにはいられないのである――「精神的にえらいもの」を志す義務者の負担に押しひしがれた呻きを。

みずから揚言したごとく、芥川龍之介はいかなる天才のうちにも香具師を見つけていた。が、それはたんなる天才の否定ではない、よりよく理解せんがためである。あらゆる天才は鋭い眼のまえにその覆いを剝がれる――あたかも精巧なレンズが対象の全体的な輪郭をあいまいにするように。しかしそれは特定の一点においてもっとも精確に対象を把握するためにほかならない。芥川龍之介にとっては、いたずらに「天才の前に香を焚く」のはかえって天才の否定冒瀆であり、自己の無為無能を正当化せんとする無責任であるとしか考えられなかった。彼は全力を挙げて天才を否定し、その否定の極限にふたたび天才を見いだしている。真の天才主義とは、この否定と肯定とを同時に自己一身のうちに支えていることである――というのは、天才の精神に焦点をあわせるために、自己の位置をもっとも適切なところに定めることにほかならない。

このことに関聯して僕は芥川龍之介のスノビスムをいいたい。彼が終生ある種のスノビスムから脱しきれなかったことは事実であり、それゆえに文壇の自然主義的な風潮からたえず軽蔑の眼をもって眺められてきたのであるが、僕はいま彼のスノビスムをすら愛惜したい気もちなのである。逆説めいた立言ではあるが、スノビスムのないところに僕は現代人の純粋さを信じえないのだ。貴族主義が民主主義に移ろうとする時代に新しい貴族主義を確立する態度がダンディスムだと言いきったのはボードレールであるが、スノビスムもまたこの時代の態度につきまとうひとつの精神的表情である。俗物とは、自己以外の規範に安心して依頼し、それをもって自己を律し、なによりもこの規範の外にいることを虞れて兢々(きょうきょう)たる輩をいう――とすれば、この定義を一歩ずらして、僕たちはそこに、自己を超えたより高いもの、より大いなるもの、より美しいもの、より真なるもの、より善なるものの存在を信じ、それをもってたえず自己を否定し、自己をその地点にまで高め、拡充しようと努力してやまぬ男を見いだすであろう。問題ははなはだ平凡である――この定義の表裏を決著するものは定義そのもののうちに求められない、生活がすべてを決定する。芥川龍之介の知性は天才の否定のために用いられた――が、その責任は自己の全生活をもって受けている。

知性の無力から天才を要請し、自己のうちの凡俗の自覚への転換に弁証法的満足を見いだすここ十年間の流行は、また同時に西欧の近代文明を自己のものとしえなかった敗北感から日本的、乃至は東洋的な伝統への復帰を口にした諦念思想と、その時期をも本質をも一にするものであった。これもまた近代日本流の文化主義者の精神的処世法なのであろうか。それにしても芥川龍之介の文化主義はこのような安易な場に甘んじるものではなかった。たとえそれが義務と責任とにさいなまれつつ、心にもない道化芝居を演ずるものではあったにしても、少くとも彼は奇蹟を拍手喝采して太平楽をならべる見物人の側にもいなかったし、また木戸口で客を呼ぶ見世物師でもなかった。彼はみずから演ずる道化芝居の苦々しさと滑稽とを充分承知していたし、同時に自己ならびに彼の時代にとってその道化の必然的な意味をも感じていたにそういない——彼はこういっている。

　クリストの弟子たちに理解されなかったのは彼の余りに文化人だった為である。(彼の天才を別にしても。)彼等は大体は少くとも彼に奇蹟を求めていた。哲学の盛んだった摩伽陀国の王子はクリストよりも奇蹟を行わなかった。それはクリストの罪よりも寧ろユダヤの罪である。彼はロオマの詩人たちにも遜(ゆず)らない第一流のジャアナリストだった。(「続西方の人」二十一　文化的なクリスト)

だが、それはただに「ユダヤの罪」でのみあったろうか。芥川龍之介自身のうちにもまたかくのごときユダヤがなかったであろうか。余りに「文化人」であった彼は、またいっぽうで奇蹟を信じ、その実現をみずからに命ずる誘惑を禁じえない人間であった。にもかかわらず、その奇蹟を奇蹟と見るところに、彼の文化意思は天才主義を通じて、つねに虚無思想と手をつないでいた。文化主義が天才の否定の極にその肯定に出あうことはすでにいった。が、天才の否定は自己を不可能の義務にかりたて、その肯定はふたたび不可能の絶対性を明らかにするのである。僕たちは自我の限界を超えようとこころみた瞬間に、この限界の絶対に衝きあたる。天才はついに努力ではなかった——あらゆる努力はむなしい。獅子ははじめから獅子であり、牛はいつまでたっても牛でしかありえぬ。僕たちが日ごろ進歩や完成と考えているものは、ただ生れながらの出発点に戻ることを意味するにすぎない。芥川龍之介は天才の否定と同時に、天才を意思し、天才の肯定によって、ひるがえって自己を否定した。ここに血統の高貴の名によって、民衆を背景とする人類の文明が否定されるのである。僕が芥川龍之介の文化意思そのものに虚無思想と厭世主義との基調を見いだすのはこの意味においてである。それゆえに彼の作品は明るい天空を指し示しながら、その底にはつねに暗鬱な湿潤の気がただよっていた。

わたしたちに最も恐しい事実はわたしたちの畢にわたしたちを超えられないと云うことである。あらゆる楽天主義的な目隠しをとってしまえば、鴉はいつになっても孔雀になることは出来ない。或詩人の書いた一行の詩はいつも彼の詩の全部である。

（「十本の針」三　鴉と孔雀と）

芥川龍之介が自己の限界に想い到ったとき、彼の脳裡を去来した風景は、いうまでもなくかの孤立した血統の巨大な峰々であった。遠くそれらの巨峰に眼をはせるならば、世俗の卑小をことごとく抹殺して悔いないと思う瞬間がないであろうか。無数の人間群は一体なんのために生き、そして死んでいったのか。これはまことに愚かしい問いである——稚い心を弄ぶ危険な誘惑である。

由来、文明はつねに共通の地盤を前提としている。それは、横のひろがりにおいてひとつの心が他の心に通じ、一が他のために奉仕しうるという、相互聯関の概念であり、また縦のつながりにおいては先人が後人のために力をつくし、後人は先人の文化遺産を継ぎうるという進歩改善の概念である。が、芥川龍之介は「李太白の詩の一行さえ知らぬ蟻の群を憐んだ」ときにも、その心の底ではこれら一切の概念を信じてはいなかった。彼のこの不信を証拠だてるために、なおいくつかの作品から彼のことばを引用する必要があろうか。いや、その必要はあるまい。すなおな読者ならば、彼に厭世主義の主張を聴くまでもなく、その華やかな作品の匂いに人生の悲哀とそれに対する憐憫の涙との混っているのを嗅ぎ知っているはずである。とにかく彼は自己のうちに厭世家を認めていた。また個人と個人とのあいだにこの現身の肉体を超えてはいかなる橋も架しえぬことを痛切に知っていた。時間的にも空間的にもひとつの心は他の心に流れ入ることはない。天才はそれぞれ孤立し閉じられた峰であり、しかもその間に進歩などは絶対にありえない。現代精神は決してギリシアを優越していないではないか。一切は永劫回帰する。オイディプースの作者は近代の幾人かの天才と対等に立っているではないか——おなじように人類の達しうるかぎりの最高限度を示しているではないか。遠近法の発見や作劇術の進歩が問題となるのは、たんにピラミッドの底辺の世界においてのみである。しかも人類の精神史は今後何千年たっても、この平行水準をついに超ええないであろう。

いや、ピラミッドの底辺においても——ごく物質的な進歩の世界においても、典雅な馬車を唯一の交通機関とした時代にくらべて、僕たちの航空機はいかほどの利便をもたらしたというるのか。航空機の横行する現代においてはじめて馬車は不便な乗物でもあろう。が、航空機を必要としないがゆえにそれが存在しなかった社会において、馬車はひとびとになんの不便も感じさせはしなかった。とすれば世界は進歩しているのであろうか。進歩ではあるまい、ただ技術が人口の増加と無益な競闘を——永遠に捷(か)ちえぬゲームを争っているにすぎぬのではなかろうか。技術は進歩している。が、人口は増加し、それにともなう障碍はいっそう複雑化する。いいかえれば、技術にたいする生活の比例値は歴史とともに不断の低下を示してきた。これが進歩と僕たちの呼んでいる幻覚のネット・プライスにほかならない。

こころみにディオゲネスを冥界から拉しきたってニュー・ヨークの繁華街に立たせてみたまえ。彼はその近代文明の大仕掛な回転にはじめはおそらく一驚を喫するであろう。が、俊敏な彼はひとときの観察ののち、右往左往する新型の自動車がじつは三千年前コリントスの町を歩いていた埃まみれの奴隷の足とおなじものにすぎないことを、しかも案外に不便な義足にすぎないことを看破してしまうであろう。彼はかたわらの誇らしげな市長をかえりみてこう呟くにちがいない──「むかしはたれもが、いつでも、どんなところへでも出入できる足をもっていた。」

近代のあらゆる天才はこういう人類的な物質苦に傷めつけられつつ、一方それをこそ唯一の楯として自己の天分を発揮してきた。僕たちがその複雑と苦渋とに感ずる近代性とは、畢竟この事実以外のなにを指すのであろうか。ギリシアの詩人は彼等のどうしようもない窮極の実在を運命と見た──近代の作家はそこにエゴイズムを見ている。そしてこの変異を起さしめた動因を僕たちは科学の進歩と社会の変革とに帰している。エゴイズムの発見を運命のそれに比して、より進歩的なものとする根拠はどこにあるのであろうか。もしひとが文学史のうえに素朴と頽廃との交替を見るとならば、それは技術に対する生活の比例値が増減しつつ下降してゆく曲線の波を眺めているのにすぎないのである。だが、その波のうえに浮んだ孤島の美醜や大小を比較する愚をたれが演じようか。すくなくとも近代文明の精神的苦悩のうえに、祖先の素朴に対する優越感の拠りどころを打ち樹てようとする単純な勇気を僕たちはもちえないのである。

いったい人類は――いや、僕たちはなんのためになにを期待して生きているのであろうか。あらゆる虚偽の「ヴェイル」を取り除いてしまえば、人生とは「忍苦」以外のなにものであろうか。それは厳としてはじめに与えられたものしか与えられず、しかもそれ以上が与えられるかのごとき錯覚に生きがいを教えられているなにものかである。生きる本能――ただこのエゴイズムのほかに僕たちはなにものも真実を見いだせぬ。芥川龍之介の直面していた問題はそこにあった。

信輔は既に厭世主義者だった。厭世主義の哲学をまだ一頁も読まぬ前に既に厭世主義者だった。（中略）彼はどう言う目にあっても、兎に角生きてだけは行かなければならぬ。何の為に？

何の為に？　この疑問はいつか信輔に厭世主義を教えていた。

（「未定稿・大導寺信輔の半生」厭世主義）

ここのところに、人間に対する――とりかえしのつかぬ己れの凡俗と人の世の無意味なることにすら気づかずに、「どう言う目にあっても」黙って生きてゆく万人の姿に対する――彼の憐憫が生れる。ここにおいて、もはや人の世につきまとう忍苦のあわれさは、たとえ天才や偉大な精神といえども例外として残すものではない。逆説めくが、神になるために十字架につかねばならなかったクリストさえ、世の謙譲な凡人の眼にはまことに憐むべきものと映るのである。僕がさきに純情の詠歎といったのはこのことである。芥川龍之介の作品はこの人の世のあわれさをみつめて、そのうえに美しく柔かに澄みかえる。このような憐憫の哀切さは近代日本の文学において、たしかに彼のみの領域であったといえよう。

このような心の経緯を芥川龍之介に見てきたとき、僕はその厭世主義に下降した彼の心理のひだにふたたび強靱な文化意思の胎動を見いだすのである。いや、すでに彼の文化意思がそのまま彼の虚無思想の基調をなすものであることをいった。それゆえに、虚無思想の極限においてふたたび彼の文化意思を見いだしたからとてふしぎはない。それはたんなる観念の展開でもなければ、二つのものの並列でもない。「文化意思と虚無思想」というとき、「神と悪魔」「無と有」などの「と」がつねにそうであるように、同時に二つのことを語りえぬ散文の生理に随わざるをえなかったまでである。造型美術においては——ミケランジェロのダヴィッドに、たれも「首と脚」や「眼と手」をべつべつに眺めはしない——敵を認めて起ち上るまえのダヴィッドと石を擲げたあとのダヴィッドとを見ないのである。ひとは二つの状態を「と」の一点に結びつける姿勢を瞬間に把握する。精神的姿態においても、その本質はつねに過程的分析を排除する。たしかに「或詩人の書いた一行の詩はいつも彼の詩の全部である。」芥川龍之介は文化意思のはてに厭世主義を見いだした——ここに時間の桎梏を脱しえぬ論理の嘘がある。これはまた因果によって叙述しようとする歴史の避けえぬ虚偽でもある。ゆえに文法の教科書は結果と目的、理由と原因との区別をつねにもてあましているではないか。「文化意思と虚無思想」というとき、この二つのもののあいだに時間的継起や空間的並列を意味していないことを僕はあくまで強調したいのである。

僕は僕自身の言葉で語ってきたものの、つまりそれはヒューマニズムのことであって、中世のクリスト教精神からルネサンス、乃至は十九世紀のヒューマニズム、ついで前世紀末葉から今世紀へかけてのニヒリズムというような数百年にわたる精神的発展にも、畢竟ただひとつのヨーロッパ精神の体臭を嗅ぎつけることこそ、今日の僕たちになによりも必要であり、そうした勉強から僕たちは芥川龍之介の存在にヨーロッパと韻をあわせた日本的ミニアチュアを正しく理解しうると信ずる。なおそれが日本のミニアチュアであっただけに彼の不幸を汲めばたりるのである。なぜなら、あれほど現代と民衆とを顧慮した彼の文学がリアリズムとしてついにそれと直接には結びつかず、逆に自己の内部へ、本質的なものへと沈潜していったことを考えてみるがよい。一九一〇年代、一九二〇年代の日本人として、彼は同時代の問題を、民衆の問題を自己一身の本質的な問題として解決するよりほかに方途を知らなかったのだ。そのことを採り上げて芥川龍之介の文学を一気に処断することは容易である。が、けだし、文学の問題はそのかなたにある。僕はあくまで彼の文学をその在ったままに述べることが目的なので、その当為を論ずることに興味はない。それゆえ、僕はなにかと饒舌を弄してきた。僕はなお芥川龍之介が虚無思想に直面して、それからいかに一歩を踏みだそうとしたかについて語らねばならない。が、そのまえに彼の生活の暗鬱地帯について一章を設けよう。

七　暗鬱地帯について

僕はいま芥川龍之介の羞恥し、隠蔽した生活の暗鬱地帯について語ろうとしつつ、それがはたして批評の任務であるかどうかに迷うのである。ひとつの仮説にすぎない——それを僕は彼の作品から、彼の公にした文章から帰納しようとする、それだけのことであり、わずかにこの僕の臆測をたすけてくれたものに小穴隆一の随筆集「鯨のお詣り」一書があるのみである。それを保証してくれる生活的事実は皆無である。遺族は僕に抗議するかもしれない。が、彼等とても芥川龍之介の秘めた暗鬱地帯については、僕たちと同様に遊覧バスの窓から眺める旅行者の眼しかもっていなかった。僕は軽薄きわまる残酷の言をもてあそんでいるのではない。家族に対する彼の心のやさしさをたれにもまして信ずる僕も、むしろその温き心のゆえにこそ、芥川龍之介が他のなんぴとよりも家人に対して自己の暗さを隠したにそういないと考えるのである。とすれば、ひとは僕の言葉のこころなさをいうまえに、芥川龍之介の残忍と冷酷とを想うであろうか――僕はそれをおそれる。

僕の仮説は誤っているかもしれない。しかし、いかに僕が芥川龍之介の生活事実に言及しようとも、僕の目標はあくまで文学上の真実であり、ひとつの架空の世界を構築し再現することにほかならない。ここにおいては一仮説の真偽を穿鑿することはもっとも陋劣のわざに属し、問題はその仮説がいかなる真実を説き明すことができるかにかかっている。芥川龍之介がたとえ家族のまえに自己の真実を秘めとおしたとしても、なおそれを僕があばきたてたにしても、そのようなことにいったいなにほどの意味があろうか。さらに僕の仮説がいつの日にか一片の妄誕として顧られなくなるとしても、僕はそこになおひとつの真実の残留することを確信している――なぜなら、僕の仮説設定のまえに、たれよりも芥川龍之介自身がみずから描いた自己の生存の仮説に怯えていたではないか。なにはともあれ、僕は僕の仮説の承認をひとり彼の口にのみ俟つほかはない――が、僕もまた死者に口なきを幸とするものである。さきに僕のこころなさを憎んだひとがあるならば、そのひとはいま芸術の世界の酷薄を想うがよい。ここでは生活のうえに築いたはずの作品が、逆に生活を規定する。作品から帰納しうる以外の生活は、いかにそれが事実であろうとも、僕たちはこれを容認する好意、もしくは悪意をもってはならぬ。で、死のみが彼の作品の世界を純粋にする。

僕はまず芥川龍之介のニル・アドミラリをいう常識に備えなければならない。そういうひとびとは彼が一片の詩に涙を流して興奮したことを知っているのであろうか——ある朝、彼は萩原朔太郎の詩を読んで、感激のあまり座に居たたまれず、すぐさまこの詩人の家を訪い、詩の美しさを歎賞してぽろぽろ涙をこぼしていた。この衝動的な純情をもった彼は、またあらゆる芸術家は心の底に野蛮人をもっていなければならぬといい、アナトール・フランスの理智的な懐疑主義のうちにも「半身半馬神のいる」ことを発見した男であった。が、なお彼の無感動をいいたいものは「鯨のお詣り」のなかのつぎの一節を読むがいい。

「君、金はいらないかねえ。」

ぶらっと自分の室に顔を出した彼は、こう言ってにやにやしながら突立っていた。

「口止め料みたいな金は俺はいらないや。」

「死ぬんなら死ぬで俺はいいよ。」

やるな（自殺を）ときた自分の感じは声を吐出していた。

「まあいいや。」

顔を顰めて悲しい笑顔になった彼は、そう言って自分の前に坐った。てれてにやにやした彼がそこにあった。

「僕は、――君は僕の母の生れかわりではないかと思うよ。」

何秒かの自分の沈黙を見て、こう言って、義足をはずして坐っていた自分の膝に彼は手をかけた。彼が女であるのならば、こう言って彼女は縋りついた、と、ここに自分は書くであろう。――自分は十一月二十八日の生れである。而してこの日は、偶然にも、彼の死んだ実母の命日に当る。(彼の言葉に相違なければ、)「君は母の生れかわりではないかと思うよ。」自分が挨拶に窮するこの言葉を、僕らの鵠沼、田端、の生活で何度も彼は繰返していた。――

「ここにこうやっていると気が鎮まるよ。」

そう言って汚ない畳の上に仰のけに彼は転げていた。

「一寸でいいから触らせておくれよ。」

「たのむから僕にその足を撫でさせておくれよ。」

体をのばして彼は、切断されたほうの自分の足に手をかけた。

(「二つの絵」最後の会話)

僕たちは街気と厭味とにみちた小穴隆一の文章とそこから浮びあがってくる不快な一場

の情景とに反撥するであろう――が、僕たちはそのような生理的不快感に囚われる必要はない。僕たちのなすべきことは小穴隆一の文章とそれが描いた場面とを芥川龍之介の作品と対照することをおいてほかにない。そのとき僕たちの眼に、「二つの絵」の筆者の心理の陰翳はその奇妙な筆癖とともに脱落し、その背後に芥川龍之介の傷ましい痩軀が蒼然としてうずくまるのをみとめるのみである。僕はなおも彼の秘め隠した真実を尋ねて、「磁石の用をなさぬ」樹海の陰湿地帯に足をふみいれなければならない。

「歯車」や「或阿呆の一生」が告白せんとしていた――いや、「西方の人」「続西方の人」においてもなお巧妙な比喩のかげに蔽い隠そうとしていた芥川龍之介の「秘密」とはなんであったか。僕は彼の生涯をかけての精神的扮飾と清潔な虚構とのかげにひとつの「アキレスの踵」をはっきりとみとめる――それは人間の情慾であった。芥川龍之介は学生時代に犯したただ一度の過失に苦しんでいた。が、小穴隆一の言葉を借りていえば、はたして彼はただ一度の過失にのみ生涯「娑婆苦を嘗めて」いたのであろうか。僕は芥川龍之介の道徳的気質を信じており、たとえそれをいかに強調するにしても、彼が学生時代に犯した肉体上の過ちを世間的道徳の場で苦しんでいたとは考えられない。また当時の社会道徳や作家生活の実情から推して、彼の虚栄心が告白とそれによって起る誹謗とを恐れていたとは信じられぬ。彼が自己の日常生活や芸術の表現に我慾の放肆（ほうし）を許さなかったとしても――もちろんそこに彼の家族に対するいたわりをみとめぬわけにはいかないが、彼のもっとも憎んだものは、そういう告白から生ずる安逸さにほかならなかった。とすれば、彼がたえず己れの情慾を、ささいなひとつの過失を終生苦しみとおしたというのは——僕たちはこの事実をいったいどう受けとればいいのであろうか。

僕にはただちに想像できるのである。ストイックな精神主義者が己れの情慾をいかに見ていたかが——そして「女人は我我男子には正に人生そのものである。即ち諸悪の根源である」と書いたときの気もちが。芥川龍之介にとって、情慾とはただに肉体的本能ではなくて、宿命的な原罪として考えられていた。彼は情慾に人間のあらゆる宿命的因果の束縛と限界とを看ていたのである。それは自由意思のどうにもならぬ運命的な力をもって、彼の「善きもの」になろうとする意図、「精神的にえらいもの」を志す努力のゆくてに立ちはだかり、彼を裏切る。芥川龍之介はそのうしろめたさに首をたれるよりほかはなかった。そういうときの彼はたんなる道徳的な悔いを反芻しているのではない。それは自由意思と宿命との闘争のあいだに身を置いた人間のみの知っている後悔である。彼は自己の自由意思をもって征服できぬ宿命的因果にいらだっている。職業作家としてそこに告白の素材を見いだすまえに、芥川龍之介は一個の精神主義者として、己れの情慾と放縦とを許しえず、そこからの逸脱を冀っているのである。彼の精神主義を一挙に粉砕し霧散せしめる敵を自分のうちになんぴとよりも強く感じていた彼にとって、情慾は道徳的悪としてよりも、「永遠に超えようとする」人間の自由意思を嘲笑する宿命として伏在していた。自己の弱点と見れば、これに反逆し克服しようとする彼のストイシズムは、すでに「壜詰めの牛乳の外に母の乳を知らぬことを恥じた」少年時代に端を発している。少年龍之介にとって、それはたれにも知らせることのできない「彼の一生の秘密」だった。彼はそのことをつづけてこう書いている。

この秘密は又当時の彼には或迷信をも伴っていた。彼は只頭ばかり大きい、無意味なほど痩せた少年だった。のみならずはにかみ易い上にも、磨ぎ澄ました肉屋の庖丁にさえ動悸の高まる少年だった。その点は――殊にその点は伏見鳥羽の役に銃火をくぐった、日頃胆勇自慢の父とは似ても似つかぬのに違いなかった。彼は一体何歳からか、又どう言う論理からか、この父に似つかぬことを牛乳の為と確信していた。いや、体の弱いことをも牛乳の為と確信していた。若し牛乳の為とすれば、少しでも弱みを見せたが最後、彼の友だちは彼の秘密を看破してしまうのに違いなかった。彼はその為にどう言う時でも彼の友だちの挑戦に応じた。

（「大導寺信輔の半生」二　牛乳）

芥川龍之介の情慾を秘める表情に、この少年の日のストイシズムが窺われるのをなんぴとも否定しはしまい。彼は情慾を自己の弱点と見たがゆえに、これに反逆し、これを羞恥したのである。としても、ひとはなお僕の言に牽強附会を見てとるかもしれない。虚弱な体質の彼に、それほど激しい精神主義をもってしても抗しえなかった情欲をどうして想像しうるであろうか。それをどうしようもない人間的宿命と観じ、これを羞じ、これに戦いを挑んだという僕の構想は、たんなる観念の遊戯であろうか。女人に近づこうとするときの芥川龍之介の態度は、たしかに抗しがたい肉慾という概念でこれを割り切ることはできない。それはかならずしも彼のストイシズムの事前に回避しえぬことではなかったであろう。僕たちはそこに好奇心を——というよりはエピキュリアニズムを見ることができる。芥川龍之介は自己のうちの精神的なあらゆる可能性に対して厳しい義務感を懐いていたと同時に、己れの肉体的な官能を満すうえにもあくまで貪婪であった。おそらく彼はそのたびに自己の官能の限界に幻滅を味わわされねばならなかったにそういない。いわば彼の慾望は観念的に肉体を誘った——が、観念的という言葉を僕たちはこのような使い方をしてよいものであろうか、僕は承服しえない。

しかし、そのような疑いをもつひとに僕はあえて問いたい。いったいそれなら僕たちは抗しがたい肉体の慾望そのものによってのみ女人に近づくのであろうか、それとも官能の夢想が限りない期待を懐いて女人から女人へと移り歩くのであろうか。僕はその答えを聴くまえにかさねて訊ねるであろう——もし精神がその自由と尊厳とを傷つけられるとすれば、それは動物的な本能の充足によってではなく、制しうるにもかかわらず強いて解き放った官能の幻滅とともにやってくる。このときほどひとは精神の無力を、そして精神主義の陋劣を感ずることはない。抗しがたいものに後悔はありえない。抗しうるのに身を委せたことに——というより、それを抗しうると見なすところに僕たちは無限の悔いを思い知らされる。逆説的にいえば、自由意思のどうしようもない宿命とは、このような自由の余地の残されたところに顔をのぞかせているのである。ヨーロッパはここに正しく原罪の意味を読みとっていた。

芥川龍之介は「歯車」のなかで相手の女——ある狂人の娘を「復讐の神」と呼んでいる。また彼は小穴隆一に向って、女色を戒めた漱石の言葉をいくたびか切実な後悔のうちに語り告げていた。


「あの子はあなたに似ていやしない?」

「似ていません。第一……」

「だって胎教と云うこともあるでしょう。」

彼は黙って目を反らした。が、彼の心の底にはこう云う彼女を絞め殺したい、残虐な欲望さえない訳ではなかった。

（「或阿呆の一生」三十八　復讐）


くりかえしていうが、芥川龍之介の意識した後悔と復讐とはたんに世間態と日常生活の破壊とを意味するものではない。もちろん僕はその間に身を処する煩しさを否定しはしないが、彼の恐れた復讐と後悔とはより本質的な、より人間的なものであった。情慾にかぎらず、僕たちは総じて快楽の持続に堪えることができない。良心ではなく、額に汗しなければ生きられぬ現世のみじめさが、やがて無垢の恋に汚点をつけ、放縦に悔いの意識を投げ入れる。精神主義とはこの地上に生きるものの、その貧寒さが生んだ豊穣に対する嫉妬であり、自由の名のもとに己れのみじめさをまぎらす方便である。とすれば、情慾の復讐とは――それは良心の呵責というがごとき太平楽なものではなく、決算をつねに現実にも ち越すことの貧乏臭さに対する精神の嫌悪にほかならない。この決算をあくまで肉体の世界においてすませ、それ以上に持ち越させまいとこころみた精神主義者芥川龍之介が、情慾を羞恥し隠蔽したのはまことに当然といわねばなるまい。

が、「彼女を絞め殺したい、残虐な欲望さえない訳ではなかった」と書いた彼の心には後悔と復讐とが――彼自身の全然責任を負いえぬ後悔と復讐とが意識されていたのであった。

宿命は後悔の子かも知れない。――或は後悔は宿命の子かも知れない。

（「侏儒の言葉」宿命）

この彼の述懐をなお痛切に理解するためには、僕たちは彼の素姓についていっそう立ち入った不逞の穿鑿をこころみねばならない。芥川龍之介は「歯車」のなかでひとりの老人について述べ、「なぜ僕の母は発狂したか？　なぜ僕の父の事業は失敗したか？　なぜ僕は罰せられたか？――それ等の秘密を知っている彼は……」と書いている。僕はこの一節を読んで芥川龍之介の素姓に漠然とした疑惑をもった――もちろんその背後には作品を通じて彼の肉体の過ちが二重にも三重にも写し出されてはいた。僕の猜疑の眼には、あらためていくつかの事実が記憶のうちに再生した。芥川龍之介は「暗夜行路」の主人公に自己の一生を見て涙を流していた――不義の子として生れた謙作の健康な生き方に羨望と讃嘆とを感じながらも。のみならず、彼は女中の子ストリンドベリになみなみならぬ関心を寄せ、たえずその名を口にしていた。そして彼が一生の勇気をふるって書いた「西方の人」「続西方の人」の主人公は父なきクリストであった。さらに、さきに引用した「大導寺信輔の半生」のうちの「牛乳」の一節を想起してみるがよい。

僕はことあたらしく芥川龍之介の系図に見入らざるをえなかった。彼は明治二十五年三月一日、京橋区入船町に新原敏三の長男として生れた。ときに敏三四十二歳、母ふく三十三歳、ともに男女大厄の年に当っていた。はじめ彼は龍之助と命名され、辰年辰月辰日辰刻に生れたゆえをもって、旧習にならい棄子の形式をふみ、本所区小泉町十五番地に住む実母ふくの長兄芥川道章の養子となった。僕が不審をもつのはこの点である。いかに旧習とはいえ、嫡男であり、そのうえ女児二人のあとにできた初の男子である彼をむざむざ養子にやるであろうか。ことに両親はすでに若くはなく、長女初子はすでに龍之助出生の前年になくしていた。また十八歳にして萩の乱に加り敗走し、同郷の先輩益田孝、渋沢栄一を頼りに当時箱根仙石原に畊牧舎牧場を開いて成功していた実父の敏三の波瀾にとんだ生活からは、そのように旧来の迷信に易々として従う弱気な人物を想像しえない。のみならず、長男を廃嫡するには相当の法律上の手続が必要であったはずであり、もしそのような工作がおこなわれたとすれば、なんらかの形で現在までその痕跡を残していなければならない。しかも龍之助が芥川家に引き取られたのは母親の発狂後といわれており、それが事実であるならば、ふくの発狂は生後九ケ月目であったから、あきらかにそのあとのことである。もし旧習に拠ろうとするならば、強いて愛著の深くなるまで俟たず、出生直後にこれをおこなうべきではなかったか。龍之助がはじめて龍之介として形式上芥川家に入籍したのは彼の十一歳のときであったが、僕の臆測は、おそらくこのときまで新原家に長男として彼の籍のはいっていなかったであろうことを考えるのである。芥川家に子なきためという伝記の註はまったく取るにたりない。

ここに僕たちは母親の発狂と養子入籍とが芥川龍之介の出生にまつわる秘密と直接関係のあることを確信せざるをえない。それはたんに僕の忌わしい好奇心にすぎないであろうか。が、やがてこの猜疑はまた偶然に「二つの絵」の一節と結びついた。いま僕は僕の疑いのあるいは故人の冒瀆になることをおそれつつ、小穴隆一の文章を引用してみる。

自分は勇気を出してぶちまければ、——彼の棺に釘を打つときに、「これを忘れました。」——惶急に彼の夫人が自分に渡した紙包は○○龍之助。断じて龍之介とは書いてなかった臍緒の包である。のみならず新原・芥川そのいずれでもない苗字を読んだ。臍緒に姓名の誤記という事が彼の一家の人々を見渡して考えられようか。あの場合の自分の視力を今日に至っても自分は疑えない。

（中略）

二十七日の告別式に至って遂に自分は、自分の嘗つて見知らぬ○○龍之助の前に初めて立った。

——○○龍之助が芥川龍之介とする。然らば、何故芥川龍之介はその間の消息を一度も人に語らずして死んでいるのであろうか。謎である。苦痛と考えた考えに生きていることが、苦痛を孕んでいた種は、もしやという考えを持たせる。この疑惑は、正確な自画像が描けなかった彼の弱点に結ぶべき根本のものであったのではなかろうか。依然たる自分にとっての今日の謎である。（「二つの絵」彼に伝わる血）

僕たちはここにはじめて「宿命は後悔の子」といい、さらに「後悔は宿命の子」といいなおした芥川龍之介の心をはっきりとのぞきみるおもいがする。彼にとってはこの逆に立言してみてもおなじことであったろう。彼がこの世に生れいでたことがすでに復讐であり後悔であった——彼のあらゆる善意にもかかわらず、彼の生涯は復讐として発想し、彼は已れの生れたことをまず悔いねばならなかった。こうして出生の秘密に直面した瞬間、あらゆる可能性の剝奪せられ限定せられ狭められてゆくのを眼前にまざまざと見るおもいのした彼は、この動きのとれぬ復讐と後悔との一筋道にあえてみずからその生涯を閉じこめたのである。宿命の意識が後悔に導いたのか、後悔が宿命の意識を生んだのか——宿命と観じてとりかえしのつかぬ出生の暗黒に悔いを寄せたのか、後悔にゆきくれた彼のうえに宿命の神が現れたのか。

芥川龍之介は宿命という言葉の底に出生の「秘密」を見、その「秘密」の同意語に人間の情慾を読みとっていた。彼は自己の情慾とその復讐との背後に彼自身の出生にからまる「秘密」を二重写しにして見ないわけにはいかなかった。彼が女人を「諸悪の根源」と見、情慾に人間の本能的な宿命を感じて生涯を苦しみとおしたゆえんである。ここに芥川龍之介は彼自身の責めを負いえない出生の秘密に悔いを感じている。ひとはそこに困憊した末期の神経を見るだけであろうか——僕はかかる楽天思想に伍しえないのである。それはたんなる無いものねだりとは異る。ときおり僕たちはあのとき別の道を選べばよかったと過去を顧る——あたかもその選択が自由であり可能であったかのように——といって、それは不可能ではなかった――たしかに自由の余地が残されていた――が、じじつは成るようにしかならず、現在に立って未来のまえにすべては宿命として首をたれる。すくなくとも未来の門は可能性としてあった自由を認めてはくれぬ――別様にもありえたものをそれ以外に道はなかったものとしてしか受けとらぬのである。ここに自由とはなんであろうか、宿命とはいかなるものをいうのであろうか。さらに、一口に後悔ということばの内容に、僕たちは幾様の深浅と色分けとを読みとらねばならぬのであろうか。

個人の与り知らぬところに人間が罪を見る。芥川龍之介は自己の出生の「秘密」に気づいた瞬間、一度の過失にも「娑婆苦を嘗め」るおもいを禁じえず、指し示された罪の子に運命神の復讐を感じた。逆に、己が情事のつまずきがひとつひとつ、かの「秘密」に向って収斂(しゅうれん)され、時を逆倒したかなたに醜怪な巨像を形づくり、さらにここを発想として展開してくる宿命の錯覚にうちのめされたのであった。いまや僕たちは芥川龍之介の暗鬱地帯のただなかに立っている――あの澄みきった作品の世界はかすかに樹間を洩れる日の光によってそれとわかるのみである。僕たちは爽かな樹海の葉のそよぎにふたたび耳かたむけることはできぬのであろうか。が、磁石のきかぬ、凹凸のはげしいこの熔岩のうえに、僕たちはあの緑葉の無染のたわむれを見わたせる小高い丘に通じる道を発見しなければならない。

八　無抵抗主義について

かつて岡本一平は僕に芥川龍之介と岡本かの子との交友を語ってこういったことがある——

「女史にして見れば、芥川のなにか隠そうとする態度に、じっとしていられないものを感じたんだね。内部に脆い、いまにも崩れそうなものを含みながら、表面は硬い鎧を著てきちんとしているいじらしさに、女史の性格として惹かれるものがあったんだ。なにもかも溶かしこんで抱擁しつくさなければ気のすまないたちなんだよ。女史のほうでは鎧を喰い破って中味を掴み出したかったわけだし、芥川のほうではますます警戒して弱味を見せまいとするしでね……。」

その「鎧を喰い破って」といったときの話手のジェスチュアをいまでも僕は眼前に髣髴する——同時に、そういう岡本かの子に対した芥川龍之介の含羞の表情をも。が、彼はたんに相手に対して自己の弱味を羞恥し警戒していたのではなかったはずだ。それは彼自身の「溶かしこみ抱擁しつくし」えなかった暗鬱地帯の存在を示すものにほかならない。それは他人の跋渉を拒絶し、磁石を無用にしたばかりではない。たれよりも彼自身がこれに面をそむけ、みずから磁石を抛棄していた。告白を肯じなかった芥川龍之介は楽屋の神聖を重んじた。

ストリントベリイの生涯の悲劇は「観覧随意」だった悲劇である。が、トルストイの生涯の悲劇は不幸にも「観覧随意」ではなかった。従って後者は前者よりも一層悲劇的に終ったのである。

（「侏儒の言葉」二つの悲劇）

僕の芥川龍之介論はここに冒頭へもどらねばならぬ——ほかでもない、彼が自己の楽屋を隠したのは自我の真実を保証するためであった。自分の物語る美しい比喩に精神的真実を確保するためには、なにをおいても彼は自己の醜悪と罪業とにたえず首をたれていなければならなかった。しかも、このさいもっとも必要なことはひとしれずにということである。なぜならあらゆる感情の純粋はその表現禁止によって保持せられる。芥川龍之介は容易にその「秘密」を話柄とすることによって、罪の意識と後悔とが白日のうちに雲散霧消することを恐れた。正しきもの、善きもの、美しきものの表現に自己の精神的真実を賭けた彼は、こうしてそのかげでは暗鬱の情感を一途に秘めぬいたのである。が、表現禁止によってその純粋性を保持しようとする心は、けっして「秘密」それ自身のためではなく、逆に裏返して、表現を与えた精神の真実性のためにほかならなかった。

芥川龍之介はまず自己の実生活からあらゆる「感歎詞」を——ちょっとでも気を許した

なら自己を包みかねない「感歎詞」的雰囲気をむきになって抹殺してかかった。もちろん、その根柢にあったものはむしろ本能的な不安であり嫌悪感である。彼は自分に放縦、恣意、気まぐれを禁じた。己れの傷にそしらぬ顔をして常識の面をかぶった。家庭には東京の下町の生活に見られるものなれた節度とささやかな平和とを保ち、そこにはいってくるものはなんぴとといえどもこれを破ることができぬのみか、彼自身もこの節度と平和とを破ることをみずから許さなかった。そこにあっては彼は善き子であり、善き夫であり、善き父であり、そして善き親戚、善き隣人であった。のみならず、彼の作品もまたあまりに常識的な善意と正義感とに、その俗臭をいわれてきた。が、芥川龍之介は自己主張と自己表白とによって人間完成を意図する文学概念にまっこうから反対した。岩野泡鳴に一個の楽天家をしか見なかった彼は、自然主義の過失を——生活と芸術との混同をはっきりと見てとっていた。当時、告白の深刻を要求するジャーナリズムに向って、彼はほとんど絶望的な拒否の言葉を投げつけながら、ますます自己の傷を隠蔽し、生活の側においても、芸術の側においても、その両者の峻別を計った。が、その精神的真実の激しい陰翳を沈黙によって確保せんとした彼の心事は想像にあまりある。それは自己の勝利すら告げられぬ苦しい無言の行のごときものであった。かくして彼の生活と芸術とが善意と常識のうちに貧困をきわめればきわめるほど、精神はいよいよ激越なうねりを重ねてゆき、その平板さに謀反し、これを打ち破ろうと欲する。こうした芥川龍之介にとって、ジャーナリズムの告白要求などはなにほどのことでもなかった――無言の行を破りたかったのは、たれよりも彼自身であった。

彼はいつ死んでも悔いないように烈しい生活をするつもりだった。が、不相変養父母や伯母に遠慮勝ちな生活をつづけていた。それは彼の生活に明暗の両面を造り出した。彼は或洋服屋の店に道化人形の立っているのを見、どの位彼も道化人形に近いかと云うことを考えたりした。が、意識の外の彼自身は、――言わば第二の彼自身はとうにこう云う心もちを或短篇の中に盛りこんでいた。

（「或阿呆の一生」三十五　道化人形）

芥川龍之介の死後、その友人の多くは彼の友情のこまやかさについて語っている。「芥川はモラリストを憎みつつも、彼自身あまりにモラリストであり過ぎた。……その思想的生涯を一貫して彼の抱いたところの『道徳に対する懐疑心』は、彼の感情と感覚とにかたく根ざすものであった。しかも道徳的本能は彼において人一倍強かった。」（恒藤恭）「昨年の秋頃から、彼に会った有らゆる人々の意見が一致しているのは、彼が誰に対しても深切で、謙遜で、優しかったという事である。」（広津和郎）また室生犀星や宇野浩二に対する友情はもとより菊池寛、久米正雄に接した彼のものやわらかさは誰でも知っている。僕は「鯨のお詣り」によって、芥川龍之介がいかに善良な常識人の生活を意思していたか、その心根の悲しさに胸をうたれた。彼ほど生活者の労苦を——そしてそのうちにひそむ人間の姿のみじめさを若くして知っていたものも少い。が、そのうえにいたわりの情を寄せていた彼自身のうしろ姿の悲しさを、芥川龍之介は意識していたろうか——意識していたにそういない、と同時に、いかに彼がそういう感傷主義の陥穽を避けようと苦しんでいたかは、その文章を周到に味わおうと用意しているものの見のがすところではあるまい。己が宿命的な悲劇をすら蹴って顧ぬもののみが真の芸術家たりうるという厳しい掟をかたく信じていた芥川龍之介にとっては、また「右の手のなすことを左の手に知らすな」という新約の言葉のたんに施済の倫理にとどまらぬことが、身をもって実感されていたにそういないのである。このイエスの教えたストイシズムは芥川龍之介の時代と環境とのうちにひとつの必然性を見いだしたのであるが、僕はなによりもそこに彼の純情と羞恥との穢れなく輝くのを見たいのである。

さらにそこには純情以上のものがある。彼は自分の生れながらの性格的弱点を自覚した瞬間に、まことに彼らしく意識的な反撃をこころみだした。僕は前章に宿命を意思し、これを完成せんと欲する態度について述べた。ここに無抵抗主義者とは、完全な自己抛棄を表明しながら、心の底に意地のわるい微笑を隠しもつものを意味する言葉となった。彼は現実の暴力に対していかに自己の脆いものであるかをよく知っているがゆえに——のみならず、神のまえに人間の不完全と自己の醜悪とを深く意識するがゆえに、まず一切の我意を放擲してかかる。現実をあるがままに受けいれ、また他人の心理の委曲をすばやく読みとり、その設計にもとづいて自己を組みたてる。彼はいやがうえにも自己の生活を常識化し平板化しようと努め、他我の意思のもとにみじめにも己れを屈従せしめ、自己の暗鬱な欲望を粉砕し窒息せしめんとこころみる。しかし、彼が他人のための時間と自分の時間とを截然と区別しているのは、とりもなおさず自分を頑強に衛るためであって、この境界線を限って一歩も他人を入れまいと心に決しているがゆえに、彼のほうからこの線を超えていて鄭重に挨拶を交すまでのことである。たしかに彼のものやわらかさには片意地なものがある。

が、その意地のわるい微笑には、それと見た瞬間にやさしいいたわりのかげがさす。他人の心理に諦従する習慣は芥川龍之介を鋭い心理家に仕立てあげた――その心理家が他人を見る眼にいつも己れの陋劣さを投影せしめ、他人を斬る刃で自己を斬っている――と同時に、相手の薄汚いうしろ姿に現世の労苦を背負った人間の悲しさが、そしてその底にかすかに偲ばれる無垢の赤子の弱さが、忽然として彼の眼に映じてくる。そのあとでは切ない憐みの感情が相手の全身を浸して人の好い笑顔がそこにある――自分の肉体が深く傷ついているのも知らぬげな愚かしい笑顔が。やがて彼はその明るい表情のかげで無念の愁訴に血を流している自分に気づくのだが、このときにもその感傷に冷淡を装おうとする芥川龍之介であった。

クリストはクリスト自身の外には我々人間を理解している。彼の教えた言葉によれば、感傷主義的詠嘆は最もクリストの嫌ったものだった。（「続西方の人」十九 兵卒たち）

自分を十字架につけた兵卒たちが脚下に衣を分ちあうのを「是認した」クリストは、たしかに「我々人間を理解して」いたにちがいない。「肩幅の広い模範的兵卒たち」の眼にはクリストが「彼の衣の外に持っていたものは見えなかったのである。」──クリストの傷の深さと無念の意思とを理解することはとうてい幸福なる彼等のよくなしうるところではなかった。が、逆に人間の我慾を心理家としてよく理解し、それをやさしく是認しうるものには、自分に向って放射される相手の慾望の強要に遭って、静かな無抵抗主義者たる以外にどんな道が残されていたろうか。

ここにおのずと脳裡に浮んでくる一節がある──芥川龍之介はすでに二十歳のころつぎのごとく書いている。

私は年長の人と語る毎にその人のなつかしい世なれた風に少なからず酔わされる。

文芸の上ばかりでなく温き心を以てすべてを見るのはやがて人格の上の試錬であろう。世なれた人の態度は正しく是だ。私は世なれた人のやさしさを慕う。
（「日光小品」温き心）

この稚拙な文章に僕は芥川龍之介の純情と同時に、後年つねに芸術家に対して苦労人の概念を対立せしめていた彼の厳しい処世法の萌芽を見る。ひとはこの一節のどこに、世のつねの気負った二十歳の文学青年の姿を想像しえようか。凡才はその二十代を芸術家として出発し、三十代、四十代に俗人に脱落する――芥川龍之介は弱冠にして塵網に固執し、後年に及んでその芸術家を完成した。なお彼はつぎのごとき言をなしている。

が、詩人芭蕉は又一面には「世渡り」にも長じていた。芭蕉の塁を摩した諸俳人、――凡兆、丈艸、惟然等はいずれもこの点では芭蕉に若かない。芭蕉は彼等のように天才的だったと共に彼等よりも一層苦労人だった。
（「続芭蕉雑記」一　人）

しかし彼はそのあとですぐこう続けている。

芭蕉の住した無常観は芭蕉崇拝者の信ずるように弱々しい感傷主義を含んだもので

はない。寧ろやぶれかぶれの勇に富んだ不退転の一本道である。芭蕉の度たび、俳諧さえ「一生の道の草」と呼んだのは必しも偶然ではなかったであろう。兎に角彼は後代には勿論、当代にも滅多に理解されなかった、（崇拝を受けたことはないとは言わない。）恐しい糞やけになった詩人である。（同上）

芥川龍之介の青年期に「世なれた人」としてなつかしんだ「苦労人」の概念が、このように絶望的な意思にまで成長することをいったいたれが想像しえたであろうか、彼自身もそれを予感すらしていなかったにそういない。「西方の人」――ことに「続西方の人」は一貫して、この無抵抗主義者が死にさいしてかろうじて世に示しえた絶望的な抵抗を物語るかにみえる。

クリストは又無抵抗主義者だった。それは彼の同志さえ信用しなかった為である。近代では丁度トルストイの他人の真実を疑ったように。――しかしクリストの無抵抗主義は何か更に柔かである。静かに眠っている雪のように冷かではあっても柔かである。……（「続西方の人」四　無抵抗主義者）

だが、さらにいえば、芥川龍之介の無抵抗主義者だったのは、彼自身の精神の真実を容易に信じようとしなかったためである。彼は自己の真実を他人のそれと比較しているのではない。それならば黒白は明らかである。じじつ彼は容易に決著のつく単純な論争においては非常にポレミックな態度を示した。しかしそれほどに闘争的であった彼が、自己の生活において、さらには表現においてまったく無抵抗であったのは、彼の闘いの場がけっしてそのように単純なところになかったことを明すものであろう。僕は他我の慾望の放射をじかに己れの肌に実感する彼の柔軟な心理家であることをいったが、芥川龍之介の無抵抗主義を真に理解するためには、なお彼自身の内部に闘われていた争いに注目を求めなければならぬ。

バラバは唯彼の敵に叛逆している。が、クリストは彼自身に、――彼自身の中のマリアに叛逆している。それはバラバの叛逆よりも更に根本的な叛逆だった。

（「西方の人」三十一　クリストよりもバラバを）

兵卒たちの揶揄嘲笑に対して「方伯(つかさ)のいと奇(あや)しとするまで一言も答えせざりき」と伝えられているクリストに、芥川龍之介はおそらく共感以上のものを覚えていたにちがいない。その彼はまた、ユダに向って「お前のしたいことをはたすが善い」という言葉を投げつけたクリストの心のうちにユダに対する「軽蔑と憐憫」を見てとった。なぜなら彼自身の註するごとく、クリストは「彼自身の中にも或はユダを感じていたかも知れない」からである。クリストが自分のうちに高く伸び上ろうとする聖霊の意思を感じ、自己の真実を外部に向って表現しようとするとき、現世に対する激しい言動のゆえについに彼を信頼できず、そのかげに香具師を見つけて彼を売ろうとしたユダの心を、ほかならぬクリスト自身が己れのうちに感じていたとすれば、「方伯のいと奇しとするまで」沈黙を守ったのもまことに当然であるといわねばならない。かくしてニーチェがあえて叛逆したマリアを――「永遠に守らんとするもの」を、クリストとともに芥川龍之介もまた己が生活の態度として採ったのである。

我々はあらゆる女人の中に多少のマリアを感じるであろう。同時に又あらゆる男子の中にも――。いや、我々は炉に燃える火や畠の野菜や素焼きの瓶や巌畳に出来た腰かけの中にも多少のマリアを感じるであろう。マリアは「永遠に女性なるもの」ではない。唯「永遠に守らんとするもの」である。クリストの母、マリアの一生もやはり「涙の谷」の中に通っていた。が、マリアは忍耐を重ねてこの一生を歩いて行った。世間智と愚と美徳とは彼女の一生の中に一つに住んでいた。ニイチェの叛逆はクリストに対するよりもマリアに対する叛逆だった。

（「西方の人」二　マリア）

この一節は——炉の火、野菜、素焼の瓶、巌畳な腰掛のうちにつつましい素朴な沈黙を感じた心は——ただに感覚の習錬された詩人のそれとのみはいえぬ。僕はそこに、現世の塵労のどん底に鎖を引きずって生きながらなおも人間の完成と拡大とを夢みてやまぬ自我の忍苦と、そこからのみ生れる悲しい人間の智慧とを眺めざるをえない。が、さらに、かほど決定的な抗議を芥川龍之介は死後はじめて衆人のまえに突きつけたということ、しかもなお隠喩にみちた形式をもってしたということはなにを意味するものであったか。僕は「続芭蕉雑記」「西方の人」「続西方の人」の三つを柔かな心臓をもった無抵抗主義者の遺書と見ているが、そのゆえにまた彼のいかに深く「守った」かに心をうたれるのである。

とはいえ、僕たちが芥川龍之介のうちにこのうえもなくいじらしい謙譲を見た、そのおなじ無抵抗主義の極北に、いかんともしがたいほどの自我の倨傲が立ち現れ、ふたたび僕たちをうそざむい自己嫌悪に突き落す。たしかに無抵抗主義とはあらゆる厭迫と猜疑とに対し、固く沈黙を守って抗弁しない精神のことである。が、その底にいささかの自侍が残留し、これが彼をして無抵抗主義の寂莫を耐えしめ可能ならしめていたとしたなら、ひとはそれを許すべからざる不純と見ないであろうか。あくまで精神的優越を計ろうとする自意識の底意を見はしないであろうか。

僕はさきに自己主張と自己表白とによって人間完成を意図する文学概念に芥川龍之介がまっこうから反対したことをいった。しかし、ここに彼の無抵抗主義もまたおなじ文学概念の逆説的な継承ではないのか。とすれば、両者の相違は自我把握の強固さと自我喪失の脆弱さと、健康と頽廃と、上昇と下降とのそれであり、近代日本文学における芥川龍之介の位置を、自我確立の敗北に向う線に沿ってその窮極に据えることは、けだし当然であろう。僕はあえてこれに反対はしない。そのとおりである——が、こと文学に関するかぎり問題はこのさきにある。なぜならば、歴史と時代との敗北のうちにありながらも、作家はなんとしてでも個人の勝利をかちえなければならぬからである。もし敗北のうちにも自己の勝利を打ち樹てえぬとすれば——いかに彼が時代にめざめ、改革と進歩とに情熱を寄せ誠実を守ろうとも——僕たちは彼の失敗をその時代の条件に帰して許そうとする動機論に与してはならない。いわば芥川龍之介はかくのごとき動機論的弁明をみずからに禁じたのであり、それゆえの無抵抗主義であった。

したがって僕は芥川龍之介の無抵抗主義の基調に救うべからざる自我を覗き見て、その不純に自我喪失の証拠を求めるよりは、むしろ彼がそこからいかにして立ち上ったかを明らかにすることに責務を感じている。彼の自我喪失と敗北とはひとり彼のみのものではない。それは近代日本の自我喪失であり、さらにはそれを通じて近代精神の宿命的な敗北であった——とすればこのことに関するかぎり彼自身の与り知るところではない。芸術家として彼のなすべきこと、そのほかになしえなかったこと、そしてじじつなしとげたことは、その近代精神の敗北と闘うことであり、断じてこれを反映することではなかった。反映することではなく格闘することが文学であるとすれば、この闘いを記述し再演出することこそ僕たちのしごとでなければならぬ。

芥川龍之介は身をもって近代精神の下降と限界とに闘いを挑んでいる——というのは全力をあげて争ったという意味ではない。それは対象をそとにもつ闘争ではなく、彼自身が下降するものとして彼自身と闘ったのである。それゆえに、己が無抵抗主義のうちに精神的優越を計ろうとする不純を見ていたのは、たれよりも芥川龍之介自身であり、ひるがえってまたその不純のまえに無抵抗主義を固執せざるをえなかった。相も変らぬ循環論法である——が、おもえばこのようなところに心理分析をこころみることそれ自体が循環論法の不手際に導くのではないか——人間完成を自己主張と自己表白とによってしかおこないえぬ心理主義に近代の限界を見ていた芥川龍之介であり、しかもこれを拒否する闘いをすらその限界のそとにはなしえぬ苦しさを心魂に徹して知悉していた芥川龍之介であってみれば、循環論法の不手際は彼の内部闘争の救いがたい運命だったといえよう。

　　マリアは唯この現世を忍耐して歩いて行った女人である。（カトリック教はクリストに達する為にマリアを通じるのを常としている。それは必しも偶然ではない。直ちにクリストに達しようとするのは人生ではいつも危険である。）（中略）弟子たちの足さえ洗ってやったクリストは勿論マリアの足もとにひれ伏したかったことであろう。

しかし彼の弟子たちはこの時も彼を理解しなかった。

「お前たちはもう綺麗になった。」

それは彼の謙遜の中に死後に勝ち誇る彼の希望（或は彼の虚栄心）の一つに溶け合った言葉である。クリストは事実上逆説的にも正にこの瞬間には彼等に劣っていると同時に彼等に百倍するほどまさっていた。

（「続西方の人」十一　或時のクリスト）

ここに芥川龍之介が死の直前、出でてはいかに「深切で、謙遜で、優しかった」かを憶い出すがよい——そして同時にそのころ家にあってひとりしたためていた三つの遺稿の厳しさを。それでは芥川龍之介に救いはなかったのか。救いがあったとすればどこにあったのか。彼が同時代にあってひとりひそかに闘った逆説的な闘争は彼をどこにおいて勝利に導いたのか。いかにして彼は近代精神の袋小路を切りぬけることができたのであろうか。どうやら、僕はようやくにしてこの文章の最後の段階に到達したらしい。

九　詩的正義について

すでに述べたように、芥川龍之介の自我喪失はけっして彼自身の負うべき責任ではない。しかも、この近代における自我の喪失が条件や制度の悪に基づくというだけのことではなく、そこにはさらに自我そのものの限界と宿命とが見いだされよう。のみならず、この限界と宿命とに逢著する過程はたんに没落と下降とによってのみ説明せらるべきものではないのだ。なぜなら、ヨーロッパにおいても日本においても、この崩壊期に身を置いた真の芸術家のこころみは、一見そうみえたがごとく喪失しかかった自我にふたたび昔日の偉容を回復せんとすることではなく、すでに自我の限界に見切りをつけた彼等としてそのそとに人間完成の美を探らんとすることにほかならなかった。自我そのもののうちに自律性と個性とを、あまつさえ人間の美を求める愚を彼等は身にしみて知っていた——自我は平板であり、なんらの独自性なく、しかも醜悪きわまりない。その底に探りあてられるものは人間性ではなく、獣性であり、エゴイズムでしかなかった。彼等の先達の仮説は一片のはかない夢想に終った——彼等は自我のそとに人間を信ぜしめるにたる新しい仮説を、新しい彼等の神を発見しなければならなくなった。そこに彼等すべてに共通した発想があり、しかもそこから出発した道はめいめい異ったものであった。ただその共通した地盤に目を奪われたひとたちにとって、自我の喪失は一時代の終結として映り、仮説としての積極性が気づかれなかったまでである。

もちろん、発想すべき出発点の共通が、この時期の作家たちをして、当然自我喪失の悲しみに纏綿せしめた。自我のそとに神を見いだそうとするいとなみは、そのまま自我に固執せざるをえなかった。心理主義を呪う心がその煩しさを引きずるように心理の屈折を舌なめずりして辿りさまよった。自己主張、乃至は自己弁護がかえって自分自身を人間完成から遠ざけるものと知りながら、そこをとおしてむなしい努力を続けるよりほかに方法を知らなかった。僕たちが制度の悪を見ぬかねばならぬのは、まさにこの点においてである。彼等のあらゆる善美への努力にもかかわらず、すべてがむなしく終らねばならぬということ――そこに僕たちは現在の政治制度と経済制度との悪を見るのであって、断じて自我喪失そのものにそれを見てはならぬ。

十九世紀ヨーロッパのリアリズムとは、そういう彼等のむなしい努力の個人的解決法にほかならなかった。僕はさきに芥川龍之介の厭世思想を述べるさいに、このことをいった。彼においても、あらゆる時代の苦悩が個人的、本質的な解決の方向に流されていた。とすれば、芥川龍之介の方法とヨーロッパのリアリズムとのあいだの断層はどこにあったのか。ヨーロッパに韻をあわせた日本的ミニアチュアとはなにを意味するものであったか。僕はここに芥川龍之介の「詩的正義」を解明する鍵を見いだすと同時に、この「詩的正義」によって彼の無抵抗主義の奥義に達することができると信じている。

クリストが「永遠に超えんとするもの」としての聖霊を自分のうちに感じ、この聖霊の名のもとに母マリアにむかって彼の精神主義を主張したとき、彼女が息子の拒絶をいかなる苦痛のもとに受けとったか――その「いじらしさ」に芥川龍之介は無限の同情を寄せていた。

美しいマリアはクリストの聖霊の子供であることを承知していた。この時のマリアの心もちはいじらしいと共に哀れである。マリアはクリストの言葉の為にヨセフに恥じなければならなかったであろう。それから彼女自身の過去も考えなければならなかったであろう。

（「続西方の人」八　或時のマリア）

この一節に芥川龍之介は自分の母に対するおもいやりを含めつつ自己の履歴を対決せしめていたことはもちろん、さらに当時の民衆の無智のうえに——知識階級の精神主義が彼等の頭上にふりかざした鞭に罪なきとまどいを感じていたその無智のうえに——深いあわれみを催していたのにそういない。そこに現世の労苦に生活者としての人間の悲しさ、はかなさを知っていた苦労人芥川龍之介の姿があった。このおもいやりが彼をしてその先達と手を切らしたのにほかならない。

我々は唯茫々とした人生の中に佇んでいる。我々に平和を与えるものは眠りの外にある訣はない。あらゆる自然主義者は外科医のように残酷にこの事実を解剖している。しかし聖霊の子供たちはいつもこう云う人生の上に何か美しいものを残して行った。何か「永遠に超えようとするもの」を。

（「西方の人」三十五　復活）

彼は「残酷にこの事実を解剖」するリアリズムを已が方法となしえなかったのである。もちろん彼の尊敬するヨーロッパの作家たちはあえてこの無情の手術をおこなっていた。が、ヨーロッパ近代社会の民衆は彼等自身の手でブルジョワ革命をなしとげ、近代社会を造りあげた市民であったのに反し、明治の日本の民衆は依然として封建の遺制のうちに眠り、その眠りのむしろ醒めざらんことを祈っているひとびとであった。彼等は野心家の反動革命に追従すべくあまりに純真であり、自由にめざむべくあまりに無智であった。封建の世と明治とを隔てる断層のはなはだ急であったことの当然の結果である。いずれにしろ、この善人の群である明治の民衆をヨーロッパ・ブルジョワ社会の俗物として否定することは公式主義の愚にほかならない。じじつその時代のうちに生き、彼等のとまどいや無智を、そしてささいな悪徳を身近に感じていた芥川龍之介にとって、彼の身につけた近代自我の教義のますます深く体内に食いこむにしたがい、ひるがえって人間の無智にもその純粋さとそれゆえの脆さ、いじらしさとが感じられずにはいなかったのである。いわばその憐憫の情が彼の精神主義から激しさを奪い、生活態度と表現方法とのいずれにおいても自我主義の狭隘さから彼を救っていた。

ここに彼のいう「詩的正義」とは、自我を主張し弁護するところのたんなる「正義」ではなく、はじめに神なくして原罪を信じていた彼が逆に原罪から出発して神を求めえた、その自己救済の護符にほかならなかった。しかも、この自己救済は――大仰ないいかたをおそれなければ――すべての愚民を救いうるものでさえあった。いや、民衆の無智の哀れさに固執したがゆえの自己救済であり、このばあい自己はあくまで救われ許されているのであって、これを救い許すものは断じて自己ではない。芥川龍之介の詩的正義は彼の先達たちの努力とは異って、徹底的に他力本願の神であった。その神のもとに彼はクリストにならってあくまで自力の逆説的な闘いを闘ったのである。

クリストはこの神の為に――詩的正義の為に戦いつづけた。あらゆる彼の逆説はそこに源を発している。
（「西方の人」二十　エホバ）

が、逆説は所詮、ひとつの虚構にほかならない。芥川龍之介の愛読者たちはその前期の作品の比喩のもつダイダクティシズムに慣らされているであろうし、またこの純な教訓癖にすくなからぬ愛著を感じてきているはずである――それにしても彼等は無条件に信じているのであろうか、芥川龍之介が己れのダイダクティシズムを信奉していたと。また、その反対に彼の虚構の美しさにいかがわしい現実逃避しか見なかったひとびとは、そのダイダクティシズムを寓話の夢としか読みとれなかったのであろうか。それに対して芥川龍之介はみごとにみずから註している。

クリスト教はクリスト自身も実行することの出来なかった、逆説の多い詩的宗教である。

（「西方の人」十八　クリスト教）

詩的正義とは、彼自身の信じられぬ神を信じようとするアルチフィスの所産にほかならない。とすれば、その信仰の真偽を彼の無意識の底をくぐって確めるような手続きは、およそ意味をなさぬことであろう。おそらくあらゆる信仰がそのぎりぎりのところでいつもそうであったように、彼の虚構はいかなる真実よりも紅の血を流していた。このことを彼はこう書いている。

クリストの一生の最大の矛盾は彼の我々人間を理解していたにも関らず、彼自身を理解出来なかったことである。

（「続西方の人」十二　最大の矛盾）

また彼は別のところで「芸術的気質」がときとして「人間の悪」を見る眼を曇らすことをいっているが、このことは、当時の自然主義的人生観のみならず、白樺派の人道主義的人間観をもってすら、正しくは理解されなかったにそういない。「芸術的気質」をたれよりも多分にもって生れた芥川龍之介の眼に、「人間の悪」が全然映じていなかったのではない。ほかでもない、彼がそれに眼をそむけていたまでである――見るのが恐しかったからではなく、より美しいものに眼を奪われていたからにほかならぬ。が、彼の柔軟な無抵抗主義は彼の無意識の底にあらゆる「人間の悪」を畳みこんでいた。にもかかわらず彼がその詩的正義を奉じ、そのために闘ったのは、人間の限界を、自己の限界を知らなかったからではない――知っていたればこその詩的正義であったはずである。

しかしクリストは彼自身も「善き者」でないことを知りながら、詩的正義の為に戦いつづけた。（「続西方の人」九　クリストの確信）

たしかにそれが芥川龍之介の「確信」の正体でもあった。ここでは確信と不信とが裏はらになっている。それゆえ敗北と承知のうえで闘っていたといいながら、「彼自身を理解出来なかった」悲劇をいわねばならなかった。ここに彼の文学は、自己に誠実なることを念願とする従来の文学概念とはっきり袂を分つ。芥川龍之介は血統を惝怳し、自己の真実を否定する血統にたえず焦躁と不安とを感じていた。が、いまや彼は血統そのものの真実さに限りない安心のよすがを求めようとする。自己に誠実であること、それはもはやなにほどのことでもない――より以上に大切なことは自己の信仰する血統に忠実なことである。彼は自己の真実を楯に他我と争うことのおよそ空しい虚栄であることを見ぬいていた。彼は自己の精神と肉体とを、血統＝詩的正義と「人間の悪」との葛藤の場とこころえていたのである。芥川龍之介の闘った闘いが同時代のそれと異っていたゆえんである――ここでは勝利とはなにごとか、また敗北とはなんであるか。したがって彼のアルチフィスはヨーロッパのダンディスムのごとき自己崇拝をもたなかった。芥川龍之介においては、自己の拋棄し否定した自己の悪を血統が拾いあげる。彼はただに「人間の悪」を許すのみではない、ここではもっと寛大な処置がとられる――彼は詩的正義のもとに自分自身の悪すら許している。ひとは理解しうるであろうか、他人に対して寛大でありながら自己に対して厳しいストイシズムの自我主義を。芥川龍之介の無抵抗主義は、しかしながら、このような自己優越意識を超えた――あるいはその基調に、自己の悪をすら寛大に許す稀な美徳をもっていたのである。

彼自身のことばによれば、それはたしかに「愛よりも憐憫」であった。そこに自意識は完全に姿を消している――蓮の葉うらの露のように彼の純情がすがすがしくきらめいているではないか。それはまた「無花果のように甘みを持って」いたが、この憐憫のかげにはそれゆえに彼の贖（あがな）わねばならなかった孤独の悲劇がひそんでいた。

クリストは女人を愛したものの、女人と交わることを顧みなかった。それはモハメットの四人の女人たちと交ることを許したのと同じことである。彼等はいずれも一時代を、――或は社会を越えられなかった。しかしそこには何ものよりも自由を愛する彼の心も動いていたことは確かである。後代の超人は犬たちの中に仮面をかぶることを必要とした。しかしクリストは仮面をかぶることも不自由のうちに数えていた。所謂「炉辺の幸福」の譃は勿論彼には明らかだったであろう。（中略）クリストは未だに大笑いをしたまま、踊り子や花束や楽器に満ちたカナの饗宴を見おろしている。しかし勿論その代りにそこには彼の贖わなければならぬ多少の寂しさはあったことであろう。

（「西方の人」二十四　カナの饗宴）

こうして謙遜と倨傲とのひとつに交り合った芥川龍之介の無抵抗主義は、詩的正義によって、それを支える純情によって救われる。たしかに彼はおおらかな微笑をもって民衆の無智を――そして人の世の悲しさ空しさを眺めている。が、おそらく芥川龍之介の口辺にはクリストの「大笑い」は浮ばなかったにそういない。そこには完全に無理がある――なにか恐しいほどの無理がある。その彼のアルチフィスが彼を死にまで逐いやった。エゴイズムを超えようとするあらゆる努力にともなう傷ましい無理が。

僕は芥川龍之介の自殺を考えるとき、ゲーテの長寿と対照して、やはりいかにも天命を全うした感の深まるのを禁じえない。すでに彼は芸術家であった――が、彼がそれ以上のものであったことを、その生涯を素材に一個の作品を造りつつあったことを、みごとに証したのが彼の自殺ではなかったか。彼は死をもってしなければ証明しえぬ自己の真実を感じていた。これを裏返していえば、たえず虚無を感じてやまなかった自己のアルチフィスを、一瞬にして厳粛な真実と化しうる、いわば生涯のアルチフィス仕上げの最後の一筆が彼の死にほかならなかった。彼の死ほどよく仕組まれた死は他にも稀であろう。が、ひとは死をもってした作者のまえに、別な自然の道を仮定することができようか。僕はアルチフィスの極地であった彼の死を天命と呼ばざるをえないのである。宿命とか必然とかいうものは元来そういうものでしかない。

僕にはいま芥川龍之介の心理がその隅々まで窺えるような気がしている。彼の奉じた詩的正義が彼自身の実行しえぬ——のみならず、ときに彼自身すら信じられぬ「宗教」であったにしても、ひとたびそれを掲げた以上、彼としてこれに責任をとらねばならなかった。彼ははじめに嘘を語った——あとはこれを真実として押しとおすために彼自身の生涯を虚構として完全なものとしなければならなかった。芸術上の表現も、なおはじめに語られた嘘を追って、ついにこれに追いつかなかった。あらゆる努力も、その嘘と彼自身の現実とのあいだの間隙を埋めることができない。彼の無抵抗主義すら、倨傲の嫌疑を否定しえなかった。とすれば芥川龍之介の詩的正義は一片の虚偽でしかないのであろうか。が、彼は自己の純情を信じていた——人の世のいとなみをいじらしく哀切と見た己れの心情に嘘いつわりがあろうとはおもえぬ。この純情を証し仮託する道はないものなのか。あまりに純粋なもの、本質的なものは、芸術すらこれを定著しえぬのであろうか。それとも民衆の無智と絶縁した精神主義者のさだめを彼ほど身にしみて感じていたものはなかったためか。たしかに彼は彼等の俗悪さに寛大な微笑をもって臨もうとしたし、また彼の無抵抗主義は彼をしてつねにその俗悪さのなかに身を置かしめ、たえずそれを楽しんでいた――が、彼の掲げた詩的正義のかげが彼のもっとも身近に寄り添うのもこのときであり、また同時にそれから及びもつかぬほど遠く離れているのを感じるのもこのときであった。彼は徐々になにものかにみいられてくるのをじっと耐えていた。まだである――まだそのときではない。が、いつかは肉体を破壊するという暴挙によってしかその真実を証する道のないほど思いつめなければならぬ瞬間のくるのを、彼は手綱をひきしめるようにして待っていた。

彼は十字架にかかる為に、――ジャアナリズム至上主義を推し立てる為にあらゆるものを犠牲にした。（「続西方の人」二十二　貧しい人たちに）

しかしクリストはイエルサレムへ驢馬を駆ってはいる前に彼の十字架を背負っていた。それは彼にはどうすることも出来ない運命に近いものだったであろう。（「西方の人」二十七　イエルサレムへ）

さらに彼はこうも書いていた――

クリストを十字架に駆りやった者はクリスト自身の宗教だったろう。斯ういうのは単に新しい宗教を説いた為に、十字架に懸ったという意味ではない。新しい宗教を説いているうちに、十字架に懸らねばならぬ気持ちになって仕舞ったのだと云うのである。

（「文芸雑談」）

芥川龍之介のすべてのこころみが失敗であったにしても――いや、それを失敗と見ざるをえなかった彼であったが――その自殺だけは真実の光を放っている、と余人はいざ知らず、彼は自分自身に納得させたかったにそういない。が、そういう底意の自分のうちに認められるかぎり、彼はあくまで自殺への誘惑を郤けていた。彼は待っていた、じっと待っていた――自己の肉体の疲労困憊して、なんらの成心なく、ただ詩的正義のためにのみ自殺できるときを。彼が自分のためにもっとも恐れていたのは、クリストのように己れの自殺を「精神錯乱」と罵るショウをもちかねぬことであった。ここに芥川龍之介の運命完成の意図はより深刻化していったのである。

彼はゴルゴタの十字架がクリストのうえに影を落しはじめたとき、その脣にのぼった祈りについて書いているが、そのことばにしたがえば、クリストはここまで彼を引きずってきた「彼自身の中の聖霊とも戦おうとした。」いまクリストは十字架をまえにして、ゲッセマネの橄欖山に祈っている――「わが父よ、若し出来るものならば、この杯をわたしから御離し下さい。けれども仕かたはないと仰有るならば、どうか御心のままになすって下さい。」この一節はたんなる新約の口語訳ではない、あきらかに芥川龍之介そのひとの必死な表情が看取される。

自殺をまえにしてこの「ゴルゴタ」を書いた彼の心を想像してみるがよい。いうまでもなく、彼は死を怖れているのではない。彼にとって生よりも死を恐怖する理由はありえなかったはずである。死をまえに彼がもっとも憂えたことは、十字架にかかることがはたして己が運命の必然であるか否かであった。いいかえれば、自殺は彼の詩的正義に殉ずる最後の、そしていまは残された唯一の道であるか否かに惑いながら、芥川龍之介は一年あまりの歳月を「わが神、わが神、どうして汝はわたしを捨てるのか？」と呟きつつすごしたのである。

ふたたび運命とはなんであろうか。それを完成する心とはいったいなにを意味するものであろうか。僕はまえに芥川龍之介が情慾を己が自由意思のいかんともなしがたい宿命と観、これを羞じ、これに闘いを挑んだことをいった。が、このときの彼の羞恥の裏をかえせば、そこに僕たちはなにか彼とともに安心するものを見ていたはずである。彼の精神が真に不自由と束縛とを感じていたのは、はたして宿命と歎じた情欲であったか、それともそれを超えて伸びあがろうとする自由意思そのものであったか。自己の真実を信じえぬものにとって、もっとも身につけたいものはほかならぬ宿命感ではなかったろうか。分岐点に立っていかようにもありうる自己を眺めたとき、一を採り他の道を捨てる必然性に自己の真実にいる安心を得たいのではなかろうか。芥川龍之介は自由意思を、「永遠に超えんとするもの」としての聖霊をむしろ恐れ避けるようにして、自己の生の「秘密」に宿命を汲みとろうとしていた――と僕は考えるのである。いわば彼は偶然に手に入れた木片を生涯の守札として身につけようとした。後悔とは真実にいる安心であり、復讐とは暗合による宿命の自己表示にほかならない。

が、つぎの瞬間、この宿命の完成を裏切るものとしての自由意思を――己が反逆の心に性格的な、それゆえに宿命的なものを見てとった。彼の不幸のほんとうの姿がここにある。彼が詩的正義という幻影を造りあげねばならなくなったのも、もともとこの反逆の心を――「永遠に超えんとするもの」を正当化し、それに真実の証を与える必要からであった。が、反逆は反逆を生む――ゴルゴタのクリストも「彼自身の中の聖霊」にむかってさらに反逆を感じはじめていた。芥川龍之介が真に後悔と復讐とを思い知らされたのはこのときであった。彼は自己の醜悪と限界とを知っていたにもかかわらず――むしろそれゆえにあえて詩的正義を唱えたと僕はいったが、そればかりではない、そういう身のほど知らずの所行があきらかに彼にむかって復讐しはじめたことを痛切に後悔しながら、この後悔と復讐とを固執し完成することによって、己が高唱する詩的正義への反逆心をつなぎとめようとしていた。が、この逆説は同時代人に理解されるはずがなかった。今日といえども正しく受けとられているとはいいがたい。

ここに「歯車」を想起するがよい。この作品によって芥川龍之介の企てた奸計は、終始一貫、復讐の暗合によって運命を完成しようとこころみているのにほかならない。が、その必然に対するつぎつぎに現れる奇妙な暗合は、彼に対する運命の支配を物語っている。つぎつぎ彼のまったく無抵抗な態度こそは、寝業の勝利を期する逆襲的な決意をうちにひそめていた。これこそは断じて動かぬ自己の運命であり、これを組み伏せてなお生き延びようとするものをもはや自分のうちには感じえぬと覚った瞬間、芥川龍之介はこれを最後の真実として、弱点をも含めた自己の性格に対する異常な自負と愛惜とを寄せたのである。はじめにあらゆる弱点を――それを意識する心を、みもふたもなく感傷として蹴った彼の意中は、いわば彼自身のなんとしても克服しえぬ弱点を求めていたのであり、いまやこの存在を実感しえた以上、運命完成への彼の義務感がなによりもこの自己の抗しえぬ弱さをこそ充足せしめようと意思した。それは弱さを補強することではなく、弱さを弱さとして完成した存在に運命づけることにほかならない。してみれば「歯車」の暗合と偶然とに瞞(だま)されたのは作者そのひとではなく、愚かな読者のみである――そういうひとたちはつぎのごとき一節を読んで「困憊しきった」芥川龍之介のデカダンスに感傷的な同情か、さもなければ嫌悪にみちた健康な反撥をしか示さなかったのである。

或精神病院の門を出た後、僕は又自動車に乗り、前のホテルへ帰ることにした。が、このホテルの玄関へおりると、レエン・コオトを着た男が一人何か給仕と喧嘩をしていた。給仕と？——いや、それは給仕ではない、緑いろの服を着た自動車掛りだった。僕はこのホテルへはいることに何か不吉な心もちを感じ、さっさともとの道を引き返して行った。

僕の銀座通りへ出た時には彼是日の暮も近づいていた。僕は両側に並んだ店や目まぐるしい人通りに一層憂鬱にならずにはいられなかった。殊に往来の人々の罪などと云うものを知らないように軽快に歩いているのは不快だった。僕は薄明るい外光に電燈の光のまじった中をどこまでも北へ歩いて行った。そのうちに僕の目を捉えたのは雑誌などを積み上げた本屋だった。僕はこの本屋の店へはいり、ぼんやりと何段かの書棚を見上げた。それから「希臘神話」と云う一冊の本へ目を通すことにした。黄いろい表紙をした「希臘神話」は子供の為に書かれたものらしかった。けれども偶然僕の読んだ一行は忽ち僕を打ちのめした。

「一番偉いツォイスの神でも復讐の神にはかないません。……」

僕はこの本屋の店を後ろに人ごみの中を歩いて行った。いつか曲り出した僕の背中に絶えず僕をつけ狙っている復讐の神を感じながら。……（「歯車」二　復讐）

だが、僕たちとしては、彼がホテルの前に降り立ったとき、ほんとうにレエン・コオトの男に出あったかどうか、また書店で希臘神話の本を手にしたかどうか、それから——これらの巧みな暗合に芥川龍之介自身が実際に滅入るような「憂鬱」を感じていたかどうか、いちおうは一切を疑ってみる手もあるのである。当時の読者が「歯車」に、もし私小説的な告白を読んだとするなら「奉教人の死」の附記に「れげんだ・おうれあ」なる書物の実在を信じて鎌倉に芥川龍之介を訪ねた好事家と、その文学的教養においていかほどの逕庭があるといえようか。「歯車」はあくまで一片の創作にすぎない。たとえ幾多の暗合がことごとく事実であったとしても、芥川龍之介はそのために身うごきのならない運命の支配に打ちひしがれてしまうほど愚かな迷信家ではなかったはずである。僕は奸計といったが、自己の周囲の到るところに暗合を見いだそうとする彼の態度には、たしかに途方もない打算がひそんでいたようである——彼は逆襲的に運命を完成し、それによって運命的な伝説を自己に賦与しようというのであった。

芥川龍之介の自殺の原因を穿鑿して、当時なにかと取沙汰された。僕はそのひとつひとつにいくぶんかの真実を見ている。が、それらは好意的な観察であると否定的な観察であるとを問わず、ひとしく彼の生涯を賭けたアルチフィスを見落しているといわねばならない。自殺は、彼のあらゆるアルチフィスを真実なものとなし完璧なものと化するために必要だった運命完成のこころみの最後の上塗りでしかなかった。それというのも——彼は己れのあらゆる苦痛にもかかわらず、現世の涙の底に人間の美しさを信じていたからにほかならない。いや、信じようとしていた。この信頼なくして何人がその生涯を虚構に捧げられるものか。自己を悪しきもの、醜きものとして、敗北において完成しようとする心は、善なるもの、無垢なるものの存在に対する絶対的な信頼によって支えられている。ここに自己の長所によって——あるいは弱点を反省し否定する身ぶりをともなうにしても、自己のあるがままの現実によって——自己完成をめざす文学とのあいだには、截然たる一線が引かれねばならない。余人が自己のうちに善の完成をねがうところに、芥川龍之介は自己を貶しめ、その虚構によって自己のそとにその存在を保証せんとしている。

にもかかわらず、世人は彼の自殺に猜疑の眼を向けかねないのだ。芥川龍之介のアルチフィスが完璧であればあるほど、人はそれを虚構とは認めなかった。彼の運命完成のこころみが目的的であればあるほど、その意思は疑われるのであった。善意に対する常識的な信頼の甘さとそれゆえの脆い敗北、自己喪失とその結果としての虚飾詭弁、そして錯乱——いや、芥川龍之介はかくのごとき嫌疑すら自己のものとしてその責を負った。こうした嫌疑と反逆とにわれとわが身をあえて曝していた彼は、たしかに一種の錯乱のうちにあって、無花果の実をつけていないことにさえ呪詛を浴せかけたり、カイゼルのものはカイゼルに返せと罵ったりしたクリストの心を自分のうちに感じていたにそういない。彼によれば、そのようなクリストはイエルサレムへはいったのち、彼の最後の戦いをたたかっていた。そして「あらゆるものを慈んだ彼も」このときにはその詩的正義にもかかわらず、「彼に復讐し出した人生」に対して、そしてまた「モオゼの昔以来、少しも変らない人間愚」に対して、破壊的な厭世主義者にならずにはいられなかった。

が、この最後の真実の賭けられている死に直面して、なおも彼の精神は反逆する。世人の猜疑が深ければ深いほど、彼はその無抵抗主義に徹しようとする。クリストの反逆に対して沈黙するよりほかなかったマリアであってみれば、その沈黙こそ片意地な彼女の精一杯の反逆にほかならなかった。芥川龍之介はそのアルチフィスをいよいよ完璧ならしめるために、死においてあくまでマリアに随おうとした。もし彼が最後まで自己の真実と野望とを秘めようと欲するならば、むしろ自然死によって運命完成をねがうべきではないか。僕は思惟の遊戯を楽しんでいるのではない。そのことを芥川龍之介自身いくたびか死のまえに考えていたのである――彼はたとえ自殺しても病死を装って死ぬかもしれないということをある遺書に書いている。ここに僕は彼の無抵抗主義の深淵をのぞき見たおもいに暗然とするよりほかに知らなかった。しかし彼の死はそのとおり自殺と報ぜられた――僕はそこに徹底をきわめた無抵抗主義者の最後の自己主張と意思表示とを見て、それをせめてもの慰めとした。

が、僕はいまふたたびおもいなおしている。依然としておなじことではないか、事態は少しも変っていはしないではないか——世人は決して猜疑を解きはしない。のみならず、ひとがそれを信ずるにしろ疑うにしろ、彼自身それを信じていはしない。いや、最後の褥に横たわった芥川龍之介の心は、もはや自己の真実を信ずるとか信じないとか、そういうふうなことを考えてはいなかった。自己主張も自己否定もなかった。告白も秘密もなかった。末期の眼にはそのようなことはすべてつまらぬこととしか映っていなかったであろう。神や運命と闘うものは——いや、すでに自己の真偽が消滅している以上、そこに闘いはない——ひたすら神や運命の自己顕示を見ようと欲するものは、芥川龍之介自身が述べているように、賭博者すら完全な無抵抗主義者にならざるをえない。骰子のまえに己が素姓や情感を示し、自己の真実を主張する愚を彼等はあまりにもよく知っている。僕のいいたいことはこうだ、アルチフィスの極致ともいうべき彼の自殺は、その他のいかなる自然死よりも芥川龍之介にとってもっとも必然であり、もっとも運命的なものだった。彼の最後の意思を掬って運命がそれ自身を完成する。

人間を理解していながら自己の限界を理解できなかったクリストについて語ったとき、すでに芥川龍之介はそのことをよく見ぬいていた。そういう彼は「ロマン主義を理解出来ないクリスト」だったバプテズマのヨハネにむかって、冷厳にも「わたしの現にしていることをヨハネに話して聞かせるが善い」といいきったクリストのことを書いている。自己の外に自己より大いなるものを信じられないヨハネにとって、自己の真実と力と経歴とに比してクリストの偉大さがまた理解できぬものでしかなかった。が、この二人を対照させて書いていた芥川龍之介は、そのときヨハネでもクリストでもなかった。ただ、彼はその死によってのみ、後人の彼をクリストの列につけるのを待たねばならない——といって、そのような虚栄心のいささかもなかったことを、彼自身の信じられぬ無意識のうちに証されることによって。そこに僕は彼の穢れなき純情を見いだしたのにほかならない。自信ではなく、信仰がその「見苦しい死」にもかかわらず、自己反省と他人の評価とを絶して、死後に口なき彼の——主義とはいわぬ——完全な無抵抗がそこにあった。

天に近い山の上にクリストの彼に先立った「大いなる死者たち」と話をしたのは実に彼の日記にだけそっと残したいと思うことだった。

（「西方の人」二十五　天に近い山の上の問答）

（「作家精神」昭和十六年六月号、「新文学」昭和十七年二月号、五月号。のち以上を改稿して「近代文学」昭和二十一年六月号、九月号、十月号、十一・十二月合併号に発表）

芥川龍之介 Ⅱ

芥川龍之介は明治二十五年（一八九二年）に生れました。はじめて文壇に出たのは大正五年（一九一六年）、「鼻」が漱石によって激賞されたのを端緒とします。この作品は東大英文科卒業の直前、久米正雄・松岡譲・成瀬正一などと一緒に第四次「新思潮」を刊行、その創刊二月号に掲載されたものです。この雑誌にはのちに菊池寛も同人として参加しました。もっとも、そのまえにもすでに大正三年（一九一四年）、久米正雄・草田杜太郎（菊池寛）・山本有三・松岡譲・山宮允・豊島与志雄・成瀬正一・柳川隆之介（芥川龍之介）によって、第三次「新思潮」が結成され、芥川はそれに「老年」「青年と死」を書いており、「帝国文学」という東大系の文芸雑誌に「ひょっとこ」「羅生門」を発表しております。それらは龍之介二十二歳のときのことであります。

さて、「新思潮」という雑誌でありますが、その第一次は明治四十年（一九〇七年）に小山内薫の手により刊行され、半年ばかり継続し、四十三年（一九一〇年）には、この小山内薫を中心として、谷崎潤一郎・和辻哲郎・後藤末雄・木村荘太などが第二次の「新思潮」をだし、当時の小山内の自由劇場の運動と連繋して大きな成果をおさめました。なお、第三次・第四次のあとにも戦後の最近まで第十四次にわたって、断続的に同題の同人雑誌が発行されてまいりました。が、それらがほとんど東大の学生や出身者を中心として組織されたという以外には、それぞれのあいだになんの関係もありません。ただ第四次までの「新思潮」には共通の色彩があり、文学史的にも必然的な聯関があるといえましょう。ことに第三次・第四次は、中心をなす同人の顔ぶれまでおなじで、ふつう「新思潮派」と称するばあいには、この一群の作家たちを指すことになっております。

一口にいえば、初期「新思潮」の文学史的意義は、それが反自然主義運動だったということにあります。自然主義文学の烽火は、明治三十九年（一九〇六年）の島崎藤村「破戒」と明治四十年（一九〇七年）の田山花袋「蒲団」の二作によってあげられました。もっと厳密にいえば、「破戒」のうちにひそんでいた可能性が、「蒲団」によって、より狭められ、より限定され、日本の自然主義文学に決定的な性格が与えられたといえましょう。なるほど自然主義文学の隆盛期は、今日ひとびとがおもっているほど長いものではなく、わずかに二三年、せいぜい長く見ても四五年にすぎません。が、この文学運動はその後ずっと現代にいたるまで、陰に陽にわれわれの文学史を、あるいは作家や読者の文学概念を支配しております。その嫡流である私小説や風俗小説はもとより、それに反抗して起った文学思潮や作品さえ、勝ったつもりでいながら、うっかりすると寝業で落ちるというような醜態を演じかねないのです。私小説は日本の風土にとってそれほど根強いものであります。なぜでしょうか。

文学論はあとまわしにして、卑近な日常の問題から出発しましょう。だれでも——すくなくとも文学の好きなひとたちなら——たいてい若い時代にひょっとしたら小説でも書いてみたいなあとおもうものであります。のみならず、一度や二度、じっさいに原稿用紙を汚した経験をもっているひともずいぶん多いことでしょう。ところで、そんな気を起させる直接の原因はなんでしょうか。ぼくの接しえた経験では、それはたいてい日常生活における不平不満であります。勤務先で上役や同僚とうまく協調できぬとか、家庭において父母や兄弟と和合できぬとか、失恋の傷手を負ったとか、概してそういうことなのです。すこし気の利いたひとだと、そういう日常茶飯事から出発して、やや視野をひろげ、不平不満の原因を社会的背景のなかに探ろうとします。

が、われわれにとってもっとも重要な問題は、不平不満の現実を訴えることでもなければ、その原因をつきとめることでもない。なにより大切なことは不平不満を除くことであります。それにうちかとうという意思であります。ところが、たいていの文学青年の書く小説らしきものには、この意思がぜんぜん見られない。不快なことがら、腹のたつ事件、醜い人間の心理、そういうものはおよばずながら書けているとしても、そういう人間世界の醜悪さに責任をとろうとする人物はひとりも登場しません。作者自身も責任を回避しております。それはある意味で当然なことだとはいえます。なるほど明治以来ヨーロッパの思想・倫理・制度・文物がどんどんわれわれの生活にとりいれられましたが、われわれの人情や意識のほうはそうかんたんに変りません。すなわち、外国製の理想と日本の現実とのあいだには、あまりに大きなギャップがありすぎたのであります。本来、意思というのは理想と現実とのギャップを埋め、現実を理想に近づけようとするものでありましょうが、そのギャップがあまり大きいとき、われわれはかえって意思を喪失します。

が、いまさらそんなことをいってもはじまらない。なぜなら、意思というものは理由を問わないものだからです。理由を問うところに意思はありません。だれかが悪事を働く。その理由をきく。もっともだということになれば、もはや意思の発動する余地はなくなってしまいます。私小説のやったことがそれです。ただ私小説作家と文学青年とのちがいがどこにあるかといえば、後者が不平不満をじかに爆発させるのに反して、前者はあくまで罪を自己に帰するというところにあります。対世間の態度において、文学青年は自己の正義を肯定しておりますが、私小説作家は自己を否定しております。が、文学青年もすこし進歩してくると、私小説作家の手をならいはじめる――なぜなら、自己の正義を肯定するためにも、いちおうは自己否定の形をとったほうが読者を納得させやすいことに気づくからであります。逆にいえば、私小説作家は自己否定をたてまえとしていても、けっきょくは自己肯定を最終目標としているということになりましょう。

私小説は告白小説であります。そしておそらくは、告白ということは日本の私小説にかぎらず、ヨーロッパの近代小説の本質でありましょう。が、告白すれば、それで罪が消えるというものではない。自己の醜悪を認識すれば、それだけのことで醜悪からまぬかれうるものではない。すなわち、少々ばかり近代理智の洗礼をうけた人間だったら、だれだって自己の醜悪さくらい看破できます。われわれが現実の世界に一歩ふみこんでいって、なんらかの行動を起そうとすれば、自分の手足が汚れるくらいのことは承知しております。もちろんそれすら自覚せず、平気でエゴイズムを発揮するてあいも世には多い。いやそういうひとたちが大部分でしょう。が、自分の手足が汚れていることに気づいたってそんなことは大した手柄でもなんでもありません。またその汚れを嫌悪する潔癖さというようなものも、それだけではなんの力ももちえません。が、私小説作品はひたすらこの潔癖の美徳にのみ救済を求めたのであります。

その結果は妙なことが起りました。潔癖の美徳を証明するために、かれらはわざわざ手足を汚そうとしたのです――あたかも親孝行の美徳を発揮するために貧乏と病苦の環境を必要とする浪花節のように。なるほど告白するには材料が要る。私小説作家は自己の生活のうちに、あえて告白の材料をこしらえねばならないように追いこまれていったのであります。たしかに、これはおかしなことです。なぜなら倫理的潔癖さから出発しながら、その結果は、潔癖とはおよそ正反対なものになっているからです。自分の手足が汚れていることを告白します。が、その告白する下心に、それを告白しうる自己の誠実さを誇る気もちや、あるいは自分の手足を汚させた不可避の事情についての弁解などが隠れているとすれば、われわれはどうしてこれを真の潔癖と呼びうるでしょうか。

以上はたんにぼく一個の私小説観ではありません。じつは芥川龍之介は、かれの文学的生涯の第一歩を、このような私小説への疑義から出発したのにほかなりません。当時すでにかれにむかって、なぜ告白をしないのかという非難がさかんに放たれました。それにたいして龍之介はしばしば揶揄にみちた駁論を書いております。一例として「澄江堂雑記十六　告白」につぎのように書いております。

「もっと己れの生活を書け、もっと大胆に告白しろ」とは屢、諸君の勧める言葉である。僕も告白をせぬ訳ではない。僕の小説は多少にもせよ、僕の体験の告白である。けれども諸君は承知しない。諸君の僕に勧めるのは僕自身を主人公にし、僕の身の上に起った事件を臆面もなしに書けと云うのである。(中略)第一に僕はもの見高い諸君に僕の暮しの奥底をお目にかけるのは不快である。第二にそう云う告白を種に必要以上の金と名とを着服するのも不快である。たとえば僕も一茶のように交合記録を書いたとする。それを又中央公論か何かの新年号に載せたとする。読者は皆面白がる。批評家は一転機を来したなどと褒める。友だちは愈裸になったなどと、——考えただけでも鳥肌になる。

すでにおわかりでしょうが、芥川龍之介は告白を恐れたのではありません。告白などでいい気になっておられなかったのです。死の直前に「続西方の人　九　クリストの確信」のなかで、かれはこう書いております――「しかしクリストは彼自身も『善き者』でないことを知りながら、詩的正義の為に戦いつづけた。」つまり龍之介にとって、自己の醜悪さなど問題ではなかったのです。というのは自己などというものは問題でなかったのです。もとより、かれはリアリストの眼をもっていた。かれに人間がみえぬはずはなかった。自己の醜悪さが無自覚に見のがされていたはずもありませんでした。かれには「大導寺信輔の半生」とはべつに未定稿の同題の作品がありますが、そのなかで「彼には一匹の犬の姿も、或は二人の学生の電車の中に話している容子も満足には文章にならなかった」と、龍之介は自分のことを白状しておりますが、それはかれの眼に現実がみえなかったということにはならない。むしろふつうのひとがみえる以上のものがみえたということなのであります。「『善きもの』でない」自分もはっきりみえたと同時に、また「詩的正義」につながる自分の姿もみえたのであります。

いや、それは姿といってはならない、現実の姿は「『善きもの』でない」自分であり、「一匹の犬」であり、「二人の学生」であるかもしれない。が、肉眼にうつる人間の現実をとっことって、肉眼にはみえない人間の理想への憧憬を切りすてることが、龍之介にはできなかったのです。かれはたしかにロマンティシストであります。が、理想への憧憬もまた人間の現実の姿であります。それをうそとし、醜悪なる現実だけを真実と見なすのもうそです。理想や観念だけ見て、現実のみえぬものが甘いとすれば、その逆もまた甘い。真のリアリストというのは、その両方がみえ、どちらにもとらわれぬ人間のことでありましょう。

芥川龍之介はそういうひとであります。人間の善良さにいい気になれる男でもなければ、その醜悪さに愛想をつかしぱなしにしていられる男でもない。泣くこともできねば、笑うこともできない。崇拝もできねば、憎むこともできない。というとずいぶん微温的にきこえます。なるほどそれだけだったら、微温的といえるかもしれない。が、その状態から作品を造るということは、造型するということは、けっして微温的などというものではありません。むしろ泣きたい人生を泣く作品のほうが——私小説のほうが——文学的には、はるかに微温的で甘いのであります。

初期の作品を見てもすぐわかることは、人間の善良さとその醜悪さとを両方同時に見てとる作者の眼であります。ぼくが読者諸君にお願いするのは、そういう龍之介の心を味わっていただきたいという一事につきます。「羅生門」や「偸盗」に人間のエゴイズムを読みとってみてもはじまりません。「或日の大石内蔵助」に英雄や有名人の日常性を教えられたと感心してみてもはじまりません。「地獄変」も激しい芸術至上主義などといってかたのつくものではない。「手巾」や「煙管」にいじのわるい人間観察を学んでみてもしかたないのです。「枯野抄」は芭蕉の弟子たちが敬愛する師の死をまえにして演ずる醜い自我意識の心理的葛藤を描いたものだと解釈してもつまらないのです。多くの芥川龍之介解説は作品からこの種の主題の抽出をおこなって能事おわれりとする。そういう感心のしかたをするからこそ、また逆に龍之介の文学を、浅薄な理智主義あるいは懐疑主義として軽蔑するひとたちも出てくるのです。たとえば「将軍」における乃木希典の解釈が、気の利いたインテリ一流の浅薄な心理主義だと見なすひとたちがいます。

感心するにせよ反撥するにせよ、この二つの芥川観は同様の地盤から出ております。それは結局、文学作品に造型の美を見ないで、それ以前の素材の重さを測ろうとする私小説的な考えかたであります。いずれにしろ、そういうことでは龍之介の文学の真価は味得できません。ぼくはかれの作品の読者にむかって、あらゆる先入観なしに、つまり作品の主題などにとらわれずに、ただ龍之介の文体を味わいながら、その文体に宿る龍之介の表情だけを頼りに作品を読んでいただくようにお願いしたいのです。何度でも読んでください。ことに「鼻」とか「酒虫」とか「芋粥」とかの作品をくりかえし読んでください。すると諸君のまえに、私小説的な意味の素材や現実とはべつの、妙な実体がみえてくるでありましょう。ちょうどカンバスのうえの山が自然の山とはちがった絵具の塊であるのとおなじように、主題や登場人物とはべつの世界が現れてくるでありましょう。それはなんでしょうか。

ぼくはいま、人間の善良さとその醜悪さとを両方同時に見てとる作者の眼ということを申しましたが、芥川龍之介の文学はこの善と悪、理想と現実との中間に位する空虚な真空地帯に造型をこころみたものであり、またこの真空地帯を形象化したものであります。善にもなりうるし悪にもなりうる人間心理の間隙を埋めるものであります。主題はそのための額縁にすぎません。龍之介がたいてい歴史上の挿話に材をとり、あるいは外国の作品の剽窃（ひょうせつ）に近いことをやったとしてもそれはかれの不名誉ではないのです。額縁はできあいでもかまいません。ところが、多くの読者は額縁しか見ない。当然なのです。空気は手ごたえがあるが、真空は手ごたえなく、とらえるすべもないからです。が、龍之介はそのとらえがたい真空をとらえようとしたのですから、われわれもそれを読みとらなくては意味がないのであります。

誤解しないでください。真空地帯をとらえうるものは、人間は善良でもなく醜悪でもないという、どっちつかずの弱々しい懐疑主義などではない。どっちつかずなら、造型はありません。右へいっては右をぶちこわし、左へいっては左をぶちこわすだけです。龍之介は懐疑などしていない。なるほど便宜的に懐疑のポーズはとったかもしれませんが、かれは人間の醜悪を見ぬき、しかも人間の善良を信じ、頑としてその中間の真空地帯を形象化しようとした。こういう真空地帯は、どうして私小説的な告白形式や現実描写によって描けるでしょうか。芥川龍之介は真空を保つためのガラス壁として物語の枠をぜひとも必要としたのであります。注意して読んでごらんなさい。主題の如何にかかわらず、どの作品にもこの真空地帯を往き来する人間の空虚なうしろ姿の映像がわれわれの網膜に鮮かに残るでありましょう。このうしろ姿を——さっと風が吹き立ったあとの人間のうしろ姿の寂しさを——読みとらぬとすれば、われわれは真に芥川龍之介の作品を読んだとはいえぬのであります。

芥川龍之介は「侏儒の言葉」のなかに「告白」と題して、つぎのように書いております。

ルッソオは告白を好んだ人である。しかし赤裸々の彼自身は懺悔録の中にも発見出来ない。メリメは告白を嫌った人である。しかし「コロンバ」は隠約の間に彼自身を語ってはいないであろうか？　所詮告白文学とその他の文学との境界線は見かけほどはっきりはしていないのである。

　このことばの真意はどこにあるのでしょうか。これをごく手軽に解釈しますと、ぼくがさきに申しましたように、「或日の大石内蔵助」のなかに文壇の寵児になった龍之介の心理を読み、「地獄変」の良秀に作者の激しい芸術至上主義を理解するということになる。また、これは龍之介自身、素材の種明しをしていることですが、「枯野抄」に夏目漱石の死に際して弟子たちが感じた心の動きを読みとり、龍之介もその弟子のひとりとしておなじような感慨に誘われたのであろうと推察するわけであります。じじつそのとおりでありましょうが、まえにも申しましたようにそれではなんにもならない。なるほど、どの作品も――たとえば「素戔嗚尊」などはことに――「隠約の間に」芥川龍之介自身を語り明しております。多少ともこの作者の性格や周囲や時代を調べてみれば、文中いちいち掌を指すがごとく事実と照合することも、さしてむずかしいことではありますまい。が、そんなことをしてどうなるものでもありません。そんなことをしたのでは、龍之介がわざわざ大石内蔵助や良秀や馬琴や素戔嗚尊を借りてきたことは、すべて徒労に帰します。私小説流に考えれば、このばあい、素材になった作者の経験的心理が真実で、大石内蔵助や素戔嗚尊は嘘、つまりお話にすぎないということになり、読者のしごとは、この嘘のお話を真実である作者の経験に還元することだというわけになります。ところで、芥川龍之介は、やはり「侏儒の言葉」のなかでこんなふうにいっております。

わたしは不幸にも知っている。時には譃に依る外は語られぬ真実もあることを。

いいかえれば、芥川龍之介がこう考えた、あるいはこういうことをしたと書いたのではいけないので、素戔嗚尊がいったこと、おこなったことにしなければどうしても伝えられぬ真実があるのです。たとえば「素戔嗚尊」を読んでごらんなさい。最初に高天原の若者たちと力を競ってつぎつぎに勝っていく素戔嗚尊が描かれております。これを、当時の文壇で先輩や同輩を尻目に流行作家の随一として遇されていた龍之介自身のこととすれば、読者はおそらくそっぽを向くでありましょう。私小説は読者というもののその間の心理をちゃんと心得ていました。ですから、私小説では、つねに主人公たる自分は不遇で、馬鹿で、悪人で、敗北者であるという形でしか書かれておりません。読者は友人や同時代人に関するかぎり失敗談しか聴こうとしないのです。人間の颯爽たる姿はただ天才や英雄や伝説的な人物のうちにしか許そうとしないのです。もし作者がかれ自身、あるいはかれと同じような同時代人のうちに、そういう人間を描こうとすれば、ある種の甘さを覚悟しなければならない――すなわち通俗小説になることを覚悟しなければならない。「素戔嗚尊」のうちに「素戔嗚よ、お前は何を探しているのだ。おれと一しょに来い。おれと一しょに来い。……」ということばがありますが、これを私小説で書いたとしたら――「芥川龍之介よ。お前は何を探しているのだ。……」ということになりましょうが――おそらく同時代の読者の大部分は「しょってやがる」というか、「甘いことをいいやがる」というか、どちらかでありましょう。いや、だれより龍之介自身、照れくさくてそんなことは書けない。

もし書いたとしたら、その瞬間に、芥川龍之介のうちの現実主義者がその理想主義に嘘を発見してしまうでしょう。とすれば、はじめから嘘を書くにしくはない。素戔嗚尊のこととすれば、読者だけではなく、自分自身をも納得させられるというものです。さらにいえば、芥川龍之介のうちの現実主義者はつねにかれのうちの理想主義者を裏切りますけれども、かれの描いた、あるいはかれの空想した素戔嗚尊の夢想はその現実によって裏切られずにすみます。芥川龍之介のうちのひとつの真実は他の真実によって否定され、嘘にさされてしまうことはあっても、はじめから素戔嗚尊という嘘の存在を設定することによって、後者の真実を排除し、前者の真実を衛ることができます。十六人の女に囲まれて放縦な生活を送った人間がその穢れを風雨に洗いながし、失神したあとで静かな湖面を眺めながら、ふたたび力強く立ちあがるというようなことは、ただ伝説においてのみ可能であります。

読者のなかには、あるいはぼくのことばに反対のひともいるかもしれません。そういうひとたちはきっとこういうでしょう――なるほど、そんなきわどい芸当を私小説でやられてはかなわないが、本格的な現代小説でもやれぬことはないので、トルストイやロマン・

ローランはそれをみごとにやってのけたではないか、と。もちろん、ぼくにはそういう反問に答える用意があります。たしかにトルストイは伝説や叙事詩に現れるような英雄を現代の凡庸人のうちに発見し、それを描きました。が、ヨーロッパにおいては、いかなる凡庸人も神に道を通じているということを忘れないでいただきたい。いかに悪事を犯そうと、かれらは神の垂した一本の綱によって救われるのであります。善悪ともに――というのは、悪から善への転機は――すべて神意によって自然なものとされるのであります。それは日常生活においてそうであるばかりではない。小説作法においても、まことに自然な心理の推移として読者を納得させることができるのです。

しかし、もしわれわれが神を信じていないとすれば――じじつ大部分の日本人はそうなのですが――そして神を信ずることによってのみ受け入れられる絶対的な倫理観や道徳律をむりに押しつけられたとすれば、われわれはいったいどうしたらいいでしょうか。ある種のひとびとは古い儒教道徳にそういう舶来の倫理を盛りこんで、あるいは自己欺瞞をして、盲目的にそれに信従し、自己の悪に気づかないでいますが、小説家ともなればそう安易にはすまされない。どうしても自己の人間悪にぶつからざるをえません。そうなれば、当然この悪から善への転機を探さざるをえないのです。が、それには、さきほどいった神から投げ与えられる一本の綱が必要です。そして、もしそれがないとすれば、自分のうちのある一部をめざして、おまえは悪人だぞときめつけてくる倫理観にたいして、そうではない他の部分を衛らざるをえないのです。つまり、われわれにあっては善と悪とのあいだに通路がない。両者は分裂しているのであります。

芥川龍之介はこういうわれわれ日本人の心理的現実をよく知っておりました。いや、私小説作家も無意識にそのことを感じとっていたのです。だから、悪だけを描いた。自分を悪人として、落伍者としてのみ描いた。そこには転機はぜったいに見いだせないのでありまます。さきに芥川龍之介が善悪両極間の真空地帯を埋めようとしたと申しましたのは、要するにかれがその転機を描こうとしたという意味にほかなりません。そして神のないわれわれ日本人にあって、もしそれが可能であるとすれば、私小説はもとより、本格的なリアリズムでもだめで、ただ伝説的な架空の物語による以外にはないのであります――すくなくとも、芥川龍之介の時代においてはそうだったのです。なぜなら、かれこそ、その真空地帯に気づいた最初の作家だったからです。いや、厳密にいえば、鷗外と漱石がそのまえにいました。が、この両大家においては、芥川龍之介におけるほど空気は稀薄になっていなかったといえましょう。

「路上」とか「秋」とかいう作品をごらんなさい。龍之介が架空の物語に頼らずに素面で出てきたとき、そこではいかに空気が稀薄になっているかがわかるでありましょう。「魔術」も「舞踏会」も真空状態の具象化であり、造型された手ごたえのある固形物でありまます。が、「路上」や「秋」は稀薄な空気そのものであり、額縁も枠ももたず、外界に向ってはてもなく雲散霧消してしまいかねない危険を感じさせるでしょう。いわゆるリアリズムの手法ではどうにも処理しようがなかったのです。「秋」を読み終った読者は、この作品がけっしてこれだけでは幕を降せないとおもうにちがいない——日ごろ、この作者の鮮かな幕切になじんでいればいるほど、そういう気がします。また「路上」がついに未完のまま終ったことも当然でありましょう。この「路上」前篇は「一人の初子に天国を見ている野村と、多くの女に地獄を見ている大井」との対立を暗示して終っておりますが、この両者のあいだに通路を設けるとすれば、その責任は当然、作者の半身である俊助にかかってくるわけです。いうまでもなく、そういう大事業を一大学生という現実的な人物に背負わせることの不可能事に、作者は筆を投げてしまったのにそういありません。

もうすでにおわかりでしょうが、われわれの周囲に見られる大学生にはそれができない。というのは、つまり、われわれがもう自分にも他人にも現実の人間には英雄を期待していないということにほかなりません。それが人生観上の、あるいは小説技法上の、リアリズムというものであります。われわれは暗々裡に人間がもはや自由意思というものをもちえないと諦めているのであります。御承知のように、こういうリアリズムは前世紀の実証主義の当然の帰結であります。夢という夢がことごとく殺され、幻滅に出あい、人間もついに環境によって支配される機械的存在でしかなく、自由などというものはないと思いこむにいたったのです。にもかかわらず、その実証主義の本場であるヨーロッパでは、リアリズム文学においてさえ、作家は夢を語ることができた――もちろん殺された夢を。なぜなら、かれらにあっては夢あればこそ、幻滅があったからです。

が、近代日本の作家においては、その夢がなかったのです。いや、その夢があまりに低いものだったのです。かれらの懐いた夢は対人間的なものではなく、対世間的なものにすぎなかった。美しく強き人間性への可能を夢みたのではなく、自分を正当に遇してくれる世間への期待をもったのにすぎず、したがって幻滅とはその期待のはずれたことでしかありませんでした。日本のリアリストは実証主義に敗れた人間ではなく、処世に敗れた落伍者であり、しかもみずからは前者であると錯覚している人間のことにすぎない、かれらは姑のようによく世間を知り、姑のようにいじわるく嫁の善意を疑るのです。こういう猜疑の眼のまえに人間はどうして自己の真実を、善意を、美を信ずることができましょう。まずそれを主張することができましょう。いじのわるい眼は人間の可能性を圧殺してしまうほかはないのです。

君はあの菩提樹の下に「エトナのエムペドクレス」を論じ合った二十年前を覚えているであろう。僕はあの時代にはみずから神にしたい一人だった。

芥川龍之介は「或旧友へ送る手記」の末尾にこう書いております。「みずから神にしたい」ということは、自分を人間の可能性の頂点に置きたいということにほかならない。なんども申しましたように、ここにかれの比喩の文学が生れたのであります。それはなにも世間道徳的に、あるいは通俗的に、自分を善人や英雄に仮託したいということではありません。悪人でも反逆者でもいい。プラスにせよ、マイナスにせよ、人間の可能性に窓を開けたいということです。さらにいいかえれば、善にしても悪にしても、世間にたいするものではなく、神にたいするものにしたいということです。そしてこのことは、じつは、日本の伝統にはなかったことです。

しかも芥川龍之介は神を信じるクリスチャンではありませんでした。みずから書いておりますように、かれが最初「奉教人の死」や「きりしとほろ上人伝」のようないわゆる「切支丹もの」に手を染めるようになったのは、クリスト教の思想への信従からではなく、その雰囲気の醸しだす魅力からでありました。その点では明治の末年から大正初期にかけて時代を風靡したハイカラ趣味、南蛮趣味と大したちがいはなかったのです。木下杢太郎、谷崎潤一郎、佐藤春夫、北原白秋などもみなこの洗礼を受け、ある意味ではそこに反自然主義文学の基調が求められるともいえましょう。が、芥川龍之介とクリスト教ないしヨーロッパ精神との関係はより本質的であったようです。それはたんに雰囲気の魅力だけではなかった——芥川龍之介はその雰囲気のうちに、人間の自己の現実を超えようとする激しい意思をかぎとっていたのであります。これは重要なことであります。芥川龍之介の存在はこの点において当時もっとも新しかったのであり、今日もなおわれわれがかれの意図したものを継がねばならぬ新しさを失わないのであります。

神を信ぜずしてしかも人間の現実を超えんとする意思に憑かれた人間の宿命、それが芥川龍之介の文学の魅力でありましょう。この超克の意思は神という目標をもたぬかぎり、そのもっとも烈しい高まりにおいて、みずからあてどを失い、みずからを疑い、みずからにひけめを感ぜざるをえない。ふっと虚脱の瞬間に見まわれるのはこのときです。芥川龍之介は東洋に郷愁を寄せます――人間のあらゆるいとなみをむなしく呑みこんで静まりかえっている東洋の無に、いや、それは東洋の無ではない。それほど巨大なものではない。もっと日本的な――わるくいえば微温的な――罪のない稚純と優情とにたいする郷愁が、芥川龍之介の文学を、ほとんど死の間近まで一貫して流れております。

「邪宗門」をごらんなさい。後年「西方の人」のなかでかれが規定した「聖霊」と「マリア」、すなわち「永遠に超えんとするもの」と「永遠に守らんとするもの」という二つの対立が「摩利信乃法師」と「堀川の若殿様」とのあいだに、もっと厳密に概念規定をすれば、「摩利信乃法師」と「中御門少納言の御姫様」とのあいだに見られるのであり、「堀川の若殿様」はちょうど「路上」の大学生俊助のように、その調停者として立っているわけであります。そしてこの難事業は「路上」と同様に未完のまま放擲されてしまったのです。

諸君はおなじ「切支丹もの」でも、「さまよえる猶太人」「るしへる」のうちには作者の激しい意思への憧憬を見るでしょうが、「奉教人の死」や「きりしとほろ上人伝」のうちには、むしろ日本的な優情を感じとるでしょう。さらに「るしへる」とおなじ材料を扱った「悪魔」などでは、おなじ悪魔にしても、ずっと日本的なやさしさを賦与されております。また「長崎小品」などを見ますと、作者はまったく意識的にヨーロッパと日本との結合点を、いわば妥協的にこしらえて、疲れた自己の精神を慰撫しております。もちろん、問題はその妥協がいいかわるいかということにはありません。そういう妥協にすら、作品の美を盛りこみえたところに、作者のたたかいの切実さをわれわれは読みとるべきでありましょう。ヨーロッパにたいする憧憬と、日本にたいする郷愁と、この両極のあいだを往ったり来たりしていて、けっきょくかれ自身はなにものでもありえなかったと断ずるものがあるとすれば、それこそいじのわるい姑の眼であります。はたしてかれ自身はなにものでもありえなかったでしょうか。そんなことはない——芥川龍之介はわれわれのまえに百に近い作品を残してくれたのであります。

まず「神神の微笑」を読んでごらんなさい。ぼくは芥川龍之介の「切支丹もの」に含まれている日本的な優情について述べましたが、この「神神の微笑」こそ、その日本的な優情とはなにものであるかを理解するのにもっともつごうのいいものであります。ぼくがわざわざ解説するまでもなく、作者自身がやや歎息まじりに解説をほどこしております。どんなに激しい意思をも――すなわち「永遠に超えんとするもの」を――うやむやのうちに呑みこんでしまう靉靆たるもやのごとき日本の風土について、ここでは作者は反撥よりむしろ郷愁を感じているといってさしつかえありますまい。

現実との激しい闘争から生れた精神の政治学たる老儒の道も、現実を諦念観照する孤独な仏陀の教えも、また現実を拒否し永遠をめざすクリストの夢も、すべては二千年の歴史のうちに――美しい風景と温和な気候のうちに――静かに呑みこまれてしまうのです。宣教師オルガンティノのまえには、つねに「四五本の棕櫚の中に、枝を垂らした糸桜が一本、夢のように花を煙らせていた」のであります。いうまでもなく、芥川龍之介の眼底にもこの「仄白い桜の花」がたえずちらついていたのです。

泥烏須が勝つか、大日孁貴が勝つか――それはまだ現在でも、容易に断定は出来ないかも知れない。が、やがては我我の事業が、断定を与うべき問題である。君はその過去の海辺から、静かに我我を見てい給え。たとい君は同じ屏風の、犬を曳いた甲比丹や、日傘をさしかけた黒ん坊の子供と、忘却の眠に沈んでいても、新たに水平へ現れた、我我の黒船の石火矢の音は、必古めかしい君等の夢を破る時があるに違いない。

「神神の微笑」はこの一節で終っております。が、ぼくたちはそこに作者の決意を受けとるよりは、疲れた精神の諦めと憩いとを読みとるでありましょう。ぼくはまえに「さまよえる猶太人」や「るしへる」に作者の激しい意思への憧憬を見ると書きましたが、より正しくいえば、芥川龍之介の「切支丹もの」はすべてあまりにも日本的な優情の所産であります。作品においていかに激しい意思が物語られていようとも、それが憧憬としてあらわれているかぎり、意思そのものではなく歎息であります。オルガンティノの吐息はそのまま芥川龍之介の吐息であります。その間の事情はつぎの一節にじゅうぶんうかがわれるでしょう。

彼はいつ死んでも悔いないように烈しい生活をするつもりだった。が、不相変養父母や伯母に遠慮勝ちな生活をつづけていた。（「或阿呆の一生」三十五　道化人形）

「山鴫」をごらんなさい。まずそこに読者は、他人を信じない激しい我意というものを見る。が、それはなんと概念化され抽象化されてとらえられていることか。天才トルストイのあの血みどろな我臭というようなものはぜんぜん感じられません。もちろん芥川龍之介は長篇作家ではなく、短篇作家であります――日本にはめずらしい西洋コントの形式と手法とをものにした作家であります。しかし、それはコントであるから抽象化され形式化されているのではない。まさに逆で、抽象化し形式化して描こうとする精神機構がコントを要求したのです。ところで、問題は、こういう抽象的形式で人間をとらえようとした芥川龍之介が、やはり現実の人間もそんなふうにしかつかむことができなかったかどうかということにある。答えは、然り、そして否であります。

現実をすべて抽象的にしかとらええぬ人間などというものは化物です。そんな人間がいるとおもうことこそ、抽象的であり観念的であります。芥川龍之介がもしそんな化物だったら、今日にいたるまでかほど多くの読者をもつことはできぬでありましょう。論より証拠、「山鴫」はトルストイの体臭をではなく、芥川龍之介の体臭をはっきり感じさせる。そこにこの作品のリアリティがあるのです。つまり――読者はまず、他人を信じない激しい我意というものを見る。が、それは抽象化されているがゆえに、じつはちっとも激しくなどないのです。すくなくとも読者の理智も情感もそんなところではすこしも動されない。ではどこでそれが動されるかというと、トルストイがトゥルゲネフのまえに和解の手をさしのべる最後の場面であります。

トゥルゲネフは殆恥しそうに、しっかりトルストイの手を握った。見つかったのは山鳴か、それとも「アンナ・カレニナ」の作家か、――「父と子と」の作家の胸には、その判断にも迷う位、泣きたいような喜ばしさが、何時か一ぱいになっていたのだった。

ここでぼくが最初に書いたことをもう一度おもいだしていただきたい。芥川龍之介の小説が多くのひとびとに愛読されるのはこういうところなのです。主題ではない。たしかに主題は理智的に処理されています。が、ひとの心をうつのは作者の情感なのです。ぼくのいう日本的な優情なのであります。まえにもふれましたが、「将軍」などそのいい例です。乃木将軍を皮肉な眼で見ているのは作者の理智――いや、それは作者のという特定のものではない――現代人の概念的な理智にすぎない。そしてそれが主題を形成する。が、読者はそれに感心してもならず反撥してもいけないのです。われわれの心を打つのは最後の父子の対話であります。――もっとはっきりいえば、両者の最後の妥協的な対話であります。

「雨ですね。お父さん。」

「雨？」

少将は足を伸ばした儘、嬉しそうに話頭を転換した。

「又櫺桴（マルメロ）が落ちなければ好いが、……」

ぼくはここに芥川龍之介のほとんどすべての作品の末尾に読者の注意をうながしたいとおもいます。たとえば、「羅生門」の結びは「外には、唯、黒洞々たる夜があるばかりである。下人の行方は、誰も知らない」とあります。また「枯野抄」では「こうして、古今に倫を絶した俳諧の大宗匠、芭蕉庵松尾桃青は、『悲歎かぎりなき』門弟たちに囲まれた儘、溘然として属纊（しょっこう）に就いたのである」となっています。要するに、作者の情感はときに恥しそうに照れながら、ときには子供っぽいほどみずみずしく、それまで書きつづってきた内容にたいして、結末にいたってそっと自分の愛情をもらすのであります。ぼくはこの瞬間に作者の理智が刻んだ主題などいっぺんにどこかへ吹きとんでしまうのを感じます。

「鼠小僧次郎吉」の最後にしてもそうです。これは下品な落ちなどではけっしてありません。英雄と苦労人とをあわせもった人間にたいする作者の愛情がこんなふうに出たまでです。この英雄と苦労人ということばを「永遠に超えんとするもの」と「永遠に守らんとするもの」という概念に置きかえてみると、読者は作者の心情をさらによく諒解することができましょう。

芥川龍之介はどんなにいじのわるい懐疑家の表情をつけて現れようとも、かならず最後には日本人らしい優情にたちかえっております。のみならず、その優情に――どんな激しい意思をも呑みこんでしまう日本的風土に――歎息をつけばつくほど、かえって作者の羞恥をまじえたやさしい情感が裏切り示されるのです。が、ここにもっと重要なことは、その優情ゆえに作品の造型が可能であったのにもかかわらず、芥川龍之介自身は、そういう場所ではじめて造型が可能であるということに満足しなかったのです。かれは自分を芸術家たらしめているものに向って反逆せずにはいられなかったのです。が、そのことについてはのちに述べましょう。

ぼくはそのまえに、「路上」「秋」と対比して「お律と子等と」と「玄鶴山房」とについて述べておきたいとおもいます。この二つの作品、ことに「玄鶴山房」は、自然主義的な小説を好んで、芥川龍之介をあまり高く評価しない批評家や作家たちにも認められております。その間の事情は、あたかもかれらが「道草」や「明暗」によって、はじめて漱石を評価しはじめたのに似ているのです。つまり「お律と子等と」から「玄鶴山房」にいたる道程に、ひとびとは芥川龍之介のリアリズムを読んだのであります。そのことはおそらくまちがってはおりますまい。この二作を「路上」や「秋」と対照してごらんなさい。あきらかに、この二つの作品にはリアリティがあります。ところで、このリアリティとはなにものでしょうか、どこから発生するものでしょうか。いいかえれば、芥川龍之介はなぜそれまでに自然主義ふうな写実小説が書けなかったのか、なぜ「路上」では失敗したのか。

そのことはすでにふれましたが、もう一度べつな角度から申しましょう。

第一に、芥川龍之介は東京の下町に生れ、下町に育った人間であります。というのは、古い家庭の対人関係という桎梏のなかにつねに身を置いていたひとであります。さきほど引用した「或阿呆の一生」の一節にもそれがはっきり出ています。いっぽう、自然主義の作家たちは、そういう家庭的な桎梏をいちおう断ち切って、地方から東京へ出て来たひとたちで、いわばその桎梏のそとに立っておりました。かれらの個人主義は、周囲の古きものとの戦いによって、その周囲ともども古さから脱出しようとしたのではなく、古きものを古きままに遠く郷里に残して、自分だけが脱出して得られた、あるいは得られたと錯覚したものでありましたが、それにひきかえ、下町に生れ下町に育った芥川龍之介は桎梏のただなかにあったのですから、自分が新しくなろうとすれば、どうしても周囲のものとの平均において新しくならねばならぬという宿命を背負わされていたわけです。

第二に、しかし明治末期から大正期にかけての東京は、東京に生れ東京に育った地元の人間をかえって場ちがいなものとしてしまうほど、弱体化していたのです。すなわち、いわゆる庶民階級はべつとして、支配階級や知識階級はほとんどすべて地方から笈を負うて出て来たひとたちによって占められていたのであります。むしろ、その点で東京人の生活環境は、地方からの出身者によって見すてられた地方人のそれに酷似している。当時から現在にいたるまで東京は地方化してしまったのです。逆にいえば、東京を支配した当時の知識階級は東京に生活をもっていなかったということになります。

そして自然主義小説というのは多くかれらの手になった——とすれば、そのリアリティというのはなんでしょうか。妙なものではありますまいか。このようにして、政治・社会・風俗などの領域におけると同様、文学においても、リアリティというものが観念的に、あるいは強制的に、外部から押しつけられてきたのです。こうなると、漱石や龍之介のように地方化した東京人の生活のリアリティをもった人間は、どうしても浮きあがらざるをえない。自然主義流に考えられたリアリズムの手法では、特殊化された自己の生活のリアリティは描けないのです。「路上」や「秋」が失敗したのはそのためです。「一匹の犬の姿」にしても、それを見るこちらがわの生活が他のひとたちとちがっているのですから、普遍性をかちえることはできません。たとえば待合やカフェーやキャバレーの経営者の息子は、それによって毎日の生計を維持されているとすれば、ちょっと遊びによった道楽息子のように、その場のふんいきを描くことはできますまい。自然主義小説から風俗小説にいたるまでのリアリズムとは、つまりこの種の道楽息子のリアリズムなのです。

ですから、「路上」の俊助や「秋」の俊吉はリアリティがないのではなく、読者にそれをリアルだと信じさせにくいリアリティをもっているものなのです。芥川龍之介に私小説の書けぬゆえんであります。ひるがえって「お律と子等と」や「玄鶴山房」でかれが成功した理由は——いや、成功したとおもわせた理由は——俊助や俊吉のような人間をおもいきって後景にしりぞかせてしまったからにほかなりません。慎太郎がそうです。そして「玄鶴山房」では名さえ与えられていない「従弟の大学生」がそれです。

問題はここにふたたび、ぼくが日本的優情と呼んだものにかかわってまいります。もはやおわかりでしょうが、読者は慎太郎や従弟の大学生のうちにその優情の歎息めいたものを感じとるでしょう。「玄鶴山房」の末尾はつぎの一文によって結ばれております。

彼の従弟は黙っていた。が、彼の想像は上総の或海岸の漁師町を描いていた。それからその漁師町に住まなければならぬお芳親子も。――彼は急に険しい顔をし、いつかさしはじめた日の光の中にもう一度リイプクネヒトを読みはじめた。

だが、このばあいわれわれが見すごしてならぬことは、作者はもはや優情のうえに静かに息(やす)んではいないという事実です。かれの歎息は前期のそれとはだいぶちがってきております。なるほど「神神の微笑」は「お律と子等と」のあとに書かれたものです。が、いや、だからこそ、それは優情そのものというよりは優情の解説になっているのではないでしょうか。さらにそこには悲鳴らしいものさえかすかに感じられます。芥川龍之介は自己の優情に、そしてそれにつけこんでくる周囲の環境に憤りを感じはじめたのです。いや、もし憤りを感じたなら救われたのでありましょう。かれはただ神経的な憂鬱を感じたのにすぎなかった——ほかならぬ自己の優情のゆえに。
が、慎太郎や従弟の大学生を後景にしりぞかせたとき——いいかえれば、自己の優情を抑制したとき——その対象である周囲の現実は、われわれのまえにはじめて冷たい客観性をもって現れてきたのであります。もちろんその冷たさは近代ヨーロッパ文学における論理的な冷たさではない。あやうく主体と溶解してしまいかねぬ情感的な冷たさでありますーーそこにはなお柔い温かさが残っているのです。ひとびとが「玄鶴山房」に象徴的なものを感じたのも、じつはそういうわけからではないでしょうか。「庭」や「一塊の土」などものを感じたのも、その意味では同系列の作品といえましょう。

こういう悲調がその後どういうふうに展開されてゆくかについて、さらに話をすすめたいとおもいますが、ここでは完璧な短篇の代表作として「秋山図」に、童話的な作品の代表として「杜子春」に、小品として「トロッコ」に、随筆的な作品として「漱石山房の秋」「漱石山房の冬」に、読者の注意をうながしておきましょう。もちろん、その他にも「藪の中」「報恩記」「お富の貞操」「雛」など、それぞれ捨てがたいおもしろさがありますが、とくに解説する必要もないでしょう。

いままでぼくが述べてきたことは、要するに芥川龍之介の文学が、自己肯定のための比喩の文学だという一事であります。そのことをもういちど概括的に申しましょう。

　なるほど私小説も自己肯定の文学であります。いや、近代小説はすべてそこから発しているといってさしつかえありません。ヨーロッパでもロマンティシズム以来、自己告白と自己主張とをこととしてきました。いわゆる十九世紀後半の自然主義小説にしても、その点おなじことです。ただ自然主義作家は直接に自己を主張しないで、自己を一敗地にまみれさせた社会の現実を克明に描くというリアリズムの手法を用いただけで、そうすることによって逆に影絵として自分の姿を浮きあがらせたというだけの話で、その心底は十八世紀末のルソーやシャトーブリアンに始るロマンティシストとなんの変りもありません。

　同様に、日本の自然主義から私小説にいたる系譜も、そのまえの「明星」のロマンティシズムの直系であり、それが幻滅に出あって、敗北のかたちで自分を歌おうとしたものだといえるでありましょう。にもかかわらず、前者の後者にたいする反逆のうちには、そのことがじゅうぶんに意識されておりませんでした。いいかえれば、自然主義作家たちのあいだには、自分たちが反逆においてロマンティシズムを継承するのだという自覚がほとんどなかったのです。かれらは単純にロマンティシズムの甘さを冷嘲しました。自分たちだけがはじめて、現実ときびしくたたかうのだと信じておりました。ロマンティシストたちが、日清戦役から日露戦役にかけての国家主義的風潮という、当時の日本の社会の、いわば軽佻ともいうべき社会的現実と直接につらなり、その地盤のうえに立ち、その背景にのみ勢いを得て時代を風靡したのと同様に、そのつぎの時代の自然主義作家たちは、戦争による勝利も小市民的知識階級にはなんの利得ももたらさぬばかりか、かえって日本は日本なりの資本主義の完成によって世間的には出口をふさがれていくという一種の時代閉塞感情、つまり当時の社会的現実に支えられて、次代の流行児になったわけです。ですから、この二つの文学的流派は、ただそれぞれの社会的背景のまえにおいて必然的な所産でありえただけで、両者のあいだに文学史的聯関はひじょうに稀薄だったのです。

そして文学史的聯関が稀薄であるということは、じつに大問題なのであります。それはたんに作家の職人的技術の伝承の問題にかぎりません。それどころか、作家の芸術家としての覚悟にかかわってくる重大問題なのです。結論をさきにいってしまえば、ロマンティシストとリアリストとを問わず、この相反する表現手法と対社会的態度とを、相反するままに結びつける一貫した糸はなにかといえば、それこそ近代の芸術家としての覚悟でありましょう。いいかえれば、それは現実と直接にたたかいながらも、それに勝とうが負けようが、その成果を意に介しないということです。というと誤解を招きそうですが、ぼくのいいたいことはこうです——現実の世界で勝ったところで、表現の世界で負けたらなんの役にもたたぬということであり、また現実の世界で負けても表現の世界ではなんとしても勝たねばならぬということであります。

その意味において、勝利の歌であるロマンティシズムのさきぶれであるルソーやシャトーブリアンが、現実の世界においてはすでに敗北者であったということを、われわれは見のがしてはならない。それゆえにこそ、ロマンティシズムはリアリズムと文学史的結縁をもちえたのであります。両者は一貫して表現の世界を信じ、現実にたいする精神の、また社会にたいする個人の自律性というものを保持する戦いに協力しえたのであります。同時に、その二つの流派のあいだのみならず、任意の作家をひとり採りあげてみても、その人間のなかには表現の世界の大前提としてのロマンティシズムと、その方法としてのリアリズムとが共存しておりました。

が、日本のロマンティシストは、現実とたたかうさいに、精神と個人の自律性、すなわち表現の世界にたいする信頼がないから、そのたたかいがどうしても逃避的になり、甘いという非難からまぬかれがたいのであり、いっぽうリアリストたちは、同様にそれだけの自信がないから、いたずらに甘さを恐れ、嘲笑を恐れてはじめから敗北の姿勢で出発するということになるのです。まあ、さきに転んでおけば、ひっくりかえる醜さを笑われずにすむというわけでしょう。

芥川龍之介は国木田独歩になみなみならぬ親近感をいだいておりましたが、よく考えてみると、独歩というひとは近代日本のロマンティシズムから自然主義に移行していった作家で、その移行のしかたにじつに自然なところがあります。かれのなかにはロマンティシズムとリアリズムとがつねに共存しえていたのです。日本の近代文学が、もっともヨーロッパ的に表現の世界の自律性を信じえた最初の兆であると、いっていえぬことはありません。その弱みと強みとがよくかれの作品に現れております。芥川龍之介が独歩に憧憬を感じたことは当然であります。龍之介は大正期の独歩だといえましょう。両者の近似性を考えてみるといろいろの点でおもしろいのですが、それは余談にわたりますのでべつの機会に書くことにします。

さて、芥川龍之介が表現の手法として比喩を用いなければならなかった理由ですが、それはすでに申しました。ぼくはまえにつぎのように書いておいた――「ヨーロッパにおいては、いかなる凡庸人も神に道を通じているということを忘れないでいただきたい。いかに悪事を犯そうと、かれらは神の垂した一本の綱によって救われるのであります。」つまり表現の世界を信じるためには比喩を必要とした。というより、神に道を通じていない日本が、近代ヨーロッパの仲間いりをするためには、比喩の形式をとらねばならなかったのです。

なぜなら、われわれの周囲のどこを見まわしても、すべての近代らしきものは、思想にしろ、心理にしろ、風習にしろ、ことごとくその実体をもたないからです。そのリアリティをもたないからです。リアリズムの手法が功を奏するのは、その対象である現実にリアリティがあるからです。さもなければ、リアリスティックな表現は、表現の世界の自律性を獲得しえない。芥川龍之介が比喩的方法をとらねばならなかったゆえんであります。比喩によってのみ、かれははじめて自己肯定をなしえたのです。実体らしき実体をもちえぬ近代日本人のひとりとしての自分を、比喩によってはじめて定著しえたのであります。

ぼくが芥川龍之介に親近感を懐くのはまさにその点です。比喩は表現形式としてははなはだ脆いかもしれない。が、その脆いものにすがっても、あくまで自己を生かしきろうとした作者の意思はやはりりっぱだったとおもいます。ところで、晩年の芥川龍之介はそれからさらに一歩を踏みだそうとしたのであります。自己に反逆しようとしたのであります。

「保吉の手帳から」「大導寺信輔の半生」「闇中問答」「歯車」「或阿呆の一生」と順次に読みすすんでごらんなさい。作者のたたかったたたかいがどういう種類のものであるか、よくわかるでありましょう。このうち「闇中問答」「歯車」「或阿呆の一生」は死後に遺稿として発表されたものでありますが、「大導寺信輔の半生」や、「保吉の手帳から」その他いわゆる「保吉もの」などと呼ばれている作品、さらに「年末の一日」「蜃気楼」、あるいはその他の随筆ふうの小品などには、あきらかに作者の身辺が私小説的に描かれております。当時の文壇はこの変化を見とめ、死後の遺稿を読むにおよんで、芥川龍之介もついには私小説を書かずにいられなくなったとおもい、書斎臭を洗いおとした作者の裸の人間像に接して、はじめて感心したのであります。それもたしかにいちおうの正しい見かたでありましょう。が、ぼくは芥川龍之介が晩年に私小説めいた作品を書いたことにそれ以上のものを読みとりたいのです。

なるほど、それは比喩の文学の破綻ではありました。芥川龍之介はそこまで追いこまれたのです。が、また、かれは十字架にかかることを承知のうえで自己の宿命を成就したクリストのことを描いております。「追いこまれた」といえば受動的でありますが、すべてを承知のうえで追いこまれたとすれば、そこに自由意思が働く。すなわち、芥川龍之介は必然と自由とがうらはらになるぎりぎりのところで生きたのです。自己の宿命と見てとった瞬間に、それを意思したのです。その証拠に、晩年の作品がいかに私小説めいたものであるにもせよ、芥川龍之介は最後まで化粧を忘れておりません。ちゃんと作品をこしらえております。造型のためのデッサンはすこしも狂っていません。要するに、芥川龍之介は追いこまれたのではないということです。自分で自分を追いこんだのです。

ぼくは比喩によってしかとらえられないリアリティであると申しました。が、比喩によってそれをとらえてみれば――読者はすでに「ひょっとこ」以後のあまりにも整ったコントに堪能しているでしょうが――作者にしてみれば、われわれ以上に比喩の安定性に不満を感じはじめていたにそういないのです。たしかに比喩は造型する。が、そのかげで、ひとは楽にあぐらをかくこともできるのです。というより、比喩がたくみであればあるほど、あぐらがかきよくなる。最初は自己肯定のために設けられた防壁だったのですが、その防壁が完成すればするほど、堂々たるその厚みが自己を否定し抹殺しにかかってくる。

防壁に比して自分のリアリティが稀薄にみえ、おそまつに感じられてくるのです。いいかえれば、比喩というものは、いかに自分がおそまつでも、自他の眼をしてそのおそまつさを見のがさしめる安易な表現法だということに、芥川龍之介はようやく気づきはじめたのです。

かれが日本的な優情に安心して寄りかかっていられなくなったといったのはそのことであります。造型のかげで鍛錬の鞭を逃れている自分に、かれは満足できなくなったのです。かれは比喩の防壁をとりはらってしまおうと意思しました。つまり、リアリティがないがゆえに――あるいはリアリティを信じてもらえそうもないとおもったために――背景にしりぞかせた慎太郎（「お律と子等と」）や「従弟の大学生」（「玄鶴山房」）に、じかにリアリティを与え、俊助（「路上」）や俊吉（「秋」）についての失敗をとりかえそうと意図したのであります。

こうなれば、自分をそのままだすよりしかたがない。が、それはあくまでその自分をあやつる手のたしかさを確保したいためにすぎません。そこが「歯車」や「或阿呆の一生」を私小説と截然と区別しなければならないところです。それらの作品には、私小説よりもずっと剝皮の苦しみがあったのです。私小説にはもともと剝皮の苦しみなどありはしない。はじめから皮を――仮面を――かぶっていないからです。それは、世間からむりやりに仮面をかぶせられたこともなく、最初から素顔でふるまう特権を与えられていたのです。

しかし、芥川龍之介の自己への反逆の底には、あまりにも自分を恃みすぎるものの愚かさがなかったでしょうか。自己の限界を、日本的な優情を、あるいは「永遠に守らんとするもの」を、もっと信ずべきではなかったでしょうか。が、それを信じなかったがゆえに――いや、それに満足できなかったために――自分が受けなければならなかった報復ということも、芥川龍之介の意識のうちにはちゃんと計量されていました。というより、そういう自分の一生を定著させようとこころみたのが、「歯車」であり、「或阿呆の一生」であります。そこまできたとき、かれはどうしてもクリストにすがりつかねばならなかった。それが「西方の人」「続西方の人」であります。

皮肉な運命ではありませんか、比喩から脱出しようとしたとき、クリスト＝自己という最大の比喩を描かねばならなくなったということは。が、宗教的感情をもたずに、だれがこの比喩にたえられましょうか。いや、宗教的感情がなかったからこそ、それはついに比喩にしかならなかったのであります。芥川龍之介は日本にも西洋にも安住できなかった、また「永遠に守らんとするもの」にも「永遠に超えんとするもの」にも、どちらにも安住できなかった不幸なる近代日本人の典型であります。

そしてかれは死をまえにして、おそらくそのことさえ自覚していたのにちがいありません。のみならず、ここまで歩いてきた以上、たとえどちらかにあえて安住してみても、けって真の幸福が得られようはずのないことも承知していたでしょう。さらに、人生にとって不幸といい幸福というも、いずれにせよ大したことではないとまで傲りたかぶっていたかもしれない。もちろん、こういう傲りは諦念や謙譲と紙一重のものでありましょうが、すくなくとも懐疑とはほどとおいものです。芥川龍之介はたしかになにものかを信じていたのです。なにものかを信じていなければ、かほどに傲りたかぶることはできない。そこにわれわれはなにか希望を懐くことができないでしょうか。

傲りたかぶることによって、自分を死にまで追いつめた人間がいるということは、われわれのなかにも絶対の観念が生れつつあるということであるか、それとも絶対の観念をまえにしては、われわれはかならず死にまで追いつめられるということか。いずれにしても現代のわれわれは芥川龍之介のたたかいを出発点とし、これを克服しなければならないのです。そのことを文学上の課題に翻訳すれば、比喩の防壁を毀つことによって、われわれはいかなるリアリティを摑みとることができるか、あるいはなにも摑めないのか、すなわち比喩の防壁になおもすがっていなければならないのか、とにかく芥川龍之介はかれよりのちの作家にそういう課題を残して死んでいったのです。

――Ⅰ、Ⅱともに引用文は、昭和二年刊行の芥川龍之介全集による。

（創元社版『芥川龍之介作品集』全四巻解説、昭和二十五年九月―十二月刊）

太宰 治

I

一

いま太宰治論を書くならば、その心がまえは七年前の芥川龍之介論の続篇をものすつもりであればよい、とぼくのうちにあるかれのイメージが教えてくれる。たしかに太宰は芥川が生涯のおわりに辿りついた地点から出発している——しかもおなじ気質をもって。芥川の到達した終末点が、たんにかれ一個人の特殊な生涯の飽和点を意味せず、一時代の、一性格の、さらには人間存在そのものの、窮極の主題というものに通じていたのであったとすれば、そこに自己の出発点を見いだすということは——いや、もってまわったいいかたはやめよう――太宰治は芥川龍之介の生涯と作品系列とを、いわば逆に生きてきたのである。芥川龍之介はその一生のおわりに「或阿呆の一生」と自殺とを置いた。太宰治はその作家活動のはじめに、「歯車」や「或阿呆の一生」にならって、「葉」や「思い出」などを書いてしまっていた。そして「その日その日が晩年である」ようなたそがれのうちで、いくたびか自殺をはかり、そのつど「生きよ」と現世につきもどされた――人生を逆に生きるよりほかにしかたはなかったのである。

ぼくは二十冊にあまる太宰治の作品集を読みあさりながら、龍之介論を書いた七年まえの興奮をあらたにすると同時に、そこでぼくが発見し、守りぬこうとした真実を、はたしていまここに超えうるかどうかという不安もまた感じている。が、ぼくはつぎのことを知っている。太宰治論が芥川龍之介論のリフレインにすぎぬものとなれば、それはぼくが太宰のまえに自分を棄てきれなかったことを物語るものにほかならぬであろう。芥川を語っても太宰を語っても、つまりはぼくがぼく自身を語ることにしかならないという事実に、いまのぼくは批評の生理を誇らしげに吹聴する気にはけっしてなれぬのである。それは批評家の勝利ではなくて敗北なのだ。にもかかわらず、批評文学の自律性だけは、なにものにかえても確保しなければならぬ。

ぼくがいまここに用いようとする方法は、対象にむかってべたぼれにほれぬいてみようということだ。阿諛（あゆ）し追従（ついしょう）し、背なかを流させてもらい、脚をさすらせてもらおう、というのである。元来、ぼくは長所をほめ、そのあとでぬかりなく弱点を指摘して引きあげるというやりかたがきらいである。みみっちく、貧乏くさくてやりきれないのだ。そんなことをするくらいなら黙っているがよい。徹底的に愛するか、徹底的に憎むか、そのいずれかだ。対象を愛しきったとき、その弱点が、また対象を憎みぬくとき、その長所が、ぼくの眼にうつっていないわけではない。が、そこにかかずらわずにはいられないというのは、つまりは自己の愛憎の真実に信をおけないからではないか。

対象にほれぬくこと——太宰治のばあい、それはことに必要なのだ。かれの表現がきざにみえるのは、かれがきざな性格のもちぬしだからではなく、他人がかれをきざと見なし、そうした他人の眼をかれの神経が感受するからにほかならない。かれは自分の苦悩の真実を信じてくれる他人の存在を予想できず、それゆえにうろたえ、はにかみ、それがきわまってポーズになるのだ。ぼくたちはかれを信じきればいい、愛しきればいいのである。で、ぼくは決心した——太宰治がてれくさくていえないようなことを、その代理にばかづらしていってやること。ひとはあるいはぼくの文章を糊と鋏とでつづった常識的な解説文と見るかもしれぬ。が、どう読もうとそれは読者の勝手というものだ。

同時に、龍之介論でこころみたことを、ぼくはやはりここでもくろむかもしれぬ。相手にほれた以上、共鳴がすぎて、ひとは心中を求めかねないのだ。もちろん、暴力はつつしむ。しかし、なだめすかして、おまえの考えていることはおれとすっかりおなじ、そらこうだ、人生とは……、といったふうなくどきかたで、相手を昏迷におとしいれ、そのじつ、こっちが相手の心にしたがうのではなく、その反対に相手を自分の意に屈従せしめ、しかも相手はけっこうぼくのおもいを自分の心と信じこんでいるといったふうに、暴力は用いずとも、やはりこれは無理心中であろう。が、作家論において、この相手というのは、かならずしも太宰治そのひとではなく、それはあたりまえで、いくらぼくが牽強附会をしようとも、本人までがそうおもいこんでしまうわけはあるまい。だまされるとすれば、それはほかならぬ、この文章の読者である。警戒すべし——もうとくに序論の部分はすぎて、ぼくの口舌、手練手管がはじまっているのである。ここまで書いてきて、ぼくははっとばかりに筆を投じた。というのは、太宰治そのひとの第一創作集「晩年」のうち、「玩具」という短篇の一節をおもいうかべたからである。

ここまでの文章には私はゆるがぬ自負を持つ。困ったのは、ここからの私の姿勢である。

私はこの玩具という題目の小説に於いて、姿勢の完璧を示そうか、情念の模範を示そうか。けれども私は抽象的なものの言いかたを能う限り、ぎりぎりにつつしまなければいけない。なんとも、果しがつかないからである。

すぐまたあとにこうある——

けれどもここに、姿勢の完璧を示そうか、情念の模範を示そうか、という問題がすでに起っている。姿勢の完璧というのは、手管のことである。相手をすかしたり、なだめたり、もちろんちょいちょい威したりしながら話をすすめ、ああよい頃おいだなと見てとったなら、何かしら意味ふかげな一言とともにふっとおのが姿を掻き消す。いや、全く掻き消してしまうわけではない。素早く障子のかげに身をひそめてみるだけなのである。やがて障子のかげから無邪気な笑顔を現わしたときには、相手のからだは意のままになる状態に在るであろう。手管というのは、たとえばこんな工合いの術のことであって、ひとりの作家の真摯な精進の対象である。(中略)

ここらで私は、私の態度をはっきりきめてしまう必要がある。私の嘘がそろそろ崩れかけて来たのを感じるからである。私は姿勢の完璧からだんだん離れていっているように見せつけながら、いつまたそれに返っていっても怪我のないように用心に用心を重ねながら筆を運んで来たのである。

ぼくの方法とまったくおなじである。いや、いつのまにか、ほれた相手の気質や口調がぼくにのりうつってきたのであろうか。いずれにせよ、これは、と筆を投じたゆえんである。ところで、「姿勢の完璧」「情念の模範」とはいったいなにを意味するのであろうか。「晩年」中の諸作を書いた四五年のち、昭和十五年、太宰治は「東京八景」という私小説ふうの作品を書いているが、そのなかで、この二つの凝った措辞(そじ)の意味を、あっけないほど平明に釈明している。

その頃の文壇は私を指さして、「才あって徳なし。」と評していたが、私自身は、「徳の芽あれども才なし。」であると信じていた。

「情念の模範」とは、「徳」のことであり、「姿勢の完璧」とは「才」のことである――といってしまえば、まことに味もそっけもない話であるが、それを、「情念の模範」「姿勢の完璧」というようなことばで語らなければならなかったところに、ミスティフィケイションの名手である太宰治の真実がある。太宰治の真実――と、いまぼくはいった。そういうことになれば、「情念の模範」とは、このかれの真実だといいなおしてよろしく、それを造型的に定著しうる形式こそ、ほかならぬ「姿勢の完璧」なのである。太宰治の精神的真実は傾斜面のうえに撒(ま)かれた砂粒のごときもので、静止のすがたを保つことができず、たえず滑り流れる。したがって、これをとらえようとすれば、いきおい砂粒の流れとともに身を流動せしめ、瞬間瞬間に堰(せき)を造りつつ、なおその堰を漏れてこぼれる流れを追いかけ

追いかけ、砂粒とともにどん底まで落下してゆかなければならない。その敏捷に身をひるがえす軽業に、作者は「姿勢の完璧」を祈願するのだ。醜く崩れてはならぬ。といって、一粒でも漏らしてはならぬ。どん底まで落下するといったが、傾斜の真実は傾斜のうちで定着してしまわなければならぬので、傾斜のおわった平面にまでころげおち、堰きとめかねた砂を浴びて、ぶざまに尻もちをつくことは断じてできぬ。芸術家にとってこれほどの屈辱はない。太宰の矜恃(きょうじ)がそれを許さぬ。

「嘘がそろそろ崩れかけ」、「姿勢の完璧からだんだん離れていっているように」みえても、じつはそこにこそ「姿勢の完璧」が賭けられているのだ。姿勢はくずれ、才もおよばず、ことばというもののもっている能力をともすれば超えようとする真実であればこそ、「姿勢の完璧」が必要になってきたはずではなかったか。底をわらずに語れる嘘であるならば苦労はない。そういう文学上のフィクションをひとはそれまでリアリズムと呼んできた――もちろんそれがフィクションであるという自覚もなしに――だからリアリズムと名づけたのだ。が、ひとたびそれが嘘と気づけば、もうどうしても真実を語れぬくやしまぎれに、今度はいやがうえにも嘘をつく。芥川龍之介の初期の作品がそれだ。作者はそれが嘘だと知って――読者がそれを嘘として読んでくれるのを知って――ほっと安堵の息をもらす。なぜなら、真実を語れぬかれではあっても、はっきり嘘として提出している以上、すくなくとも嘘つきという非難からだけはまぬかれているというものだ。かれは嘘にたえる。が、それはなんという苦行であることか――嘘にたえるということは。隠された真実がかれに愁訴し、謀反する。かれの立っている地面はおもむろに傾斜しはじめ――そら、砂粒の流れが流れはじめる。嘘はくずれ、いまでは虚実が反撥しあい、虚が実を堰けば、実はこの堰を破り、昏迷のうちに、いつしか実が虚を堰きとめ、虚がこの堰を破って逃げる――虚実の相対性。

太宰治は、ここから出発した。「晩年」中の「猿面冠者」「玩具」「めくら草紙」「道化の華」、その直後の作品「狂言の神」「ダス・ゲマイネ」、それから五年後に書かれた「春の盗賊」などにおいて、その間の消息がはっきり読みとれるであろう。読者はひとつの堰のうちにしばらくなじむや、いきなりそれは嘘だったと告げ知らされる――そんなところにおれはいない、と作者はげらげら笑いだす。たえず隠れた場所を変える、あのかくれんぼ。単純な読者は、きざだ、いやみだ、韜晦(とうかい)だと、ついには怒って本を投げだす。軽薄才子のたわむれ、ごまかし――砂粒ほどの真実もないために、あるいはひとかけらの真実を意味ありげにもったいぶってちらつかせ、そうすることによってひどく巨大なものにおもいこませようという術策だときめつける。たしかに運動するものは質量の大いさを錯覚させる。が、これはまたなんと軽率な非難であることか。――

みごとだ――太宰治の軽業はまことにみごとである。ぼくは羨望をとおりこして嫉妬を感じる。堅固な堰のなかにちんまりおさまった真実が見たいのならば、志賀直哉を読め。

現実描写の的確さに感心したいのならば——頂門一針、「めくら草紙」の末尾につぎのごとくある。

いま、読者と別れるに当り、この十八枚の小説に於いて十指にあまる自然の草木の名称を挙げながら、私、それらの姿態について、心にもなきふやけた描写を一行、否、一句だにしなかったことを、高い誇りを以って言い得る。さらば、行け！
「この水や、君の器にしたがうだろう。」

二

さて、ここでふたたび、〈ぼくははっとばかりに筆を投じた〉というところにもどらなければならぬ。ぼくはそのあとで「玩具」の一節を引用した。だが、あのときぼくの脳裡に浮んだのは、じつは「春の盗賊」だったのである。が、さすがにそれは引用しかねた——あまりにぼくの手口とそっくりで、もちろん「春の盗賊」をぼくは読んでいるのであるから、これはどうしてもぼくがまねをしたことになってしまうからだ。その一節に曰く——

またしても、これは、私生活の上の話ではないか。おまえは、ついさっき、物語のなかに私生活の上の弁解を附加することは邪道であると明言したばかりのところでは無いか。矛盾しないか。矛盾していないのである。そろそろ小説の世界の中にはいって来ているのであるから、読者も、注意が肝要である。

ぼくもおなじことを書いたはずだ。太宰治にべたぼれにほれるといいながら、無理心中してもぼくのおもいを代弁させるといった。これは矛盾ではないか。矛盾ではない。序論はすでにすぎて、批評の世界にはいってきたのであるから。ぼくは右の一節を引用したくはなかったので、すどおりをきめこんだ。が、やはりそうはいかなくなった。なぜ引用したくなかったかといえば、ことは批評家の、いや、批評文学そのものの、権威にかかわるからである。ぼくのオリジナリティが危殆(きたい)に瀕するからである。太宰治を発見したのはあくまでぼくであって、太宰治自身がすでに太宰治を発見しているということになっては困るのである。そうなったのでは、批評家の真実は、ぼくの真実は、いったいどこにあるというのか。が、ひるがえって考えれば、それこそ近代の批評家の悪癖、どうしてすなおに註釈者、解説者に甘んじきれぬのか。

僕の小説が古典になれば、――ああ、僕は気が狂ったのかしら、――読者は、かえって僕のこんな註釈を邪魔にするだろう。作家の思いも及ばなかったところにまで、勝手な推察をしてあげて、その傑作である所以を大声で叫ぶだろう。ああ、死んだ大作家は仕合せだ。生きながらえている愚作者は、おのれの作品をひとりでも多くのひとに愛されようと、汗を流して見当はずれの註釈ばかりつけている。そして、まずまず註釈だらけのうるさい駄作をつくるのだ。勝手にしろ、とつっぱなす、そんな剛毅な精神が僕にはないのだ。（「道化の華」）

「剛毅な精神」がないのはぼくのほうだ――だから批評家とかいうものになって、自分の作品ならぬ他人の作品を相手に、「註釈だらけ」どころか、註釈だけの駄文をつくる。それがいかにもつらいのだ。しかも太宰はそのつらさを知ってか知らでか、すきまだらけの大家を羨みながら、批評家の先手をうって、もう手のまわしようがないほどに自分で自分を発見し、限定し、註釈してしまうのである。ぼくはここにいたって愕然とした――ぼくが太宰治の註釈をはたしえぬのは当然で、気がついてみれば、太宰治のほうでさきにぼくを註釈しているのだ。ぼくはかれの投げた網のなかでもがきつつ、どこにも頭の出しようがないのである。さきほどの一節もぼくが太宰治をまねたのではない、太宰がさきにぼくをまねたのではないか。

「虚構の春」のうちで「僕は、あの男（佐藤春夫）のためには春夫論を書いた。けれども、君に対しては、常に僕の姿を出して語らなければ場面にならないのだ」ということばを、作者あての書簡のうちにいれている。が、太宰治は「虚構の春」ではまことにたくみな分身の術を用いているので、この「僕」も「君」も、ともに作者そのひとにほかならない。この分身の術はその後もしばしば用いられ、「風の便り」「新ハムレット」などにおいてもみごとな効果を発揮しているのだが、「新ハムレット」は鎌倉文庫版「猿面冠者」中にも集録されており、その「あとがき」に「この作品の出版当時、これに対する文壇の評論の大半は、クロージャスのこの新型の悪を見のがし、正宗白鳥氏なども、このクロージャスに作者が同情しているとさえ解されていたようである。さらにこのたび、ひろく読者に、再吟味を願う所以である」と書いている。それほど手のこんだものになっているのだ。というのは、このすぐれた心理家太宰治のうちに、作者自身にとって無意識の領域を発見することなど至難の業であるということにほかならない。

「僕の姿を出して語らなければ、場面にならない」どころか、ぼくの姿の出しようがないので、おそらく、読者はこうしてわずかに自分のすがたをのぞかせようとするぼく自身の表情がうるさいであろう。ぼくは太宰治の「僕の姿」のまえに手ぶらで退場することに意を決した――恥をかかぬうちに。

では、どうして――もう警戒しなくてもいい、ぼくのことではない、太宰治の話なのだ――かれは分身の術を用いずにいられなくなったのか。自意識過剰――なるほど、いや、そんな浅はかな、文学青年じみた、ままごとに、太宰治はうつつをぬかしてなどいはしなかった。太宰治自身どう考えようと、それだけはぼくの信頼を信じてよい。また「ぼく」だ——大きく出たものだなどというなかれ。

つまり、この二人は芸術家であるよりは、芸術品である。（「道化の華」）

彼は彼の制作よりも寧ろ彼の為人の裡に詩を輝かす病的、空想的の人物であった。（「虚構の春」）

君は、ボオドレエルを摑むつもりで、ボ氏の作品中の人物を、両眼充血させて追いかけていた様だ。我は花にして花作り、我は傷にして刃、打つ掌にして打たるる頰、四肢にして拷問車、死刑囚にして死刑執行人。（同上）

君を、作中人物的作家よと称して、扇のかげ、ひそかに苦笑をかわす宗匠作家このごろ更に数をましている有様。（同上）

芸術が私を欺いたのか。私が芸術を欺いたのか。結論。芸術は、私である。

べつにぼくの無器用な説明を必要としまい。もしさらに説明が欲しいのならば、太宰治そのひとに聴くがよい。

（「東京八景」）

わずかな興を覚えた時にも、彼はそれを確める為に大声を発して笑ってみた。ささやかな思い出に一滴の涙が眼がしらに浮ぶときにも、彼はここぞと鏡の前に飛んでゆき、自らの悲歎に暮れたる侘しき姿を、ほれぼれと眺めた。取るに足らぬ女性の嫉妬から、些かの掠り傷を受けても、彼は怨みの刃を受けたように得意になり、たかだか二万法の借金にも、彼は、（百万法の負債に苛責まれる天才の運命は悲惨なる哉。）などと傲語してみる。

（「虚構の春」）

これではっきりわかったはずだ。ロマンティシスト太宰治は現実の自分をひどく好かないのである。で、たれか自分の気にいったものの役を演じたいのだ。「ボオドレエルの一行」を鑑賞するのではなく、それを身につけたいのである。そのためにはボードレールにならなければいけない。いや、そう考えることにはなにか大きなまちがいがある。

ここを過ぎて悲しみの市（まち）。

これは「道化の華」の冒頭に引かれたダンテの「神曲」のうちの一句である。太宰治は「眼がしらに」ふと浮んだ「一滴の涙」をこの「地獄篇」の一句にまで高めたかったのだ。後世の、他人の、註釈にまって、はじめて真実の保証を得るのでは気がすまず、みずからこれを定著し「生きながらの古典人になろうとしていた」（「春の盗賊」）とすれば、かれがしばしば自嘲した「傑作意識」とは、たんに芸術についてのみならず、その実生活をも支配するものであったのだ。「芸術は、私である。」――それは芸術と生活との一致。生活に芸術を一致せしめようとしたのが私小説的リアリズムであるとすれば、太宰治のロマンティシズムは、芸術に生活を一致せしめようと意図したのであって、いわば裏がえしにされた私小説である。太宰治は古典の一句に、その人物に、そして聖書のことばに、その主人公イエスの言動に無邪気な忠実を誓った。が、そのみずからの誓いのことばが、またさらに新たな誓いをかれに要求した。美しい表現のために、自己の真実よりはるかに愛した嘘のために、かさねて嘘をつかねばならなかった。「ダス・ゲマイネ」中のあるせりふ――「僕は生れたときから死ぬるきわまで狂言をつづけ了せる。」

傑作をつくろうという念願、そしてその傑作にあたいする作者になろうとする念願――あくまで前者がさきであって、後者はその結果である。野苺よりは「著飾った市場の苺」

どんなにぼろぼろでも自分専用の栖があったら。」

みんな他人の借り物だ。僕なんかも、まだ自分の栖を持っていない。

「イミテエション！」（「ダス・ゲマイネ」）

「ありますとも。」私は思わず口をはさんだ。

それを尊く思いはじめた。そうしてこのごろ、にせものの栖、「著飾った苺の悲しみ」——僕は逃げない。連れて行くところまでは行ってみる。」そうだ、「借り物」の栖ではあったが、それを自分のものにするためには、「行くところまでは行ってみる」こと——あげくのはてに、われとわが身を栖の借り物として供することしかありはしない。

ここを過ぎて悲しみの市。僕は、このふだん口馴れた地獄の門の詠歎を、栄ある書きだしの一行にまつりあげたかったからである。ほかに理由はない。もしこの一行のために、僕の小説が失敗してしまったとて、僕は心弱くそれを抹殺する気はない。見得の切りついでにもう一言。あの一行を消すことは、僕のきょうまでの生活を消すことだ。（「道化の華」）

「僕の小説が失敗してしまったとて」ではない——かれの一生がそれゆえ失敗してしまう

としても、太宰はそれを悔いなかったであろう。

三

美しい一句のために身を犠牲にするエピキュリアンがあるとすれば、かれがその身を横たえた場所は、もう美しくもなければ、安逸もそこにありはしない。「外面の瀟洒典雅だけを現世の唯一の『いのち』として」いきに身をやつしていた「おしゃれ童子」は、うってかわって現実の汚泥にまみれねばならなくなった。「瀟洒典雅」のロマンティシズムは、外面より内面の問題であった。世にエピキュリアンの倫理ほどきびしいものはない。

わが生涯の情熱すべてこの一巻に（「晩年」）収め得たぞ、と、ほっと溜息もらすまも無し、罰だ、罰だ、神の罰か、市民の罰か、困難不運、愛憎転変、かの黄金の冠を誰知るまいとこっそりかぶって鏡にむかい、にっとひとりで笑っただけの罪、けれども神は許さなかった。（「二十世紀旗手」）

神は許しはしない。それははじめからわかっている。が、じつは神は許すのだ――身にふさわぬ「黄金の冠」に生涯かけて責任さえとるならば。たとい自分は許さなくとも――

いや、自分で許さぬほどきびしければ――神はかならずこれを許す。許さなければ、それならば、神などというものははじめからありはしないのだ。神は許す。が、それを許さぬのが世間だ。まさに「市民の罰」。太宰治がおそれ、それとたたかわねばならなかったもの、それは世間の猜疑心にほかならなかった。その冷たい猜疑心にむかって、かれは「情念の模範」を示さんとし、そのために「姿勢の完璧」を期そうとこころがけたのである。いいたいことはただ一言――わが徳を信ぜよ。いや、信じてくれさえしたらもはやなにをか語る必要があろうか。

荒城の月を作曲したのは、誰だ。滝廉太郎を僕じゃないという奴がある。それほどまでにひとを疑わなくちゃ、いけないのか。（「ダス・ゲマイネ」）

私の欲していたもの、（中略）タンポポの花一輪の信頼が欲しくて、チサの葉いちまいのなぐさめが欲しくて、一生を棒に振った。（「二十世紀旗手」）

妻は、職業でない。妻は、事務でない。ただ、すがれよ、頼れよ。わが腕の枕の細きが故か、猫の子一匹、いのち委ねて眠っては呉れぬ。まことの愛の有様は、たとえば、みゆき、朝顔日記、めくらめっぽう雨の中、ふしつ、まろびつ、あと追うてゆく狂乱の姿である。君ひとりの、ごていしゅだ。自信を以て、愛して下さい。

（「HUMAN LOST」）

ぼくが冒頭に、べたぼれにほれてみせるといったのも、あえて「みゆき」にならうつもりだったのであるが、遅かったであろうか。名声を得、流行作家になり、そろそろ大家の域にはいろうとする太宰治に、いまさらほれるもないものだ。が、「斜陽」の読者の大部分が、「晩年」や「虚構の彷徨」のころの太宰治を知らずに、道徳革命の勇者としてまつりあげていることを作者は知っているだろうか。あるいは「トカトントン」や「親友交歓」に高等落語を読みとっている読者の多いことを知っているだろうか。おそらく太宰治はそのことを知っていようし、またそんなことは意にもかけまい。豊島与志雄のことばを借りれば、当時の山賊、いまは「山砦から出て一城の主となった」かたちである。

が、世評は油断がならぬ。「一城の主」となったらなったで、今度は現在の太宰治を惜しげもなく抹殺して、「晩年」「虚構の彷徨」の、あるいは「新釈諸国噺」「お伽草紙」の太宰しかとらぬくろうとも出てくるのだ。やはり、首だけ胴だけ、というのではなく、どこもかしこも気にいったという信頼が、今日もなお不要になったというわけのものでもあるまい。太宰治は「春の盗賊」のうちでつぎのごとき言をなしている。

けれども、私が以前の数十篇の小説を相変らず支持しているからといって、私を甘いと思い込むのは、誤りである。（中略）私は、いい作品ならば三度の飯を一度にしても、それに読みふけり、敢て苦痛を感じない。私は、そんな馬鹿である。そう自分に見極めがついたときに、私は世評というものを再び大事にしようという気が起った。以前は、私にとって、世評は生活の全部であり、それゆえに、おっかなくって、ことさらにそれに無関心を装い、それへの反撥で、かえって私は猛りたち、人が右と言えば、意味なく左に踏み迷い、そこにおのれの高さを誇示しようと努めたものだ。

まだあとがあるのだが、ここでひとまず切ろう。さて「世評」ということばは、少々逆説的である。もちろん、それは作品の芸術的効果に関するものだ。が、「姿勢の完璧を示そうか、情念の模範を示そうか」という二者択一をみずからにつきつけ、そのあとで「二つながら兼ね具えた物語を創作するつもり」といいそえた太宰治にとって、その真実が「世評」によってはじめて保証されるといった、いわばかれ自身の全存在にかかわるものであった。世評に左右される自信のなさ、とひとはいうかもしれぬ。が、自信などというやらしいものは、太宰治にははじめからありはしなかった。かれは戦争中に「津軽」という故郷の風土記を書き、そのなかで「都会人としての私に不安を感じて、津軽人としての私をつかもう」という気もちから旅をおもいたったと書いているが、そこでかれが再認識した津軽人の性格とは、権勢と強者とにたいする「何が何やらわからぬ稜々たる反骨」であった。さらにかれはこう書いている――「ああ、そうだ。こうして較べてみるとよくわかる。津軽の奥の人たちには、本当のところは、歴史の自信というものがないのだ。（中略）あれが、津軽人の反骨となり、剛情となり、佶屈となり、そうして悲しい孤独の宿命を形成するという事になったのかも知れない。」

伝統の欠如――それなら、太宰治は故郷においても、また都会人の弱点を自分のうちに発見したということになる。のみならず、かれが自分のうちに発見したこの欠陥は――それこそ、ぼくたち近代日本人の、今日痛切におもいしらされているひけめではなかったか――太宰治はすでに早くも「猿ケ島」（「晩年」所収）において、その屈辱を味わっていた。ダンテやボードレールの栖を借りなければならない歴史なきものの悲しみ――

「よせ、よせ。降りて来いよ。ここはいいところだよ。日が当るし、木があるし、水の音が聞えるし、それにだいいち、めしの心配がいらないのだよ。」

仲間の、そう呼ぶ声に、しかし、日本の島からそこへ流れついた一匹の猿だけは、ひそかに逃亡をおもいつづける――

けれども、けれども血は、山で育った私の馬鹿な血は、やはり執拗に叫ぶのだ。

——否！

この「否」という叫びは「虚構の彷徨」「ダス・ゲマイネ」「二十世紀旗手」「HUMAN LOST」を経て、「富嶽百景」「東京八景」のころから徐々にめざめはじめ、「正義と微笑」さらに、「右大臣実朝」「新釈諸国噺」「お伽草紙」のうちに明瞭なかたちをとって花開いたのであるが、いまはそれにはふれまい。歴史と伝統とをもたず、自信なきものにして、なお「イミテエションの楯」をかまえ、「黄金の冠」をいただくとすれば、当然、かれに対立するものとして「市民」の生活が、たえずかれの矜り（ほこり）をおびやかしてくる。せせらぎの音をききながら日なたぼっこをしている、ロンドン博物館附属動物園の日本猿は、日本の貧しき庶民のまえに過去のおもいあがりを恥じなければならないのだ。漂泊の旅に出た自分のノスタルジーとスノビスムとにうしろめたさを感ぜずにはいられないのである。「葉」の冒頭にヴェルレーヌの詩の一句が書きつけられている——

撰ばれてあることの
恍惚と不安と

二つわれにあり

「恍惚と不安と」——いうまでもなく「不安」とは自己の真実にいぬという不安だ。世間の猜疑心にうろたえる自信のなさだ。で、つぎのごとき対句ができあがる。

芸術の美は所詮、市民への奉仕の美である。

花きちがいの大工がいる。邪魔だ。

「邪魔だ。」たしかに邪魔だ——「死ねば一番いいのだ。いや、僕だけじゃない。少くとも社会の進歩にマイナスの働きをなしている奴等は全部、死ねばいいのだ。それとも君、マイナスの者でもなんでも人はすべて死んではならぬという科学的な何か理由があるのかね。」太宰治が「晩年」のうちにおさめられた作品を書いているころ、いまからちょうど十四五年まえといえば、すでに退潮期であったとはいえ、マルクス主義の世界観、人間観がぼくたち青年の心をとらえ、それにとらえられぬものもまた、強くこれにおびやかされていた。が、それにおびやかされるというのは、こちらにそれだけの下地があったのである。市民の堅実な社会生活が強いてくる奉仕の強制、その義務をはたせぬ性格的な弱点にたいするひけめ、それがたまたま当時のマルクス主義に市民的代弁者を見いだして、これにおそれおののいたというのにほかならない。社会的価値の個人的価値にたいする優位性の思想を恐怖するのである。太宰治は「思い出」のうちに小学校四五年ころの記憶を書いているが、そのころすでに津軽の片田舎にもデモクラシーの思想が流れこんでいて、かれは末の兄からこれを教えられ、「その思想に心弱くうろたえた」のである。

大地主の家に生まれ、芸術に憧れるロマンティシストの太宰治は、みずからをかえりみて、「社会の進歩にマイナスの働きをなしている」ものと断じ、あたかも枝をためるようにしてわが身を左翼運動のなかに投じた。が、さらに、昭和十年、二度目の自殺をくわだてている。社会にたいするマイナスの存在も、「死ねばゼロになる。」自殺は革命運動以上の社会奉仕ではないか。もちろん、かれもまたおもいかえさぬではなかった――

それは成る程、君も僕もぜんぜん生産にあずかっていない人間だ。（中略）僕たちはブルジョアジイに寄生している。それは確かだ。だがそれはブルジョアジイを支持しているのとはぜんぜん意味が違うのだ。一のプロレタリアアトへの貢献と、九のブルジョアジイへの貢献と君は言ったが、何を指してブルジョアジイへの貢献と言うのだろう。わざわざ資本家の懐を肥してやる点では、僕たちだってプロレタリアアトだって同じことなんだ。資本主義的経済社会に住んでいることが裏切りなら、闘士には小児病（キンデルクランクハイト）というどんな仙人が成るのだ。そんな言葉こそウルトラというものだ。

ものだ。一のプロレタリアアトへの貢献、それで沢山。その一が尊いのだ。その一だけの為に僕たちは頑張って生きていなければならないのだ。そうしてそれが立派にプラスの生活だ。死ぬなんて馬鹿だ。死ぬなんて馬鹿だ。（「葉」）

しかし、この対話は作者を納得させはしなかった。闘士になった太宰治すら納得させることはできなかった。かれは死を選んで失敗し、二年後には三度目の自殺をくわだてている。が、これも失敗した。が、なぜ、かれは右の対話によって説得されなかったのか。いうまでもない、かれもまた当時の流行思想としてのマルクス主義にとらわれていたのだ。太宰治の社会概念は、マルクス主義によって捕捉されたそれとは、明白に異っていた。そのことを当時はかれ自身も気づかなかったのだ。ブルジョワジーとプロレタリアート、あるいは支配階級と被支配階級、この二つの概念の対立という公式によってとらえられた社会図のうちには、じつは太宰治は自己の性格と経歴とを定著しうべくもなかったのである。かれはプロレタリアートに貢献しえないと同時に、ブルジョワジーにも奉仕できはしなかった。かれはブルジョワジーに寄生していたと同時に、またプロレタリアートにだって寄生していたのだ。九分も一分もありはしないのである。

太宰治が社会という概念をとおしておびえながらみつめていたもの——それは生産と労働とにかれの参加を要求する思想にほかならない。なるほど資本家は労働者を搾取し、それに寄生しているだけだ――が、それだけにしても、かれからみれば、大した生への執著であり、意慾であった。ブルジョワジーとプロレタリアートと、そのいずれにせよ、かれらを生に執著せしめる原理は同一ではないか。いずれも快楽と慾望とのために、いずれも現世の幸福をめあてとして生きている。が、太宰治のめざすものは「情念の模範」、徳の完成、そしてさらに「不幸を愛する傾向」、「不幸にあこがれるという性癖」（「正義と微笑」）、のみならず、かれは不幸にたいする特殊な鋭い嗅覚をもっている。「葉」「思い出」「魚服記」「雀こ」――いや、太宰治の全作品を読むがよい、その風景の美は人間の不幸という一事にきわまる。

四

留置場におけるある日の真昼、窓から中庭をのぞいた男の眼に、二三十人の巡査が教練を受けているのがみえた。三本の梨の木は小春の日ざしを一杯にうけて、「ほつほつと花をひらき」そのむこうで巡査たちは若い部長の号令で、「いっせいに腰から捕縄を出したり、呼笛を吹きならしたりするのであった。」

俺はその風景を眺め、巡査ひとりひとりの家について考えた。

（「葉」）

もうかれの眼に巡査は敵として映りはしなかった――たれもかれも精いっぱいに生きている。家にかえれば女房子供のうえに君臨する、ひげをはやした家長である巡査たち、大の男である。そのかれらが、「腰から捕縄を出したり、呼笛を吹きならしたり」――ばかばかしいではないか――子供のように号令で動かされている。ブルジョワジーの番犬もそもありはしない。そんないかめしい、大したものではないのだ。生きることに精いっぱい、かわいそうではないか。窓からこの光景を眺めていた男は、あるいはひそかにつぶやいたかもしれぬ――つかまってやって、よかった。

またこの男にはつぎのような少年時代のおもいでがある。ある夜のこと、寝しなに厠へいったら、廊下をへだてた帳場の暗い部屋で、書生がたったひとりで活動写真をうつして遊んでいた。白熊が氷の崖から水へとびこむところがうつっていた――

私はそれを覗いて見て、書生のそういう心持が堪らなく悲しく思われた。

（「思い出」）

初期の作品において示された、このような心のうごきは、太宰治の生涯と全作品とに通じる基調として、ぼくたちはこれを見のがすことができない。貧しきものへの同情――

が、その貧しきものとは、自信満々、社会にたいするおのれの役割を信じきっているプロレタリアートではなく、心よわきもの、生活苦の重荷を背負えるもの、気がねしいしい、世の片隅につつましく生きているもの、という意味だ。とすれば、虚飾を洗いさってみたときの、それはあらゆる人間存在の根本につきまとう悲しさではないか。虚飾を、世間が偶然に与えた自信と尊大とをはぎとってみよ――「僕は、心の弱さを、隠さない人を信頼する。」（「乞食学生」）弱い人間があるのではない、人間は弱いのだ。いたわり、おもいやり、やさしさ、それ以外のなにをよりどころとして、ぼくたちはこの無意味な人生を生きのびえようか。

が、それはヒューマニズムといったものではない。むしろ、その逆のものである。それに気づいたとき、太宰治は左翼運動から離れた。人間を社会に役だつか役だたぬかという基準原理をもって裁断する思想ではなく、他人に役だちえぬもの、あるいは他人に厄介をかけるものをすら、救い愛そうとする思想にめざめたのである。それは、かれが三度目の自殺に失敗し、その試錬にたえ、あたかも齢三十、甲府に居をうつす前後からであった。それまでのかれは、自分自身が社会に役だちえぬマイナスの存在として、たえずうしろめたさを感じ、そのひけめがかえって倨傲（きょごう）となり反骨となり、あるいは逆説となって、周囲にあたりちらし、またわれとわが身をも被虐的にさいなんでいた。

われは山賊。うぬが誇をかすめとらん。（「葉」）

生産にあずかり、他人に役だちうるという自信のもとに生きている市民たち、その「うぬが誇をかすめとらん」というのである。芸術とはそういうものだ。芸術家とは「山賊」の異名にほかならぬ。いっぽうにおいて「芸術の美は、所詮、市民への奉仕の美である」と口ずさみながら、同時に市民たちの「誇をかすめ」とる「山賊」をもって任じた、その逆説――それが三十歳前の太宰治の生きかたと作品とを規定する原理である。

僕は生きて行かなくちゃいけないのです。たのみます、といって頭をさげる、それが芸術家の作品のような気さえしているのだ。僕はいま世渡りということについて考えている。（「ダス・ゲマイネ」）

「生れて、すみません」（「二十世紀旗手」）と頭をさげ、無能のふりし、痴呆（ちほう）の表情に卑屈な微笑をたたえ、相手を批判せず、唯々諾々なんでもいうことをきく――そこで相手は気を許し、おのれの弱点をさらけだし、それでも知らん顔のいくじなさに、こいつはばかだ、おれの弱味がわからんのかと、ますますいい気になってのしかかる、その瞬間、かの無抵抗の山賊は、してやったりと「うぬが誇を」かすめとるのである。

僕はなぜ小説を書くのだろう。（中略）思わせぶりみたいでいやではあるが、仮に一言こたえて置こう。「復讐。」　（「道化の華」）

が、この刺客はすこぶる弱気で、血を見ることがなによりきらい、得意の痴呆ももともと成心あってのいじわるではなく、もって生れた弱気ゆえで、いかに相手が底ぬけの俗物ぶりを示そうとも、居なおってこれを刺す勇気がない。「復讐」とはいいながらかれは身に寸鉄の刃物もおびてはいぬ。だからこそ相手は気を許すのだ。山賊はけっして刺さぬ。刺さぬはなおさら残酷、卑劣というであろうか。それならいおう――この刺客の痴呆ぶりは、いたわりとどこがちがうのか。よくある話だ、弱気な刺客は敵の城中にしのびこみ、機会をねらっているうちに、敵の善意にほだされて、いつしか「復讐」の心も鈍り、雇傭者の督促にたいしては、つねに時期尚早の答えをもって逃げをはる。もうどうしていいのかわからない。自分を苦しめる以外に道はないのだ。矛盾ではないか――おもいやり、いたわりのほかに、よすがとすべき生の原理はないと悟ったものにとって、じつはその心のやさしさが、なにより生きる邪魔になるのである。

もう今は、誰の役にも立たぬ。唯一のＨにも、他人の手垢が附いていた。生きて行く張合いが全然、一つも無かった。ばかな、滅亡の民の一人として、死んで行こうと、覚悟をきめていた。時潮が私に振り当てた役割を、忠実に演じてやろうと思った。必ず人に負けてやる、という悲しい卑屈な役割を。

（「東京八景」）

が、やがてひとつの転機が訪れた——

何の転機で、そうなったろう。私は、生きなければならぬと思った。

（「東京八景」）

太宰治自身もいっているように、なにごとにせよ転機というやつは眉つばもので、ましてそれにもっともらしい理由づけは禁物であるが、まあその近因とでもいうものをみずからこんなふうに回顧している——第一に、そのころのかれには、もうひとに頭をさげ、ひけめを感じて生きなければならぬ理由、いわば故郷の家の不幸のため、金持の子としての「生得の特権」がなくなってしまったこと、第二に、年齢、戦争、歴史観の動揺、怠惰への嫌悪、文学にたいする謙虚な態度、そして最後に神の観念。いちおうその解釈は正しい。が、むしろ太宰治の生れつきの資質がとことんまで追いつめられ、純粋にその本来のすがたを現すまで、三十年の歳月を要したというまでのことにすぎまい。そのためには少々のきっかけが必要だっただけである。第二の理由にいたっては、原因ではなく、かえってかれの性格の結果のようなものであろう。個人の徳の完成をこころがける意思と、処世にすべてを賭ける生活力と、この二つの相剋が、どうやら三十歳の太宰治のうちにおいて、その勝負の決著を、あるいは妥結の道をつけえたというべきであろうか。

芥川龍之介が少年時代に「偉くなる」ことを、それもかならず芸術的にという註釈づきで考えていたのとまったく同様に、「思い出」のうちに描かれた少年の太宰治もまた「凡俗という観念に苦しめられ」つねに「えらくなれるかしら」という歎息に似たことばをみずからに問いかけていたのであるが、その問いはいつかしらかれのうちに「作家になろう。作家になろう」という願望を植えつけていた。が、その野望はあくまで純粋であった。かれの弱気と心のやさしさとが、他人の非を責めるよりは、おのれの不正を鞭うった。他人のまえにではなく、神のまえに、偉くなること——したがって自己主張ではなく、愛の思想にみずからを結びつけることになったのだ。そのことはすでに「晩年」のうちにも見あやまりようのないほど明瞭にうかがわれる。それを倨傲な気どりと見なし、きざないやみとしか見てとらなかったとすれば、それは、そうとしか考えられなかったひとたちの精神の低さを証拠だてるだけのことである。ふたたびいわしてもらうならば、そういう低調さに抵抗して生きなければならなかったところに、いわば初期の太宰の昂（たかぶ）った姿勢が生れたのではなかったか。

イエスの自信さえ、旧約の預言という歴史と、マリアの盲目的な愛情と、十二使徒の献身的な敬意と、そしておそらくは世間への奉仕をあてこんだ原始的な医療術と、すくなくもこれだけのものにささえられていたのである。近代日本のクリストは、歴史から、家庭から、友人から、世間から、ことごとく猜疑の眼をもって嘲弄されなければならない。太宰治はそのことをよく自覚していた。「HUMAN LOST」のうちで、「聖書一巻によりて、日本の文学史は、かつてなき程の鮮明さを以て、はっきりと二分されている」とかれは書いている。蹉跌(さてつ)の生涯、それ以外にはない——

明治四十二年の初夏に、本州の北端で生れた気の弱い男の子が、それでも、人の手本にならなければならぬと気取って、そうして躓いて、躓いて、けれども、生きてある限りは、一すじの誇を持っていようと馬鹿な苦労をしているその事を、いちいち書きしたため残して置こうというのが、私の仕事の全部のテエマであります。

これは昭和十七年、新潮社版「昭和名作選集」におさめられた太宰治短篇集「富嶽百景」の序である。ぼくはこれだけのことをいうためにくどくどしく何十枚かの文章を書きつづっているのだ。いったい批評家とはいかなる稼業か。「ほんとうに、言葉は短いほどよい。それだけで信じさせることができるならば。」(「葉」)——作者がそういっているのに、なおもそのうえになにかをつけくわえずにいられぬ批評家とは。ぼくは太宰治のまえに、作家のまえに、みずからを恥じる。が、「それだけで信じさせることができる」ようなひとびとばかりであったなら。とはいえ、そういうぼくの愚痴にもかかわらず、太宰治の作品は甲府居住のころから、明瞭な変貌を示しはじめた。

五

すでに「狂言の神」においてもその扉に「なんじら断食するとき、かの偽善者のごとく悲しき面容をすな」というマタイ伝の一節が書きつけられていた。じつは太宰治がもっとも恐れおののいた声は、世人の猜疑よりも、このイエスのことばにほかならなかった。それゆえにかれは一度も自然主義ふうな私小説を書きはしなかった。てれくさそうに、おのれの苦悩を茶化して語るのである。ぼくがこの文章のはじめに引用した「玩具」の書きだしも、また「狂言の神」の書きだしも、いくぶん私小説的に、あるいは鷗外の史伝もどきの文体ではじまるのであるが、たちまちのうちに文中に作者が登場してこれをぶちこわし、ひっくりかえしてしまう。ぼくがそれを、たんに自意識過剰でかたづけられぬといったのをおぼえていよう。作者に厳粛な、あるいは客観的な現実描写を禁じ、それを破壊せしめたものは、いまではもういうまでもあるまいが、あの「悲しき面容をすな」という声にほかならない。かくして、モットーは「微笑もて正義を為せ！」（「正義と微笑」）

太宰治は「虚構の春」のうちでひとつの寓話を語っている。鉄は赤いうちに打たねばならぬ、美しい追憶も、悲しいひめごとも、パッションの失われぬうちに書かねばならぬ、と先輩にさとされて、それでも男はそしらぬふりし、しらじらしくよそごとのみをふざけて語る――自分の国では、情熱どころか、美しい女も溶けてしまう。吹雪の夜、門口にゆきたおれていた娘を家に入れて、介抱して、その気だてのよさにうたれて夫婦になったが、やがて春がきて暖くなるとともに、嫁のからだは痩せおとろえ、元気もなくとうとう寝ついてしまう。男は心ぼそさにたえかね、ある日のこと、たらいに湯を汲みいれて、嫁の背なかを洗ってやった。嫁はしくしく泣きだし、ついに溶けてみえなくなったという雪女の話。この嫁にもし子供を生ませてその子が成長し、「雪の降る季節になれば、雪の野山、母をあこがれ歩くものとしたなら、この物語、世界の人、ことごとくを充分にうっとりさせ得ると、信じて居る。」そういう物語が書けたなら――自分の苦悩をひそかに溶かし流して、そしてひとびとをうっとりさせるようなロマンスをひとつでも書けたなら――ほかでもない、太宰治の念願はそこにあった。「葉」の末尾にも「どうせ死ぬのだ、ねむるようなよいロマンスを一篇だけ書いてみたい」とあった。が、その願望が傑作意識から醇化せられ、そのことがなにを意味するのかが、はっきり自覚されるようになったのは、昭和十三四年ころで、このころから太宰治の作品は変っていったのである。かれは「晩る。本物の予告篇だと思っていた。そして今に本物があらわれるかと、思っていると、その日その日が晩年であった、ということばがほんとうなのかとうたがわれて来た。」(「虚構の春」) そこで「立て。権威の表現に努めよ。」

「狂言の神」「虚構の春」「二十世紀旗手」——苦渋の表情が剝がれ、おもしろおかしき道化の身ぶり、それがだんだんつぼにはいってゆくみごとさ。「女生徒」の書きだし——「あさ、眼をさますときの気持は、面白い。かくれんぼのとき、押入れの真っ暗い中に、じっと、しゃがんで隠れていて、突然、でこちゃんに、がらっと襖をあけられ、日の光がどっと来て、でこちゃんに、『見つけた!』と大声で言われて、まぶしさ、それから、へんな間の悪さ、それから、胸がどきどきして、着物のまえを合せたりして、ちょっと、てれくさく、押入れから出て来て、急にむかむか腹立たしく、あの感じ、いや、ちがう、あの感じでもない、なんだか、もっとやりきれない。箱をあけると、その中に、また小さい箱があって、その小さい箱をあけると、またその中に、もっと小さい箱があって、そいつをあけると、また、また、……」——平明、暢達、清潔、なにかがわかるのではなく、いや、わかるのだが、わかることが目的ではない。読むことそのことが楽しい文章、活字のうえを指の腹でなでてみたくなる。「晩年」の句読点は、文章そのものの生理にしたがうよりも、むしろそれにむりな抵抗を示し、そこに作者の姿態と表情とを賭けるといったものであったが、ここでは、ただひたすら読みやすいために用いられてある。

太宰治はその後もなお身をかがめて、できあいのつぼを探し求め、そのなかに一分のすきもないようにしのびこみ——ぼくのようによけいなおせっかいをする解説者がいさえしなければ——とおりがかりの読者の眼には、そこに作者が身をかくしていることにすら気づかぬほど、いわゆるつぼにいった作品をつぎつぎに発表していった。「盲人独笑」「きりぎりす」「駈込み訴え」「女の決闘」「新ハムレット」「正義と微笑」「右大臣実朝」「新釈諸国噺」「お伽草紙」——そこではかれは、ある勾当の実在する日記、ユダ、あまり有名でない十九世紀ドイツの一作家の小説、ハムレット劇、実朝、そして西鶴の作品や、ぼくたちにも耳なれた日本古来のおとぎばなしなどを、たくみにおのがつぼと化している。ぼくは厚かましく初期の作品を解説し、それらを裏うちとして「実朝」や「諸国噺」を読めるようにしくんだ。が、じつはそこまでいったら、もう「晩年」を念頭から放逐してもらいたいのである。芥川龍之介論においても、ぼくは同様のことを強調した。もちろん、すでに述べたように、太宰治は芥川のばあいとはちょうど逆に、「晩年」のような調子の高い叫びの文学からしだいに説話ふうのものにうつっていったのであるが、やはりこのばあいも両者を切り離して考えなければなるまい。なぜか——作者そのひとがそれを要求しているから。

私は生きなければならぬと思った。

芥川とはまったく逆に死から生へ。が、それは「めくら草紙」の冒頭の一句、「なんにも書くな。なんにも読むな。なんにも思うな。ただ、生きて在れ！」ということばとは、なんというへだたりであろう。進歩、いや、太宰治に関するかぎり、そんな安易な語彙を用いたくはない。進歩ではあるかもしれぬ、が、それは退歩と置きかえてもいいような意味の進歩。「生きなければならぬ」――どうして、なんのために――奉仕するために。が、それもまた「芸術の美は所詮、市民への奉仕の美である」といったときの逆説的姿態とは紙ひとえによってはっきり区別されねばならない。

「悲しき面容をすな」――けれども、そうまできびしくきめつけられたのでは、「楽じゃないなあ、そう呟いてみて、その己れの声が好きで好きで、それから、ふっとたまらなくなって涙を流した。」（「狂言の神」）ぼくは龍之介論を書いたとき、かれが最後の瞬間において自己を許すことをまなんだといいきったが、そのため卑俗なことばで非難され侮蔑されたが。他人を許すより自己を許すほうがはるかに困難だと、そうおもいこんでしまっていたことに非があったのか、とにかく自己を許すことのほうが容易であると見なしてしまってい疑わぬ、その程度にしか自己を責めたことのないひとたちが多いのだ。かれらは酷薄なのか、それともあまりに善意のひとなのであろうか。みずから自己を許すというとき、ぼくの考えていたものはやはり神の観念だったのだ。

太宰治は、自分自身のあわれさに気づき、その歎声にすなおな愛著を感じた瞬間、ふしぎなことに――というのは、かの善意のひとにたいするぼくの妥協的なあいさつである――はじめて眼からうろこがおちるように、正しく他人の生の悲しみがみえてきたのである。「他の人もまた精一ぱいで生きているのだという当然の事実」(「東京八景」)にやっと気がついたのだ。

おもいやりはかれの生れつきの資質ではあったが、それがはっきり自覚され、かれのみならず、あらゆる人間はそれによってしか救われえぬと信じきれたとき、太宰治の「芸術は、世のひとの生きぬく努力にそそぎかける純粋な声援のごときもの」となっていったのである。芸術家は「もともと弱い者の味方だった。」(「畜犬談」)弱きものの助けあい――が、それは強者を打倒せんがためではない、強者もまたみずからの弱さを知れ――「一生、自分と同じくらい弱いやさしい温かい人たちの中だけで生活して行ける身分の人は、うらやましい。」(「女生徒」)この世のなかがもしそういうひとたちの集りになったならば――太宰治のユートピア、「まったく新しい思潮の擡頭を待望する。それを言い出すには、何よりもまず、『勇気』を要する。私のいま夢想する境涯は、フランスのモラリストたちの感覚を基調とし、その倫理の儀表を天皇に置き、我等の生活は自給自足のアナキズム風の桃源である。」(「苦悩の年鑑」)「斜陽」における「道徳革命」というのもそれだ。へんに読みちがえてはいけない。他人の苦悩の真実を信じうる「正しい愛情の人」たれ。「斜陽」にも「実朝」にもまったくおなじことばが出てくるが、「人間は、みな、同じものだ」という思想——いや、太宰によれば、これは思想などというものではなく、人間を卑俗な裏がわからしか見ていない牛太郎の発明したことばなのだ——この賤民根性とたたかえ。太宰はいまやっとこれだけのことがいえるようになったのだ。いたわりと信頼。かつては「私は私の信じている世界観について一言半句も言い得ない。私の腐った唇から、明日の黎明を言い出すことは、ゆるされない。……そうして、刺し殺される日を待って居る」(「虚構の春」)と書いていたかれであったが。

ここまでくれば、ぼくのいいたかったこと、そのくせ出し惜しみしていままでとっておきにしておいたことを御披露におよんでかまうまい。いや、それほどもったいぶることもないので、じつはさきにちょっといいかけてやめておいたというまでのことである。太宰治のこの「権威の表現」を、しかもそのあっけないほど常識的な発言を、今日において可能ならしめるためには、「晩年」の時期の狂態が必要であったのか、それとも「権威の表現」にまってはじめて過去の狂態の真実が保証されたのか。芥川龍之介論においてもぼくはそのことにふれたが、太宰治にあっては問題はさらに微妙なのである。どうもうまくいえないが、こういったらどうであろうか——「権威の表現」はすでに「晩年」においてもはたされていた、と。さらに、これは芸術と生活との相関にまつわることがらなのである。かれは「芸術家であるよりは、芸術品である」と書いたとおなじ「道化の華」のなかで、「僕は市場の芸術家である。芸術品ではない」とみえをきっているのだ。これは真実だといい、そのあとで、いや、あれは嘘だというのである。いわばそういう芸当をくりかえしながら——太宰は遊んでいたのではない——その間、徐々に芸術家と芸術品とのあいだの距離をちぢめていった——が、それは私小説とはまったく逆の方向にむかって。なぜなら、両者は「富嶽百景」「東京八景」のあたりで、一致したかとみえた瞬間、たちまちのうちにすれちがい、その位置をまったく変えてしまったからである。註釈まで用意して真実をたたきつけても、所詮は虚偽としかおもえなかった過去、そして虚偽をなんの註釈もなしに投げ出しても、りっぱに真実として安心のできる現在。昔は作品の虚偽を、しかしながら生活の真実が保証してくれるとわずかに諦めていたのであるが、いまは作品のうちにこもる真実ありとすれば、それは生活の虚構のゆえにといえるであろう。まだ不充分であろうか。

すべて皆、人のための手本。われの享楽のための一夜もなかった。

私は享楽のために売春婦かったこと一夜もなし。母を求めに行ったのだ。乳房を求めに行ったのだ。葡萄の一かご、書籍、絵画、その他のお土産もっていっても、たいてい私は軽んぜられた。わが一夜の行為、うたがわしくば、君、みずから行きて問え。私は、住所も名前も、いつわりしことなし。恥ずべきこととも思わねば。私は享楽のために、一本の注射打ちたることなし。心身ともにへたばって、なお、家の鞭の音を背後に聞き、ふるいたちて、強精ざい、すなわち用いて、愚妻よ、われ、どのような苦労の仕事し了せたか、おまえにはわからなかった。食わぬ、しし、食ったふりして、しし食ったむくいを受ける。（「HUMAN LOST」）

作品のかげの、私の固き戒律、知るや君。

私は、私の作品の中の人物に、なり切ったほうがむしろ、よかった。ぐうたらの漁色家。（同上）

愚なる者よ。きみ、人その全部の努力用いて、わが妻子わすれんと、あがき苦しみつつ、一度持たせられし旗の捨てがたくして、沐雨櫛風、ただ、ただ上へ、上へとすすまなければならぬ、（中略）名への恋着に非ず、さだめへの忠実、確定の義務だ。（同上）

が、数年後の「東京八景」における太宰治は「俗化した」とののしられても、「夕陽の見える三畳間にあぐらをかいて、侘しい食事をしながら」妻にむかってこういうのである

——「僕は、こんな男だから出世も出来ないし、お金持にもならない。けれども、この家一つは何とかして守って行くつもりだ。」たしかにかれは戦争中、「炉辺の幸福」「一家団欒」を守りとおした。西鶴や、おとぎばなしのうちに、身を守る防空壕を見いだした。そして強いられれば、時流に少々のあいさつもしてみたのである。が、それはとおりいっぺんのあいさつにすぎなかった。マルクス主義と対決することによって、すでに弱者の味方としての芸術家の役割を、かれは発見していたのである。そのときすらかれ自身の成長の生理に狂いを見せはしなかった。おじぎをしたと見たのはひがめで、かれにしてみれば自分の脚もとにもちょっと眼をやっただけのことである。ひいきのひきたおしではない。どうせこのさい、おじぎさせられなければならぬものとすれば、ついでのことにとくと脚もとを眺めておこう、いずれそれはやらねばならぬことであり、自分の成長の歩度からいっても、いまはむしろちょうどいい機会でもある、というわけだ。強権にたいする脱帽に、かれは民衆へのあいさつを託したのであった。そして戦争はおわった。太宰治は、いまは左翼思想にも、軍国主義にも、いささかも「心弱くうろたえる」ことはないはずだ。かれは二つの試煉にたえた。もはやいかなる迂路もとらず、直接に市民への奉仕をこころがければいいのだ。「民衆へのあこがれ」(「作家の手帖」)におのがひけめを託するなどという手つづきはもういらぬ。そして太宰治は「斜陽」のうちで、直治を過去の自己として葬ったのである。弱きものとしての民衆を愛するには、これを鞭うつにしくはない。いまは、ふたたび、「炉辺の幸福」をたたきこわしてかからねばならぬ。

六

にもかかわらず――

炉辺の幸福。どうして私には、それが出来ないのだろう。とても、いたたまらない気がするのである。炉辺が、こわくてならぬのである。　（「父」）

父はどこかで、義のために遊んでいる。地獄の思いで遊んでいる。　（同上）

私は苦悶の無い遊びを憎悪する。　（同上）

僕は、遊んでも少しも楽しくなかったのです。　（「斜陽」）

僕はその時、その洋画家を、しんから軽蔑しました。このひとの放埒には苦悩が無い。　（同上）

やはりおなじことだ――太宰治は民衆の「炉辺の幸福」をちっともたたきこわしてなどいはしないどころか、それを守ろうとしている。ただ自分のそれのみをうちこわそうとしているのだ。そして民衆には、美しき、あるいはおもしろおかしき物語を提供する。が、やはりおなじこととはいえぬ。太宰治の作品はあかるくなった。かれのことばにしたがえば、「共犯者を作りたくなかった」(「東京八景」)のである。悪者には自分だけがなっていればよかったのだ――「道徳の過渡期の犠牲者。」(「斜陽」)たしかに、おなじことでもあり、またおなじことではない。「芸術の世界では、悪徳者ほど、はばをきかせているものなのだ」(「春の盗賊」)と信じこんでいた初期における芸術上のロマンティシズムが、自己否定ののちに、おのれを鞭うって悪徳に赴かせ、その悪徳のうちにたえせしめようとするストイックな生活上の義務感となったのである。かれの趣味が、かれを倫理にまでおいこんだのだ。現代において神とつながろうとする誠実な生きかたは、それ以外に断じてない、と太宰治は考えるのである。

札つきの不良。私はその十字架にだけは、かかって死んでもいいと思っています。

(「斜陽」)

　ああ、ぼくの求めていたことばはこれだった――「十字架。」忘れていたわけではない。もうすでに太宰治自身が探しあてていたことばであるだけに、それをぼく自身の文章のうちに、ぼく自身のことばとして挿入するのが、なかなかむずかしかったのである。現代において、もしみずからの「炉辺の幸福」をあがないたければ、石橋をたたいてわたる小市民生活よりは、ひとの金を盗む悪徳を犯して、これをあがなえ――「あのお金で久し振りのいいお正月をさせたかったからです」(「ヴィヨンの妻」)とすれば、「炉辺の幸福」は悪徳によって保証されるということになる。いいかえれば、「情念の模範」は「姿勢の完璧」によってではなく、罪によって保証されるのである。ここに、作品の内部における誠実よりは、その外部の生活の誠実が――といいたいところだが、「君はいったい、いまさら自分が誠実な人間になれると思っているのですか。」(「風の便り」)――そうだった。「けれども自分ひとりの正義感が、他人の平穏な家庭生活を滅茶滅茶にぶちこわす事もあります。」(「新ハムレット」)

「他人の平穏な家庭生活」を保証するための十字架であった。が、これはまたイエスのかかった十字架とは、なんというちがいであろうか。そうだ、裏切者ユダの十字架。が、イエスとユダとの相違はどこにあったか。乱暴ないいかたをすれば、ユダは他人を責めぬが、イエスは、かれの「炉辺の幸福」にたいする愛にもかかわらず、パリサイ人を責め、ときに神殿に市をはる商人たちに暴力をふるった。そうしたかれはおそらくあとに多少の悔いを感じたであろう――なぜなら、無智の民衆に強制的な教化の鞭をあびせるパリサイ人を、まさにその暴力のゆえに憎んでいたかれであったから。が、神の子たる自信は、あえてかれをして暴力を行使せしめ、憎悪のことばを吐きださしめた。末流の現代人にその自信も徳もあろうはずはない。イエスは旧約の預言によって身辺に裏切者ユダを与えられ、その裏切によって暴力の責任から、解除されるのだが、歴史の伝統に保証されぬ凡人はみずからユダの役割をも演じ、十字架に自分をかりやらねばならぬのだ。「他人の平穏な家庭生活」を保証するためには、おのれのそれを破壊しなければならない。さらに――いや、そうしてはじめて――今度は逆に、他人のうえに鞭をふるうことも可能になるのだ。なぜなら、かれのうちのユダの存在が、かれをしてイエスをまねる勇気をふるいおこさせるからである。おのが誠実と苦悩とを信じよ、と太宰治もいまは自他いずれにむかってもいいうるであろう。現代においてこれほど効果的な神の存在証明は他にありえぬではないか。

仕事なんてものは、なんでもないんです。傑作も駄作もありやしません。人がいいと言えば、よくなるし、悪いと言えば、悪くなるんです。ちょうど吐くいきと、引くいきみたいなものなんです。おそろしいのはね、この世の中の、どこかに神がいる、という事なんです。いるんでしょうね？

（「ヴィヨンの妻」）

　しかし、だまされてはいけない。「仕事なんてものは、なんでもないんです」とはよくいった。「ヴィヨンの妻」の書きだしの一頁、それからその夜中にかえってきた夫がジャックナイフを右手に、「大きい鴉のように二重廻しの袖をひるがえして」するりと戸外に飛びだすところ、まさに小説のうまみとはこういうところだ、といえば、作者はおもしろくない顔をしようが、やはり悪魔の凄惨な寂しさをこれほど軽く、のみならず楽しくさえ描写しうるというのはなみたいていの心がまえではない。家庭の幸福は悪徳によって、徳は罪によって保証されるといったが、これだけひとを信ぜしめる作品の真実は、作者の生活の虚構によって保証される、とつけくわえれば、さきほどからぼくのいおうとしていいたりなかった真意を諒解してもらえようか。いや、さらにもすこし説明する必要があるかもしれぬ。美徳が悪徳によって保証されるとするならば、生はまた死によって保証される。ぼくの勝手な論理の遊戯ではない。「実朝」を見るがいい――ここでは、「生きなければならぬ」という意思が、まさにみずからを死に駆りやる十字架の思想によって維持されているのだ。「東京八景」における「私は生きなければならぬ」ということばは、ついにここまで昇華されるにいたったのである。つまりは、死ぬために生きるのだ――《生活の虚構》ということばの背後には、じつに生の虚妄ということばが隠されているわけである。とすれば、芸術のフィクションとはいったいなんであろうか。ぼくはひどく疲れてきた――太宰治を相手にしていると、うっかりだまされる。だまされまいとして疲れるのだ。ひとりずもうかもしれない。が、徒労だったとはおもわぬ。ぼくは「二十世紀の真実」(「風の便り」)を発見しえたと信じているからだ。というのは、詩と真実とが、十九世紀と二十世紀とでは、あきらかにその位置を変えてしまったということである。太宰治はその位置転換を数十篇の作品を通じて徐々に敢行したのだ。ぼくたちのフィクションは作品のなかにではなく、生活のかわにある。そのことを認めたうえで、はじめて作品をフィクションとして愛しうるのだ。太宰治はふざけているのではない。たしかに、かれは「人を喜ばせるのが、何より好きであった!」(「正義と微笑」)さらに「僕は友人の心からたのしそうな笑顔を見たいばかりに、一篇の小説、わざとしくじって、下手くそに書いて、尻餅ついて頭かきかき逃げて行く。ああ、その時の、友人のうれしそうな顔ったら!」(「斜陽」)

にもかかわらず、その「友人、したり顔にて、あれがあいつの悪い癖、惜しいものだ、と御述懐。愛されている事を、ご存じ無い」のである。もっと悲壮な顔つきをしていえば、民衆は自分にもっとも近い、そして自分にもっともやさしい心を寄せているこの男を、民衆の生活から遊離したインテリゲンツィアとしか見ないのだ。そしてなおわるいことに、そういう見かたを教えたのが、ほかならぬ、説教ずきなインテリゲンツィアで、かれらは渋面つくって、太宰治のふまじめを詰責する。そして太宰治がひとびとの眼に今日もっぱら逆説的存在とうつるのは、その反文化主義のためであり、インテリゲンツィアへの反撥のゆえである。たしかに、かれのうちにはいまなお「市民」にたいする軽蔑と復讐とがある。

あるいはひとはその事実を目して両刃の剣というかもしれぬ。笑止だ——ほとんどまちがいなくいいうることだが、世は挙げてインテリゲンツィアにみちみちており、今日ではそれはもはや特権階級ですらない。ぼくたちが真にインテリゲンツィアたり、選民たるためには、これらの俗物的インテリゲンツィアを否定すること以外に道はないのだ。ということは、ぼくたち自身のうちに民衆を——無垢の人間を発見せよ、ということにほかならぬ。近代人のうちに、なにより欠けているものがそれだ。両刃の剣と見なすことそのことが、インテリゲンツィアと俗物とをべつのものと考えている固定観念の証拠である。両者がひとつものであるとさとってみれば、それは両刃の剣であるどころか、強靱鋭利な片刃の切れ味になっとくがいくであろう。太宰治の読者もまた、みずからの知識階級的俗物根性を放逐してかからねばならぬ。

もはや、なんの弁解もいらぬであろう。が、これだけのことはいっておく。「親友交歓」も「トカトントン」も、読みかたしだいでりっぱな作品になるのだ。その読みかたとは——作者の態度とまったく同様——自己の生活を索引としてこれを読め。まだわからぬであろうか。それらの作品をふまじめな道化として不快を感じる、そのひとこそ、じつはなふまじめな生活者、心にすきがあるのだ。その空隙を芸術によって埋めようなどとは、なにより怠惰、陋劣、賤民根性——さかねじを食わせるわけではないが、みずから生産にあずからずして、他人の労働に寄食するものにほかならぬ。太宰治の作品の位置を高めるのはぞうさない。きみたち自身の精神の位相を高めよ、そしてそのうえにこれらの作品を置くがよい。「自己優越を感じている者だけが、真の道化をやれるんだ。」(「乞食学生」)それならばまた、自信あるもののみが、道化をたのしめるのだといいえよう。さらに蛇足として一言——このような自信は、おのれからあらゆる自信を剝奪し、その不安の底に徹したものにのみ生れてくるふてぶてしさでもあろう。

(「群像」昭和二十三年六月号、七月号)

Ⅱ

一

よどめる水には毒ありとおもえ。

水は流れねばならぬ。太宰治の創作行為の法則は運動にある。こまは自己の安定のためにたえずまわりつづけねばならない。運動をやめれば安定はくずれ、喜劇的な身もだえとともに傾きたおれる。みずからその醜さをまともに見たくはないとおもうならば、廻転運動のもっともはげしいさなかにおのれの生命を断つにしくはない――と、太宰治はおもったのである。それはかれの弱気であろうか、それとも処世術であったろうか。いや、弱気から生れた本能的な処世術――。

あらゆる運動はそのクライマックスにおいて、ひとの眼に静止とみゆる瞬間がある。じじつ一瞬の停止はあるはずだ。それからあとはねじがほどけるように、それまでの運動を逆にたどって、もとの状態に復帰するばかりで、おなじ運動の連続・延長とそれはみえても、じっさいは運動ではなく、運動の解体であり抑制であり、その瞬間から停止の韻律がひそかに自己を展開しはじめたのにほかならない。太宰治の文学にははじめからそういう逆説がてんめんしていた。

静止状態に復帰する逆の運動――かれはそれを意識的に、軽業のように、持続せしめようとしたのである。よろめきながら、といえようが、じつはそのよろめきを定著しようとしたのである。よろめきながら永遠にたおれない運動、静止を志向しながらついに静止しない運動、それはどうして可能であったろうか。

滔々(とうとう)としてつきることのない川のながれを凝視しているとき、それが一瞬停止し、今度は逆の方向にながれだすのを錯覚する瞬間がある。それは錯覚なのであろうか。川のながれについていえば、まちがいもなく錯覚である。が、ぼくたちの視覚神経との相関についていえば、それは錯覚以上のものであろう。太宰治における眺めるものと眺められるものとの相関、さらにかれの作品とそれを読むものとの相関ということを考えれば、太宰は体感的にこの錯覚をたくみに利用していたといえる。それもまたかれの処世術であった。つぶさにかれの作品を読んでみたまえ――そこには運動などはじめから存在していないのである。太宰治は平凡な錯覚を利用しているにすぎない。あるものは静止である。ただ、静止した一瞬のあとさきに、それぞれ相反する方向をめがける二つの運動の姿勢をおくことによって、ひとには両者の相ひく均衡による静止と錯覚せしめ、そこにはげしい運動を――つねにクライマックスをめざす一方的な上昇運動を――予想させたのにすぎない。

　ぼくもまたかれの流儀にならう。「太宰 治 I」もその流儀にならって書いた――いやそのようにして書く、とぼくは読者を欺いた。が、じじつはそうでなかった。ぼくの運動にはあきらかにひとつの目標が定められていたのだ。太宰治を弁護すること、徹底的に称揚すること、そして作者と読者とを誘惑すること、それがぼくの目的であった。もちろん、内心ひそかにいじのわるいもくろみもないではなかった。それは太宰治の先廻りをすることであった――それも、自意識の強いかれのことゆえ、こちらのいおうとすることをさきにかれがいってしまっているといったふうな、奇妙な阿諛を呈しながら。それは阿諛ではなかったかもしれぬ。ぼくはほんとうにそうおもいこんでいたのではなかったか。が、批評の習性はいつのまにか対象を裏切っていた。作者の先廻りをするとは、かれがじつはそうでもないのにそうおもわれたいということを、承知のうえでそういってやることだ。かれは途上に待ち伏せしているぼくの笑顔に気づいて、もう手も足も出なくなる。芸術家の矜恃にかけて、もはやその途は歩めなくなってしまうのである。

　ぼくは太宰治の可能性を語っただけにすぎない。とはいえ、そうすることによってひとりの人間が教化しうると考えるほど甘くはない。が、可能性は開花しなくとも、実在することにまちがいはない。いじのわるいもくろみとはいったが、ぼくはなにもうそを語ったのではなかった。そのひとの現実を語るよりも可能性を語りたいというのは、やはり愛情なのである。が、そこに無理のあったことはいなめない――当然、ぼくの「太宰 治 I」は失敗作であった。なぜであろうか。太宰治が静止を維持しようとするのに、ぼくは前途に待ち伏せして、その地点にまでの運動を強要するからである。いや、ぼくがぼく自身を固執してそれを強要したならば、「太宰 治 I」は失敗作とはならなかったはずだ。ぼくはそこまで自分に徹底できなかった。対象の現実に拘泥してしまったのである。対象から離れて、ぼくの立っていたい地点でかれを待っているという芸当ができなかった。ぼくはたびたびかれの現実にたちもどり、二人三脚のように肩をかかえあって駆けようとしたのである。太宰治がぼくの立っている地点より後方に遅れていたというのではもちろんない。ぼくたちの資質の相違である――というよりも、ぼくのうちにもかれがいて、それにひきずられてしまったのだ。そして、かれのうちにもぼくがいて、だが、かれはそれを避けようとしていた。どうして、ぼくはかれにひきずられてしまったのか。ほかでもない、ぼくが「太宰 治 I」を書いたときには、太宰治はまだ生きていたからだ。のみならず、かれは生きたがっていた――その証拠に、かれは死にたがってもいたのである。

死んでしまってからかれの悪口を書くというのは、ちと受けとりかねるというひとがいるかもしれない。が、「太宰 治 I」のうちでぼくが全面的な肯定をもくろんだ意図がわかるひとならば、そんなことはいうまい。そのときのぼくの眼に太宰治の否定面がうつっていなかったのではない。ただかれにそれを見せたくなかったまでである。もしかれがぼくの文章を読んでいたならそのことはわかっていたはずだ。が、死んでしまえば、もうなにをいったってかまいはしない。それはかれの眼にふれずにすむ。のみならず、太宰の死んでしまったいま、かれのうちにあった否定面はもう公共のものだ――それはぼくのものであり、きみたちのものでもある。悪口をいってもいいのではなくて、いわなくてはならないのだ。

もうひとことくりかえしていえば――

ぼくの「太宰 治 I」はかならずしも太宰治の現実をそのまま全面的に肯定してなどいはしなかった。ぼくはその冒頭にはっきりそれを暗示しておいたはずだ――「龍之介論でこころみたことを、ぼくはやはりここでもくろむかもしれぬ。相手にほれた以上、共鳴がすぎて、ひとは心中を求めかねないのだ。もちろん、暴力はつつしむ。しかし、なだめすかして、おまえの考えていることはおれとすっかりおなじ、そらこうだ、人生とは……、といったふうなくどきかたで、相手を昏迷におとしいれ、そのじつ、こっちが相手の心にしたがうのではなく、その反対に相手を自分の意に屈従せしめ、しかも相手はけっこうぼくのおもいを自分の心と信じこんでいるといったふうに、暴力は用いずとも、やはりこれは無理心中であろう。が、作家論において、この相手というのは、かならずしも、太宰治そのひとではなく、それはあたりまえで、いくらぼくが牽強附会をしようとも、本人までがそうおもいこんでしまうわけはあるまい。だまされるとすれば、それはほかならぬ、この文章の読者である。」

たしかに本人はだまされはせぬ。自分とはちがった人間像がそこにある――が、この可能性と現実のすがたとのあいだの距離が描けていさえすれば、本人にとってそれは否定的な批判ともなりうるはずだ。ぼくの文章にはその距離がじゅうぶんに描けていなかった。だからそれを失敗作だというのだ。が、それはまったく描けていなかったわけでもあるまい。いま、ぼくはそれをはっきりさせてみようというのである。

二

ぼくは「太宰治Ｉ」につぎの数節を引用した――

炉辺の幸福。どうして私には、それが出来ないのだろう。とても、いたたまらない気がするのである。炉辺が、こわくてならぬのである。（「父」）

父はどこかで、義のために遊んでいる。地獄の思いで遊んでいる。（同上）

私は苦悶の無い遊びを憎悪する。（同上）

札つきの不良。私はその十字架にだけは、かかって死んでもいいと思っています。
（「斜陽」）

ぼくはこのことばの真価を疑うのではない。太宰治の苦悩を信じなければ、はじめから問題にならないのだ。が、ここに疑わなければならないのは、その苦悩の客観性ということである。かれの真実の客観的位相ということなのである。ひじょうに素朴ないいかたをすれば――そしてそういう素朴なものいいこそ、じつはこの文章の眼目なのであるが――「炉辺の幸福」を維持しているひとたち、あるいはそれを確保しようとつとめているひとたちに、かれの真実はどのように適用されるのであろうか。「他人の平穏な家庭生活」を保証するために、自分のそれを毀たねばならぬとしても、そうすることは他人の真実をおびやかしはしないだろうか。もっとあっさりいってしまえば、太宰治の文学は常識人の世界をかきみだし、それにたわいなく刃むかおうとする文学青年のむれを、大量生産することになりはしないだろうか。ここに「たわいなく」といったのは、青年にとってそのほうがかえって安きにつくことだからである。青年たちは師の心理的真実を信じている。が、それを自分たちのものとしておきかえるとき、かれらは心理的な真実を論理的な真実とすりかえてしまっている。しかもそのことにかれらは気づかない。

心理を論理として受けとることは青年たちの通有性であり、芸術家はそれにたいしてなにも責任をおう必要はない。が、芸術家自身がそのあやまちを冒すとき、問題は軽々に看過しえぬものとなる。太宰治の自意識がそのことに気づかぬはずはなかった。かれは自己の苦悩の真実に、ともすれば客観性を欠きがちなことをよく知っていた。いや、知っていたどころではない――知りすぎていたのであり、そうであればこそ、かえってかれは客観性をおそれ、遠ざけたのではなかったか。みずからに合理的精神を適応せしめることによって、おのが精神的真実があえなく雲散霧消してしまうことを、太宰治は本能的に予感し、これから逃げてまわったのにほかならない。

なによりも芸術家であることを自信し、それ以外のなにものでもありたくなかったかれにとって、合理主義はまさにかれの芸術の源泉を涸すものとおもわれたのである。「炉辺の幸福」の常識は、かれの倫理がこれを軽蔑したのではない。かれほどこの常識的な平穏をおのれの生活に欲していたものはすくなかった。かれはその本質において常識人だったのである。が、これをエゴイズムにすぎずとして倫理的な規定をおこなったのにもかかわらず、じじつはそこに倫理は関与しておらず、問題はもっぱら芸術の世界にかかわるものであったのだ。昭和十四年ころから終戦当時までの太宰治の作品を読んでみるがよい。この時期は――妙なとりあわせだが――結婚と戦争との時期であった。いいかえれば、常識と現実とがかれを牽制し、そのなかにあって手も足も出なかったのである。かれは生活者として、あるいは社会人として、これに服従したのでもなければ、もとより反抗したのでもない。生活者としての津島修治というものは生れたときから存在しなかった。存在したのは芸術家太宰治だけであった。

ぼくはこの時期の作品をかならずしも駄作ばかりだというのではない。むしろ「晩年」や「斜陽」よりはこの時期に読者の注目をひきたいくらいである。しかし、太宰治のもって生れたテーマはこの時期において完全に閉塞せしめられてしまったのだ。かれのテーマとはほかでもない、自己の生活をフィクションとして常識に反抗することであった。もちろん、それはかれのみではなく、二十世紀の芸術家の宿命であって、そのこともぼくは「太宰 治I」のうちでいっておいた。が、かれのばあい、そこには根本的な差異がある。ヨーロッパ流にいえば、自己の生活をフィクションとするというのは、まったく逆説的であって、それはつまり常識人・社会人になることにほかならない。フローベール的な芸術家概念のアンチテーゼなのである。が、作品のなかで自己を抹殺することを知らなかった日本の私小説の伝統は、そのままの姿勢で太宰治のうちに流れこんできている。もちろん、太宰治は私小説にたいするアンチテーゼであった。が、あたかも二十世紀の作家たちがフローベール的なリアリズムのアンチテーゼとして、しかも依然として個性の抹殺に突きすすんでいるように、太宰治も私小説的伝統のアンチテーゼとなりながら、たくみな自己主張をもくろんだのである。二十世紀のヨーロッパの作家たちがフローベールのアンチテーゼだというのは、フローベールが侮蔑しながら描いた市民に、生活のうえではなりきったということであり、逆にフローベールが矜持として自己の胸中におさめていたロマンティシズムを——いいうべくんば、そのロマンティシズムを肯定的に作品のうちに盛りこもうとこころみているからにほかならない。逆に、太宰治は自己の生活を芸術的にととのえ、芸術家と芸術品との一致をめざしたのみならず、そうすることによっておこる常識的な社会生活からの遊離を道化によって切りぬけようとしたのである。道化のみがかれにとって「市民への奉仕」を可能にする唯一のてだてとなった。ヨーロッパと日本とのあいだの根本的な落差は、しかしながら、いうまでもないことなので、大事なことは、ここにもやはりパラレルな相似がみとめられるということなのである。相似があるからこそ差異が——そしてその差異をもちきたらす理由が——つねに問題となるのだ。あっけない話だが、合理主義の欠如が、のみならず、芸術と合理主義精神とが相容れぬものであるという非合理主義的な考えかたが、やはり太宰治の秘密を解く鍵になりそうなのである。

ぼくは中期の作品に読者の注意をもとめた。そしてこの時期を結婚と戦争との時期であるとふざけた口をきいた。が、いいたかったことは、このときこそ太宰治が常識をまともにおのが精神のうえに適応せしめるべき時期ではなかったか、ということにほかならぬ。ぼくはなにも家庭生活の日常性に屈従しろというのでもなければ、その反対に戦争遂行に協力すべきだったというのでもない。反抗するにせよ、屈従するにせよ、それは意識的な行為でなければならぬ。太宰治には、じつはそれがなかったのだ。かれのうちに生活者がいなかったからである。したがって、かれの戦後の文学的活動は、一見そうみえるようには、戦後のそれではないのである。そこには戦争の創痍はぜんぜん見いだされぬ、反抗も屈従もない。かれは戦争期を完全にブランクにしている。「冬の花火」も「春の枯葉」も、初期の太宰治をうっかり忘れたものの眼には、戦争文学とうつったのであるが、そのシニシズムはかれの生れながらの心理風景であり、かれは昔ながらのかれだったのである。

ぼくは「太宰治Ｉ」において、中期の作品が意識的な所産であると見なしたかったのである。が、それはむりがあったようだ。意識的であるということは、常識にあえて屈従してやることによって——というのは、日常生活においては合理的であることによって——その作品に非合理な物語の世界を展開しようとしたということなのである。が、太宰治にとって、中期の作品はそういう意識的な所産ではなかった。にもかかわらず、ぼくのいったことはぜんぜん妄誕とはいえないのである。なぜなら、かれは屈服することにおいて意識的ではなかったかもしれないが、つぎの点において極度に意識的であったからだ——屈服してしまってては自分の芸術が危機に瀕することを知りぬいていたかれであったが、同時にそれだけに合理的な生活の軽蔑しえぬことを知っていたからには、屈服してみせること、常識への屈従を自分の芸術の前提としていちおう仮定しておくことが、いかに重要なことであるかという事実を、太宰治は病的なほど明瞭に意識していたのである。

　そういってみれば、この仮説こそは全期を通じて太宰治の文学の大前提であったといえる。この仮説があったればこそ、かれは私小説の伝統を一歩ぬきんでることができたのであり、またそれが仮説にすぎなかったからこそ、かれは私小説作家の正統的な後継者であったといわねばならない。近代日本の作家たちは合理主義精神を回避することによって——生活のうえでも、創作技術のうえでも——まさにその回避することそのことのうちに、自己の真実を賭けてきた。太宰治はその弱点をはっきり見ぬいていた。が、かれのロマンティシズムは——わるくいえば、その生活的無能力は——いまさらいかんともしがたく、おなじ陥穽(かんせい)におちいってゆくのをどうすることもできなかったのである。で、かれは一法を編みだした——仮説として合理主義に直面し、それに身を斬らせること、これである。

　が、それが仮説にすぎないことをたれよりもよく承知していたのはかれである。かれの才能は仮説のうえによく芸術の美を築きえたにしても、作品が完璧であればあるほど、太宰治は不安におののかざるをえなかった。なぜなら、作品に他人がだまされればだまされるほど、みずからはその真実にますます猜疑の眼をむけざるをえなかったであろうから。「市民への奉仕」が仮説であるならば、その作品を読んでかれの奉仕に感謝するものの数がふえればふえるほど、太宰治は自己の真実の虚構と空疎とにひけめを感じていくのであった。かれはなによりも信頼を欲した——が、同時に、なによりも信頼されることをおそれていた。太宰治はもはや絶体絶命の境地に追いこまれ、ただ残る唯一の血路は、仮説であったものを仮説でなくすること以外になかった。帳尻だけはあわせておかなくてはならなかったのだ。うそから出たまことといえば卑俗であろうが、事実はそうなってしまった。合理主義精神にわが身を斬らせること——それはもはや仮説ではなくなった——かれは世間の常識に復讐され、みずから命を絶ったのである。

三

太宰治は恥でもないものを恥と仮説した。悪でもなんでもないことを悪とおもいこんだ。それゆえ、かれの十字架や神は、はなはだ低い位相に出現する。あたかも自然主義の作家たちが情慾を醜悪と見なすことによって、低級な精神主義を発想せしめたのと似ている。もし十字架や神がぼくたちのまえに、出現すべくして出現するならば、それは神を否定する徹底的な合理主義を前提としなければならない。

ぼくは太宰治の文学を低級だというのではない。むしろ現代の文学においてもっとも高度なもののひとつであろう。もしそれを低級だと断定すれば、断定したほうが傷つくのである。太宰治の作品はそういうふうに仕組んである。あれほどひとを傷つけることを嫌ったかれではあったが、その作品には、暴力とはいえぬにしても、やはり一種の暴力があった。そうみれば、かれの死も暴力に似ている。かれの口にした神のように、その死はなにかやすやすとくりだされた、などとヨーロッパふうな合理主義を楯に批判顔をすれば、かえってこちらが傷つくというものだ。といって、これはぼくと太宰治との対話ではない——太宰治自身が自分の内部でこうしたダイアローグをくりかえしていたのである。ぼくはこの文章のはじめのほうに書いたはずである——

静止した一瞬のあとさきに、それぞれ相反する方向をめがける二つの運動の姿勢をおくことによって、ひとには両者の相ひく均衡による静止と錯覚せしめ、そこにははげしい運動を——つねにクライマックスをめざす一方的な上昇運動を——予想させたのにすぎない。

太宰治は運動する二つの極のあいだをいったりきたりする質量のように、やがてそのあいだの往き来がはげしくなるにおよんで、そこにあるものがじつは静止と停頓とにほかならないという真相を見せつけられて、もうどうにも身うごきができなくなった。最後にこの誠実なリラティヴィストは、自分のうちに自分が発見した静止と真に対立するものとして死を考えずにはいられなくなったのだ。が、死と生とのあいだは、二つの角のあいだをぬけるようにはいかない。ダイアローグの軽業はできないのだ。できないからこそ、太宰はそこに絶対の救いを見ていた。かれの口ばしった神ということばなどは黙殺してもよろしい――重大なのはかれの死だけだ。死においてはじめて、かれの静止の呪縛はとけた。上昇運動は開始されたのだ。

水はよどみなく流れはじめる。

太宰治の否定面――それは近代日本の作家の誠実に報いられる苦渋の宿命にすぎない。かれはなるほど「炉辺の幸福」を蹴った。が、蹴っても、執著しても、所詮は行きづまりの袋小路――よどめる水。年老いて、書けなくなって――太宰流にいえば、元小説家、現在は植木屋のおやじ――家庭を後生大事のエゴイズム、だが、ただそれだけのこと、そのそれだけのことがそれだけですまされぬのが貧しい日本の現実なのだ。「炉辺の幸福」を守りとおした苦渋のはてが自殺、という悲しい宿命もあった――太宰治はその芥川龍之介に親近の情を寄せていたではなかったか。

習慣にしたがって結論めいたものを書きそえねばならぬとすれば――いまこそ文学概念の革命が、徹底的な革命がおこなわれなければならぬ。誠実が死ではなく、生を志向しうる文学概念を自分のものにしなければならぬ。

（「表現」昭和二十三年十月号）

解説

「生を志向しうる文学」に向けて――初期福田恆存の苦闘

浜崎洋介

I

『福田恆存全集・第七巻』（昭和六十三年、文藝春秋）に収められた自筆年譜の昭和二十一年五月の欄には、「平野謙の勧めで『芥川龍之介論（序説）』以下の評論に手を加え『芥川龍之介論』として『近代文学』六月号より四回連載」との記述がある。

しかし、『近代文学』（昭和二十一年一月創刊）といえば、戦前にマルクス主義運動にコミットしながら、そこからの「転向」体験を踏まえて、「政治と文学」の関係を問い直し、戦後における〈主体＝近代的自我〉の在り方を再検討したという雑誌である（主な同人としては、荒正人、本多秋五、平野謙、埴谷雄高、小田切秀雄などがいた）。その点から見れば、『近代文学』は、後に「保守反動」扱いされる福田恆存からは最も遠い雑誌だったと言えないことはない――事実、後に、平野謙から『近代文学』の同人に誘われた福田は、しかし、本多秋五などからの強硬な反対に遭って、同人加入を見送っている。

では、平野謙の福田恆存評価は、単なる勘違いだったのか。おそらく、そうではあるまい。「芥川龍之介Ｉ」を読んでもらえれば分かる通り、そこで問われていたのは、やはり『近代文学』同人たちが問うていたのと同じ、「近代的自我」の問題だったのである。

ただ、『近代文学』と福田恆存とでは、その問い方が逆だった。前者が、近代的自我（文学）の可能性の延長線上に社会改良（政治）の夢を見ていたのに対して、後者は、社会（政治）から切り離された個人（文学）の空虚のなかに、「自我の本来的な危機と脆弱性——これをどう処理するか」（「現代日本文学の諸問題」昭和二十三年）という問いを見出していたのである。そして、それはそのまま「芥川龍之介Ｉ」の問いでもあった。

しかし、太平洋戦争のはじまる昭和十六年、福田恆存二十八歳の時に書きはじめられた「芥川龍之介Ｉ」は、若書きと言って済ますには過剰な抽象性を帯びていた。それは、後に福田自身が「文章が晦渋で一人合点のところが多く、一般に理解されぬことを恐れた」（「後書」『福田恆存評論集３』昭和四十一年）と言うほどに、たとえば、「鑑賞は厳密に排除され、作品は単に批評家の告白の素材に堕してい」（三島由紀夫「福田恆存」昭和二十八年）たのである。

とはいえ、「芥川龍之介Ｉ」が、「良かれ悪しかれ、私の本性がもっともあらわに出ているものであり、また私の仕事の最上のものの一つ」であり、そこには「その後いろいろに展開された私の主題の全てがある」（福田、同前）と言われていたことも確かだった。とすれば、後に、演劇、シェイクスピア翻訳、あるいは保守的社会評論に向かっていった福田恆存の必然――その「近代的自我」批判の射程――を正確に見定めておくためには、やはり、その初期における「芥川龍之介Ⅰ」と、その「芥川龍之介論の続篇をものすつもり」で書いたと言われる「道化の文学―太宰治について」（本書では「太宰治」第Ⅰ節として所収）の言葉を精確に読み直しておく必要があるだろう。

では、福田恆存は、芥川龍之介の文学に対して何を問おうとしていたのか。そして、それはいかにして、後の太宰治への問いを用意していったのか。以下、福田恆存の言葉をパラフレーズしながら、その論旨を辿っていきたい。

Ⅱ

終戦直後の福田恆存の問いを確かめようとしたとき、「芥川龍之介Ⅰ」とほぼ同時期に発表された「表現の倫理」（昭和二十一年）の言葉が手掛かりとなるかもしれない。エッセイの末尾で、福田は、次のように書いていた。

トーマス・マンは『自由の問題』のうちで自由と平等との対立をともに並び立たせる「共通の生の根拠」としてクリスト教を挙げている。とすれば、このクリスト教精神は今日どんな新しい文学を用意しているのか。いや、クリスト教の洗礼を受けていないいわが国の現代文学のまえにはただ逃れえぬ絶望しか待っていないのではあるまいか。

しかし、では、なぜ「クリスト教の洗礼を受けていないいわが国の現代文学のまえにはただ逃れえぬ絶望しか待っていない」のか。それは、日本の近代文学が、「社会」に還元し切れない「個人」と、それを支えるものを明確に見出していなかったからである。

福田が、戦後の「政治と文学」論争の文脈のなかで発表した「一匹と九十九匹と—ひとつの反時代的考察」（昭和二十二年）の議論に従えば、社会改良によって、より多くの〈大衆＝九十九匹〉を救おうとする「政治」は、しかし、取り返しのつかない人生を生きる〈この私＝一匹〉の自由を掬い取ることはできない。ここに、「社会」と「個人」、あるいは「合理の領域」と「不合理の領域」を生きる人間の二元性の問題が出てくる。と同時に、この「政治と文学」の差異のなかに、〈九十九匹＝社会〉からはこぼれ落ちてしまう〈一匹＝個人〉を支えるものとしての宗教の存在が予感されていたのだった。

実際、そのような宗教＝キリスト教の伝統に支えられた西洋文学は、「一匹」の問題が、「九十九匹」に解消されない「精神」の問題であり、その「自由」の問題であることを見誤ることはなかった。それゆえ、福田が言うように、フローベールや、トーマス・マン、あるいはジッドなどは、決して「生活」と「芸術」を混同しなかったのであり、常に

「現実」（エゴイズム）の外に、己の「精神」を表現する道を見失わなかったのである。

しかし、キリスト教の伝統を持たず、そのために「一匹」の存在を明確に描くことができなかった近代日本文学は、「合理の領域」と「不合理の領域」を混同してしまうのだった。その表現は、「九十九匹」の世界に適応できない「私」のルサンチマン＝安易な自己告白（自然主義・私小説）へと堕し、ときに、それ自体が「西洋文学」への憧憬（白樺派）となって、現実の外に「一匹」を描き出そうとする精神の営みを常に挫折させてきたのである。福田恆存の近代日本に対する「絶望」とは、この「現実」（九十九匹）を超えることのできない「理想」（一匹）の弱さと、その閉塞に対する認識としてあった。

しかし、だからこそ福田は、「ヨーロッパと韻をあわせた日本的ミニアチュア」である芥川龍之介に注目せざるをえなかったのではないか。「九十九匹」（生活）と「一匹」（芸術）のけじめを弁えていた芥川龍之介は、だから、それ自体がエゴイズムの表象でしかない私小説的リアリズムを徹底的に拒んでいた。その上で、人間のエゴイズムによって営まれる「生活」の外に、自らの「芸術」を打ち立てようとしていたのである。

が、ここで決定的なのは、日本人である芥川龍之介もまた、「一匹」を支えるキリスト教の「歴史と血統」を生きていなかったという事実だった。しかし、それなしで、どうして、自らの「純情」の表象を、「虚栄と気取り」から分けることができるというのか。いかにして、神なき国の「一匹」（精神）を、その表現において全うできるというのか。

そのとき、芥川が見出した迂路、それが「比喩」だった。日本の古典や説話などの「額縁」を通して、己の「純情」を暗示すること。初期の「鼻」や「羅生門」、中期の「地獄変」や「奉教人の死」、そして晩年の「河童」や「西方の人」に至るまで、その方法に例外はない。それらは、「一匹」と「九十九匹」の、「西洋」と「日本」の、「古典」と「現代」の丁度中間、芥川龍之介の――そして、福田恆存の――言葉を借りれば、「永遠に超えんとするもの」（聖霊のイエス）と「永遠に守らんとするもの」（土着のマリア）とが重なり合った場所に見出される、「樹海の風景」の如きものとしてあった。

しかし、その一方で「比喩」は、それが巧みになればなるほど、その裏に作者の「あぐら」を許してしまうものになりはしないか。「最初は自己肯定のために設けられた防壁」だったものが、いつの間にか、自他の眼をして自らの「おそまつさを見のがさしめる安易な表現法」に堕してしまうということは本当にないのか。そう疑ってしまった瞬間、自らの「比喩」を真っ先に羞恥しなければならなかったのも、芥川の「純情」だった。

そして、この無限後退する「純情」に兆してくるものこそ、芥川龍之介の「虚無主義」と、にもかかわらずの「文化意思」だったのである。生活における「無抵抗主義」を貫きつつ、それとは区別された〈比喩＝芸術〉のなかに、いつか、自らの「純情」を明かしてくれるはずの「詩的正義」（神が黙示した歴史）の存在を信じること。いや、それが信じられないのなら、そんな自分を否定してでも、その存在を証明してみせること。

そのとき、見出されたのが、「アルチフィス〔人工的虚構〕の極致ともいうべき」自殺だったのである。「詩的正義」を信じられぬ自分を、「悪しきもの、醜きもの」――つまり「或阿呆の一生」――として定着させながら、しかし芥川は、そんな自分をこそ、「詩的正義」によって裁き、否定し、その後に完全な「沈黙」を守るのである。

しかし、それなら、近代日本において、〈神＝詩的正義〉とは、そこまでしなければ証明し得ないものなのか。いや、そもそも、人の「エゴイズム」（九十九匹）は人の力によって否定できるものなのか。「純情」（一匹）とは表現し得るものなのか。

Ⅲ

この「一匹」への問いを抱えて戦後を迎えた福田恆存は、だから、「芥川とはまったく逆に死から生へ」と歩んでいるように見えた太宰治に注目せざるを得なかったのである。なるほど、初期における太宰治の「道化の文学」は、芥川の「或阿呆の一生」に驚くほど近似している。「自分の苦悩の真実を信じてくれる他人の存在を予想できず、それゆえにうろたえ、はにかみ、それがきわまってポーズにな」り、しかし、「ひとたびそれが嘘と気づけば、もうどうしても真実を語れぬくやしまぎれに、今度はいやがうえにも嘘をつ」き、あげく、読者が、それを少しでも信じる振りを見せれば、「そんなところにおれはいない、と作者はげらげら笑いだす」。つまり、太宰治もまた、「九十九匹」に汚れていない己の「一匹」の表現を、そして、その〈表現＝比喩〉を介した他者への「純情」の伝達を信じることができないのである。

いや、だからこそ、太宰の小説は、「傾斜面のうえに撒かれた砂粒のごときもの」にならざるをえなかったのではないか。「姿勢の完璧〈比喩の造形〉を示そうか、情念の模範〈比喩を疑う純情〉を示そうか」と迷いつつ、「二つながら兼ね具えた物語を創作するつもり」（「玩具」）と語ってみせる太宰治において、「九十九匹」（エゴイズム）から「一匹」（純情）を切り分けていく過程、その自意識の無限後退の劇それ自体が一つの作品となっていった。

が、甲府移住の頃（昭和十四年）から、太宰の文学は次第に変わりはじめていた。二度の自殺未遂、パビナール中毒からの回復、女との離婚と再婚を経て、ようやく「他の人もまた精一ぱいで生きているのだという当然の事実」（「東京八景」）に気が付きはじめた太宰治は、貧しき日本の民衆＝読者への「いたわり」と「おもいやり」によって、説話風の〈物語＝比喩〉を作り（「新釈諸国噺」「お伽草紙」など）、その「比喩」の背後に作者の自意識を沈黙させる術（無抵抗主義）を覚えていったかのようだった。福田は言う、「個人の徳の完成をこころがける意思と、処世にすべてを賭ける生活力と、この二つの相剋が、どうやら三十歳の太宰治のうちにおいて、その勝負の決著を、あるいは妥結の道をつけえたというべきであろうか」と。

しかし、福田の「仮説」は、その後の太宰の自殺によって裏切られることになる。なるほど、太宰が死ぬ直前に発表された「道化の文学―太宰治について」（昭和二十三年六月、七月）でも、既に戦後における太宰治の変質は予感されていた。戦後になって、ようやく「炉辺の幸福」が訪れようとしたその時、しかし太宰は、そんな「炉辺の幸福」をうちこわすことによってこそ「神」と繋がる「十字架」への意志を、言い換えれば、「現実」否定のロマンティシズムへの傾きを再び示しはじめるのである。

が、それでもやはり、福田恆存が、自らの太宰論を明確に「失敗作」だと認め、「太宰治は恥でもないものを恥と仮説した。悪でもなんでもないことを悪とおもいこんだ」、「その作品には、暴力とはいえぬにしても、やはり一種の暴力があった。そうみれば、かれの死も暴力に似ている」（「太宰治再論」、本書では「太宰治」第Ⅱ節として所収）とまで言い切るには、やはり、太宰治の自殺という事実がなければならなかったはずである。

では、「恥でもないもの」、「悪でもなんでもないこと」とは何なのか。それこそは、「九十九匹」の生活力、人間の「エゴイズム」である。しかし、ほかならぬ「民衆」こそは、この〈九十九匹＝生活〉を生きる者たちの異名ではなかったか。いや、だからこそ「民衆」は、ときに「生活」に疲れた自らの心を「芸術」に遊ばせ、それによって自らの「一匹」を慰めようとしてきたのではなかったか。それは、たしかに「神のまえに、偉くなる」ための「芸術」ではない。しかし、それなら、〈遊びといたわり〉を否定した「芸術」とは一体何なのか。それは、「民衆」に対する直接的な「暴力とはいえぬにしても、やはり一種の暴力」に似たものにならざるを得ないのではないか。
「太宰治再論」の末尾は、次のように締め括られていた。

太宰治の否定面――それは近代日本の作家の誠実に報いられる苦渋の宿命にすぎない。かれはなるほど「炉辺の幸福」を蹴った。が、蹴っても、執著しても、所詮は行きづまりの袋小路――よどめる水。年老いて、書けなくなって――太宰流にいえば、元小説家、現在は植木屋のおやじ――家庭を後生大事のエゴイズム、だが、ただそれだけのこと、そのそれだけのことがそれだけですまされぬのが貧しい日本の現実なのだ。〔中略〕いまこそ文学概念の革命が、徹底的な革命がおこなわれなければならぬ。誠実が死ではなく、生を志向しうる文学概念を自分のものにしなければならぬ。

Ⅳ

福田は、「芥川龍之介Ⅰ」のなかで、芥川の「詩的正義」について、「そこには完全に無理がある――なにか恐しいほどの無理がある」と書いていた。が、この言葉は、太宰治の死を見届け、なお自身の転機となった『芸術とはなにか』（昭和二十五年）の後に書かれた「芥川龍之介Ⅱ」では、より踏み込んだ形で次のように言い換えられていた。すなわち、「芥川龍之介の自己への反逆の底には、あまりにも自分を恃みすぎるものの愚かさがなかったでしょうか。自己の限界を、日本的な優情を、あるいは『永遠に守らんとするもの』を、もっと信ずべきではなかったでしょうか」と。

　そして、後に福田恆存は、この「日本的な優情」を信じる姿勢のなかに「生を志向しうる文学」を模索していくことになるのである。

　なるほど、たしかに「一匹」は「九十九匹」に還元できない。が、「一匹」が「一匹」だけの力で、己の「九十九匹」に反逆し、その存在証明を図ることもまた、神ではない人間の、つまり、有限の〈人生＝生活〉を生きるしかない人間の仕事ではないのだ。

　では、福田は、芥川と太宰を否定したのか。そうではない。ただ、福田の視点は、すでに「一匹」の自己証明という主題から、どんな「一匹」の表現であれ――芥川の文学であれ、太宰の文学であれ――それを「比喩」として成り立たせ、その〈リズム＝文体〉のなかに作者の体温を伝え、また、その味わいのなかに「一匹」の弱さを医やすことを可能にしている我々の〈被投的事実＝永遠に守らんとするもの〉の方に移っていたということである。つまり、現実を否定し得る個人をも否定＝限定し、その個人を再び他者へと繋げることのできる事実的＝歴史的な支え――言い換えれば、「伝統」の手応えを、福田は信じはじめていたということである。

　が、それは、もちろん芥川が虚構したような〈神＝血統〉ではなかった。それは、私を超えた理念ではなく、むしろ、私の実感を型どる「文化」の手応えとしてあった。それこそは、「部分」としての私を支える「全体」(wholeness)であり、〈自然・歴史・言葉〉の手触わりのなかに甦える私自身の「宿命」の感覚であった。むろん、その「宿命」を引き受けるまでには、芥川龍之介と共に福田恆存にとって特別な存在であったD・H・ロレンスからの影響があったことは言うまでもない。が、それはまた別の話だろう。後のことになるが、福田恆存は自らの初期作家論について、次のように書いていた。

対象にどの作家を選ぼうとも、私のねらいは、自我の崩壊を通じてのその確立、喪失を通じての獲得、主張を通じての拋棄ということにあった。これは逆にいっても同じである。自我の崩壊にまで行きつかぬようないかなる自我の確立をも私は信じない。したがって、私はこれらの作家論において、ひたすら自我の解体に手を貸したのである。したが、それは心理的な高所恐怖症かもしれない。私は自分自身にたいして自我解体の手術を施したわけだが、それも畢竟、墜落を恐れていたからであろう。それが恐ろしくなくなったとき、私はようやく戯曲を書きはじめ、『芸術とはなにか』を書き、さらに『人間・この劇的なるもの』を書いたといえないであろうか。(『福田恆存評論集2』昭和四十一年)

そこには既に、「ぼくに唯一の堪えうる真実ありとすれば、真実に堪ええぬ自己の空疎を措いて他になにものもない」（「批評の悲運」昭和二十二年）と言う福田恆存の姿はなかった。逆に示されるのは、「既存の現実に随い、過って顧みぬという倫理的な潔癖と信頼感」（『人間・この劇的なるもの』昭和三十一年）、また、それを生きる人間の姿だった。

年譜

福田恆存

一九一二年（大正元年）

八月二五日、父・幸四郎、母・まさの長男として東京市本郷区東片町で誕生（戸籍上の出生地は下谷区仲御徒町二丁目九番地）。名付け親は硯友社の石橋思案。

一九一五年（大正四年）　三歳

父（株）東京電燈に勤務）の転任に伴い、転居を繰り返して来たが、この頃、神田区錦町の二軒長屋に居を定める。一一月、妹・悠紀枝が誕生。

一九一七年（大正六年）　五歳

夏頃、立て続けに肋膜炎、赤痢、ジフテリアを患い、駿河台の瀬川病院に入院。

一九一九年（大正八年）　七歳

四月、東京市立錦華尋常小学校に入学（同期生に高橋義孝）。

一九二〇年（大正九年）　八歳

二月、妹・妙子が誕生。

一九二三年（大正一二年）　一一歳

七月、弟・二郎が誕生。九月、関東大震災によって家を焼かれ、鶴見の叔母夫婦のもとへ立ち退く（翌年一月初めまで）。その間、潮田尋常小学校へ通う。その後、元の錦町に一戸建ての家を建てて戻る。

一九二五年（大正一四年）　一三歳

四月、東京市立第二中学校に入学（同期生に高橋義孝）。弟・二郎が死去。

一九二七年（昭和二年）一五歳

四月、妹・伸子が誕生。

一九二九年（昭和四年）一七歳

三月、中学校四年修了時に浦和高校を受験するが、不合格。

一九三〇年（昭和五年）一八歳

四月、浦和高校文科甲類に入学（同期生に金田一春彦、原文兵衛）。この年、父が東電を退職し、書を教えることで家族を養う。福田自身も家庭教師をして本代を稼ぐ。

一九三二年（昭和七年）二〇歳

この頃から戯曲に興味を持ち、築地座の脚本募集に応募。「或る町の人」が当選作なしの選外佳作となる。

一九三三年（昭和八年）二一歳

四月、東京帝国大学文学部英吉利文学科に入学。「演劇評論」の同人となる。また、中学時代の恩師・落合欽吾の勧めでシェイクスピアに親しむようになる。

一九三六年（昭和一一年）二四歳

三月、東京帝国大学を卒業。卒業論文は「Moral Problems in D.H. Lawrence」。大学卒業に伴い徴兵検査を受けるが、丙種合格兵役免除となる。四月、「演劇評論」に戯曲「別荘地帯」。七月頃、高橋義孝の発意で二人揃って父に書を習う。

一九三七年（昭和一二年）二五歳

一月、高橋義孝の勧誘で「行動文学」（第一次「作家精神」の後身）の同人になる（仲間には井上弘介、高木卓、豊田三郎ら）。二月、「行動文学」に「横光利一と「作家の秘密」―凡俗の倫理―」（横光のインテリ性を鋭く批判した、本格評論の処女作）。四月、東京帝国大学大学院に入学（一年間在籍）。

一九三八年（昭和一三年）二六歳

三月、大学院の研究報告に「マクベス」を執筆。五月、静岡県立掛川中学校に赴任するが、野球選手の白紙答案に零点をつけたことで、甲子園出場に熱心だった校長と対立し、翌年七月に退職。

一九三九年（昭和一四年）二七歳
三月、第二次「作家精神」に「嘉村礒多」。

一九四〇年（昭和一五年）二八歳
この年、中学時代の恩師・西尾実の世話で古今書院の新雑誌「形成」の編集に携わる。八号で廃刊したが、岸田国士、小林秀雄、田中美知太郎と面識を持つに至る。また、白樺派の八幡関太郎から漢文講読を受ける。

一九四一年（昭和一六年）二九歳
六月、「作家精神」に「芥川龍之介論（序説）」。この年、ロレンスの「アポカリプス」を翻訳。渡辺一夫の紹介で白水社から出版される予定であったが、戦時下の情勢故、実現不可能となる。また、西尾実の世話で文部省外郭団体の日本語教育振興会に入り、外地の日本語教師のための雑誌「日本語」の編集に携わる。その間、神奈川県立湘南中学校、浅野高等工学校、日本大学医学部予科等で嘱託・講師を兼務する。

一九四二年（昭和一七年）三〇歳
二月、「新文学」創刊号に「古典と現代―及び芥川龍之介の文体について―」。五月、妹・悠紀枝が結婚。六月、「新文学」に「私小説のために　弁疏註考」。八月、「新文学」に「漢字恐怖症を排す」。九月末、日本語教育振興会から視察旅行を命ぜられ、「満洲」「蒙疆」「北支」「中支」の各地を歴訪（一二月初めまで）。一〇月、「新文学」に「ロレンス「アポカリプス論」覚書」。

一九四三年（昭和一八年）三一歳
一二月、「文学界」に「素材について」。

一九四四年（昭和一九年）三二歳
二月、「文芸」に「文芸批評の態度」。春、日本語教育振興会を退職。清水幾太郎の勧めで太平洋協会アメリカ研究室の研究員となる。

年末、神田錦町の旧居を売却し、麴町の借家に移転。
一九四五年（昭和二〇年）三三歳
一月、西尾実の媒酌で西本敦江と結婚。三月、年末までには戦争が終結すると予想してあらゆる公職を辞し、防空壕掘りに専従する。五月、罹災し、一家を挙げて杉並区和泉町の西尾実宅に寄寓する。後に家族は掛川中学時代の教え子を頼って静岡県小笠郡東山口村に疎開。六月から東京女子大学に講師として週一回出講。九月、神奈川県中郡二宮町の友人宅に寄寓する。一〇月、疎開先の東山口村で長男・適が誕生。
一九四六年（昭和二一年）三四歳
一月、「文学」に「近代日本文学の発想」。三月、神奈川県中郡大磯町南下町に間借りし、疎開先より家族を呼び寄せる。「展望」に「民衆の心」。六月、「文学」に「近代日本文学の系譜―鷗外と漱石―」。「人間」に「職業としての作家―作家志望者におくる―」。平野謙の勧めで「近代文学」に「芥川龍之介論」を連載開始（一二月まで）。八月、東京女子大学夏季特別講座で「永井荷風」と題して講演。九月、「文芸」に「表現の倫理」。一〇月、翻訳『戦塵の旅』刊。一一月、「東京新聞」（8・9・10日）に「国語問題と国民の熱意」。一二月、大磯町東小磯の別荘に間借りする。「批評」に「嘉村礒多」（翌年四月にも分載）。
一九四七年（昭和二二年）三五歳
一月、「文芸」に「絶望のオプティミズム」。二月、「新潮」に「人間の名において」。「政治と文学」論争に加わる。「朝日評論」に「文学と戦争責任」。三月、「中央公論」に「小説の運命」。「思索」に「一匹と九十九匹と―ひとつの反時代的考察―」。四月、「批評」に「マクベスについて―ブラッドレー教授に―」。「文学会議」第一輯に「近代の宿命」。

「近代文学」に「平和革命とインテリゲンチャ」（荒正人らとの座談会）。五月、「新文学」に「文学に固執する心」。「展望」に「近代の克服―ロレンスの「アポカリプス論」について―」。「諷刺文学」に「批評の非運」。七月、父が死去（享年六六）。九月、林達夫の推輓により初の評論集『作家の態度』刊。一一月、評論集『近代の宿命』刊。一二月、評論集『平衡感覚』刊。一躍批評家としての地歩を確立する。この年、中村光夫と吉田健一に勧誘され「批評」の同人となり、三人で親睦会〈鉢木会〉を作る。後に吉川逸治、神西清、大岡昇平、三島由紀夫が加わる。

一九四八年（昭和二三年）　三六歳

一月、次男・逸が誕生。二月、「文芸」に「芸術の転落」。第二芸術論争に言及。「文芸時代」に「サルトル『嘔吐』解説」を連載開始（四月まで）。三月、東京女子大学講師を辞職。六月、「群像」に「道化の文学―太宰治について―」（翌月にも分載）。七月、「胎動」に「論理の暴力について」。知識人論争に加わり、進歩主義者らを批判。九月、『新文学講座』第二巻（「現代日本文学の諸問題」を収録）刊。「次元」に戯曲「最後の切札」（習作を除いた初の本格的戯曲）。花田清輝から評価される。一〇月、『太宰と芥川』刊。一一月、「批評」に「チェーホフの孤独」。一二月、大磯町東小磯一〇七番地の借家に転居し、罹災後初めて一戸建ての家に落ち着く。評論集『白く塗りたる墓』刊。

一九四九年（昭和二四年）　三七歳

二月、作家論集『現代作家』刊。「新聞協会報」（16日）に「舞台うらの事実」。以後、主として同誌を通じ新聞批判を行う。三月、「作品」に小説「ホレイショー日記」。大岡昇平が「複眼の小説」と評価。五月、「文芸往来」に「小説家に何を望むか」（中村光夫、小田切秀雄との鼎談）。八月、『西欧作家論』

刊。評論集『小説の運命』刊。九月、随想集『否定の精神』刊。「短歌研究」に「歌よみに与へたき書」。一〇月、坂口安吾を伊東に訪ねる。一二月、「文学界」に「批評家と作家の溝」（丹羽文雄、中村光夫らとの座談会）。風俗小説論争に加わる。

一九五〇年（昭和二五年）　三八歳

一月、岸田国士の推薦で「人間」に戯曲「キティ颱風」。「文藝春秋」に翻訳「現代イソップ」を、「改造文芸」に「対面交通―文芸時評」をそれぞれ連載開始（共に三月まで）。三月、『キティ颱風』刊。同作を〈文学座〉により三越劇場にて上演。四月、「劇作」に戯曲「堅塁奪取」。五月、妹・伸子が結婚。六月、『芸術とはなにか』（生涯唯一の書き下ろし）刊。中村光夫に評価される。「作品」に「風俗小説について―丹羽文雄に―」。七月、翻訳『現代イソップ』刊。八月、岸田国士を中心に〈雲の会〉を作る。九月、「群像」に「「文学と風紀」論争」（中島健蔵、舟橋聖一らとの座談会）。一〇月、「群像」に戯曲「恋愛合戦」（翌月にも分載）。一一月、翻訳『恋する女たち』上巻刊。「展望」に「文学と演劇」（岸田国士、小林秀雄らとの座談会）。岸田国士「道遠からん」を〈文学座〉により三越劇場にて演出・上演（岸田と共同での初演出）。

一九五一年（昭和二六年）　三九歳

二月、翻訳『恋する女たち』中巻及び翻訳『カクテル・パーティー』刊。四月、「人間」に「日本の思想と文学」（清水幾太郎との対談）。五月、チャタレイ裁判の特別弁護人を引き受ける。『戯曲武蔵野夫人』刊。同作を〈文学座〉により三越劇場にて演出・上演。「朝日新聞」に月一回「文芸時評」を連載開始（七月まで）。六月、「演劇」創刊号に戯曲「武蔵野夫人」（大岡昇平の作品を脚色）。八月、三島由紀夫らと北軽井沢にある岸田国士の別荘を訪れる。九月、潤色を担当した映画『武蔵野夫人』公開。一〇月、「文学界」に「文学者の文学的責任」。一一月、チャタレイ裁判の最終弁論を書き上げ、法廷で読む。翻訳『現代人は愛しうるか』刊。「演劇」に「芝居問答」（小林秀雄との対談）。一二月、「少年少女」に戯曲「幽霊やしき」。

一九五二年（昭和二七年）四〇歳

一月、「演劇」に戯曲「龍を撫でた男」。二月、「文学界」に「結婚の永遠性―チャタレイ裁判最終弁論―」。三月、大岡昇平らと京都の桂離宮、奈良東大寺修二会を拝観。帰路、落合欽吾を訪ねる。四月、「文藝春秋」創刊三〇年記念を期した戦後初の講演会にて九州各地に赴く。七月、「文芸」に「告白といふこと」。「群像」に戯曲「現代の英雄」。八月、「東京新聞」（23・24・25日）に「諷刺文学について」。九月、「文学界」に「国民文学について」。国民文学論争に加わり、竹内好を批判。「群像」に「民衆の生き方」。一〇月、〈文学座〉に入る。一一月、戯曲『龍を撫でた男』刊。同作を〈文学座〉により三越劇場にて上演（名古屋公演にて名古屋演劇賞受賞）。一二月、「改造」に「文学と日本の現実《国民文学をめぐって》」（伊藤整らとの座談会）。「文学界」に「自己劇化と告白」。「別冊文藝春秋」に抄訳「老人と海」。「文芸」に「僕たちの実体」（大岡昇平、三島由紀夫との座談会）。

一九五三年（昭和二八年）四一歳

一月、『龍を撫でた男』により第四回読売文学賞受賞。「婦人画報」に「恋愛と人生」を連載開始（七月まで）。二月、新聞小説「謎の女」取材のため北陸に赴く。三月、翻訳『老人と海』刊。「新大阪」（11日）に「謎の女」（生涯唯一の新聞小説）を連載開始（8月29日まで）。四月、福田家の墓地を多磨霊園から大磯の妙大寺に移す。創作集『福田恆存集』刊。五月、中村光夫と鳴門の渦を見物。その後四国に渡り、各地を巡る。また、ロックフェラー財団の奨学金を得て、福田、大岡、中村の順に渡米と決定。その送別を兼ねて〈鉢木会〉一同、伊豆大島に遊ぶ。六月、『昭和文学全集』第一六巻『亀井勝一郎・中村光夫・福田恆存集』刊。七月、『ロレンスの結婚観』刊。共訳『あっぱれクライトン』刊。八月、改訂を担当した映画『ぶらりひょうたん　シミ抜き人生』（高田保作）公開。九月、横浜より客船クリーヴランド号にて渡米。翌年三月までニューヨークに滞在し、吉田秀和、大岡昇平らと音楽会の演奏を楽しんだりもする。この間、ホノルル、ロサンゼルス、ワシントン等を歴訪。

一九五四年（昭和二九年）四二歳

二月、新聞小説『謎の女』刊。四月、渡英し、ロンドンに居を定める。その間、各地を歴訪。七月、ロンドンを去り、ヨーロッパ諸都市を巡る。九月初め、帰国。この外国旅行の帰路、今後の仕事の方針を①自分が本当に書きたいことだけを書く、②シェイクスピア劇の翻訳と演出に取り組む、③時事的問題の提出（日本の知識人に対する批判・国語改良の似非合理主義への反対・戦後教育への批判）の三点に定める。一〇月二九日、金沢大学にて「文化とはなにか」と題して講演（NHK移動講演会。翌月三日に放送）。一一月、「読売新聞」（25日）に「〝進歩的文化人〟への批判　論壇時評の久野収氏に答える」。一二月、大磯町大磯五一三番地に転居。「中央公論」に「平和論の進め方についての疑問―どう覚悟をきめたらいいか―」。平和論論争を巻き起こす。

一九五五年（昭和三〇年）四三歳

一月、妹・妙子が結婚。「群像」に「文学にたいする不信―私の文学的信條（二）」。「文学界」に詩劇「崖のうへ」。「文芸」に「日本および日本人」を連載開始（一〇月まで）。二月、評論集『平和論にたいする疑問』刊。「中央公論」に「ふたたび平和論者に送る」。三月、「新潮」に「自己抹殺病といふこと」。四月、評論集『文化とはなにか』刊。五月、翻訳『シェイクスピア全集』（河出書房版）刊行開始（出版元の倒産により中絶）。「ハムレット」を〈文学座〉により東横ホールにて演出・上演し、演劇的にも興行的にも大成功する。七月、文藝春秋新社の講演会にて北海道各地に赴く。「新潮」に「人間この劇的なるもの」を連載開始（翌年五月まで）。平和論論争の過程で生じた論争相手との「人間観」の違いを明確化し、自己の「人間観」を追究。河上徹太郎、臼井吉見、中村光夫、山本健吉らから評価される。八月、「中央公論」に「個人と社会—中島・清水・佐々木三氏に答へる—」。九月、「若い女性」に「幸福への手帖」を連載開始（翌年一二月まで）。一〇月、「知性」に「国語改良論に再考をうながす」。これ以後、数回にわたり金田一京助とかなづかい論争を展開。一二月、『シェイクスピア全集』の翻訳により第二回岸田演劇賞受賞。

一九五六年（昭和三一年）　四四歳

一月、「ハムレット」の翻訳・演出により第六回芸術選奨文部大臣賞受賞。「文学界」に詩劇「明暗」（「崖のうへ」を補筆・改題）。二月、『明暗・崖のうへ』刊。「知性」に「再び国語改良論についての私の意見」。三月、「明暗」を文学座二〇周年記念公演として第一生命ホールにて上演。四月、この頃〈文学座〉を退座。田中真洲について書を習い始める。六月、『人間・この劇的なるもの』刊。「婦人之友」に「劇場への招待」を連載開始（九月まで）。七月、「知性」に「金田一老のかなづかひ論を憐れむ」（翌月にも分載）。「朝日新聞」の「きのうきょう」欄を毎週一回担当開始（一二月まで）。八月、共訳『性・文学・検閲』刊。一〇月、「新潮」に「疑似インテリ批判」。一一月、「新潮」に「戦争責任はない―一度は考へておくべき事⑴―」。一二月、『幸福への手帖』刊。「新潮」に「自己批判について―一度は考へておくべき事⑵―」。この頃、小島信夫、中村雄二郎らと〈アルプス会〉を作り、時々閑談。この年、ゴルフを始めるが、一年ばかりで止める。また、弓も始めるが、断続的にしか続かなかった。

一九五七年（昭和三二年）四五歳

一月、「文学界」に「個人主義からの逃避」。「新潮」に「神も仏もクリストも―一度は考へておくべき事⑶―」。三月、「新潮」に「『鍵』と石川達三―一度は考へておくべき事⑷―」。谷崎潤一郎「鍵」を巡る文学論争に加わる。五月、「文芸」に史劇「明智光秀」。五月、「新潮」に「造られた神―一度は考へておくべき事⑸―」。七月、随筆集『坐り心地の悪い椅子』刊。「文学界」に戯曲「一族再会」。「芸術新潮」に「私の演劇白書」を連載開始（翌年八月まで）。八月、「新潮」に「新教育学者への疑問―一度は考へておくべき事⑹―」。「明智光秀」を八世・松本幸四郎の一統と〈文学座〉により東横ホールにて演出・上演（歌舞伎と新劇との初の本格的交流を果たす）。九月、『福田恆存著作集』全八巻刊行開始（翌年六月に完結）。「新潮」に「意識と無意識との間―一度は考へておくべき事（完）―」。一一月、評論集『劇場への招待』刊。この年、福田家に出入りしていた中村保男、沼沢洽治、谷田貝常夫、横山恵一らが〈蔦の会〉（読書会）を作り、時々山歩き等をして楽しむ。後に土屋道雄、松原正、西尾幹二らが加わる。

一九五八年（昭和三三年）四六歳

六月、京都・高山寺で松本幸四郎夫妻、ドナルド・キーンと一夕を過ごす。一〇月、翻訳

『サロメ』刊。〈鉢木会〉の仲間と季刊誌「聲」を創刊し、「私の国語教室」を連載開始（翌年一〇月まで）。「マクベス」を〈文学座〉により東横ホールにて演出・上演。一二月、『私の演劇白書』刊。
一九五九年（昭和三四年）四七歳
一月、「新潮」に「批評家の手帖」を連載開始（一二月まで）。五月、「文藝春秋」に「象徴を論ず」。六月、文藝春秋新社の講演会にて東北各地に赴く。評論集『私の恋愛教室』刊。一〇月、『シェイクスピア全集』（新潮社版）刊行開始（八六年六月に完結）。一一月、小汀利得と国語問題協議会を設立し、国語国字改悪阻止の運動を始める。
一九六〇年（昭和三五年）四八歳
一月、「ハムレット」を市川染五郎と〈文学座〉により日本テレビにて演出・放送。四月、「聲」に「国語問題解決の方向」（時枝誠記、大野晋らとの座談会）。五月、随想集『批評家の手帖』刊。六月、「オセロー」を松本幸四郎と〈文学座〉により産経ホールにて演出・上演。七月、『日本文化研究』第八巻（「伝統にたいする心構」）刊。九月、文藝春秋新社の講演会にて東北各地に赴く。「新潮」に「常識に還れ」。安保条約反対闘争批判を展開し、再び論争が起きる。一〇月、会田雄次、高坂正堯らと〈二日会〉を作る。評論集『常識に還れ』刊。一二月、『私の国語教室』刊。時枝誠記の推薦を受ける。
一九六一年（昭和三六年）四九歳
一月、『私の国語教室』『批評家の手帖』『常識に還れ』により第一二回読売文学賞受賞。「読売新聞」の「愚者の楽園」欄を毎週一回担当開始（一二月まで）。三月、「新潮」に「なぜ文芸批評を書かないか」。「中央公論」に「論争のすすめ」。丸山真男らを批判。五月、『論争のすすめ』刊。六月、戯曲「有間皇子」取材のため紀州、大和、飛鳥等を巡る。九月、「有間皇子」を松本幸四郎と〈東宝劇団〉により芸術座にて演出・上演。「ジュリアス・シーザー」を文学座二五周年記念のアトリエ公開公演として都市センターホールにて演出・上演。一〇月、『私の演劇教室』刊。「文学界」に「有間皇子」。一一月、「紳士読本」にラッセルを批判した「現代の悪魔―連載時評・六」。

一九六二年（昭和三七年）　五〇歳

二月、「自由」に再びラッセルを批判した「平和か自由か―ラッセル批判―」。四月、「新潮」に「文壇的な、余りに文壇的な」。純文学論争に加わる。「文芸」に「性は有罪か　チャタレイ裁判とサド裁判の意味」（伊藤整、埴谷雄高らとの座談会）。五月、NHK移動講演会にて札幌に赴く。評論集『現代の悪魔』刊。八月、国民文化研究会の依頼で阿蘇にて講演。九月、文藝春秋新社の講演会にて津和野、鳥取等に赴く。一〇月、東洋文化振興会の依頼で名古屋にて講演。一二月、共著『国語問題論争史』刊。

一九六三年（昭和三八年）　五一歳

一月、〈文学座〉中堅俳優と劇団〈雲〉を創設。二月、渋谷区千駄ケ谷に〈雲〉の仮事務所を設ける。四月、〈雲〉の旗揚げ公演に「真夏の夜の夢」を砂防会館ホールにて演出・上演。五月、㈶現代演劇協会を設立し、理事長となる。改めて〈雲〉をその附属劇団とする。七月、「朝日新聞」の「きのうきょう」欄を毎週一回担当開始（一二月まで）。八月、神戸夏期大学、高知夏期大学にて講演。一〇月、「文藝春秋」に「日本近代化試論」を連載開始（翌年六月まで）。一二月、今後の演劇国際交流計画を立てるため、フォード財団の援助により松原正と一ヵ月の予定でイギリス、アメリカに赴く。共訳『聖女ジャンヌ・ダーク』刊。同作を〈雲〉により都市センターホールにて演出・上演し、芸術祭賞受賞。
一九六四年（昭和三九年）　五二歳
三月、「リチャード三世」を中村勘三郎と〈雲〉により日生劇場にて演出・上演。六月、アメリカにおけるシェイクスピア生誕四〇〇年祭に招かれ、妻と渡米。ヨーロッパ諸国も巡る。七月、帰国。一〇月、世界平和推進会議に日本代表として出席し、基調報告「平和の理念」を提出。港区麻布箪笥町に現代演劇協会の建物を竣工し、千駄ケ谷より移転。一二月、「自由」に「平和の理念」。
一九六五年（昭和四〇年）　五三歳
二月、「中央公論」に「日本共産党礼讃」。「新潮」に「文学以前」を連載開始（七月まで）。三月、「展望」に「演劇的文化論―日本近代化論の為の覚書―」。岸田国士演劇追悼祭として「チロルの秋」を仲谷昇、岸田今日子により現代演劇協会ホールにて演出・上演。四月、イギリス政府の援助を受けて演出家マイケル・ベントールを招き、「ロミオとジュリエット」を〈雲〉により産経ホールにて演出・上演。七月、「文藝春秋」に「アメリカを孤立させるな　ベトナム問題をめぐって」。ベトナム戦争反対運動批判を展開。「読売新聞」の「東風西風」欄を毎週一回担当開始（翌年六月まで）。八月、評論集『平和の理念』刊。「潮」に「当用憲法論」。大江健三郎ら護憲派を批判。一一月、「読売新聞」（26・27・29・30日）に「現代国家論」。一二月、〈雲〉の姉妹劇団として〈欅〉を結成。
一九六六年（昭和四一年）　五四歳
二月、「潮」に「建白書」を連載開始（九月まで）。「じゃじゃ馬ならし」を〈雲〉により日生劇場にて演出・上演。六月、南伊豆に滞在し、毎日放送一五周年記念テレビ番組「怒濤日本史」のうち、古代篇「蘇我物部の争ひ」「入鹿誅殺」を執筆。八月、国民文化研究会の依頼で雲仙にて講演。一〇月、南伊豆に滞在し、「ヘンリー四世」の翻訳に専念。
一一月、『福田恆存評論集』全七巻同時刊行。
一九六七年（昭和四二年）　五五歳
三月、「展望」に戯曲「億万長者夫人」。同作を〈欅〉により農協ホールにて演出・上演。「読売新聞」（3・4日）に「弱者天国」。六月、毎日放送のテレビ番組「テレビ文学館」のうち、泉鏡花「歌行燈」を脚色。七月、「ジュリアス・シーザー」を〈雲〉により日本青年館にて演出・上演。八月、「ヘンリー四世」を〈四季〉により日生劇場にて演出・上演。一一月、『シェイクスピア全集』第一期一五巻訳了により日本翻訳家協会第四回日本翻訳文化賞受賞。一二月、「リア王」を〈雲〉により日生劇場にて演出・上演。
一九六八年（昭和四三年）　五六歳
一月、『シェイクスピア全集』第一期一五巻訳了により第一九回読売文学賞受賞。「毎日新聞」（1日）に「知識人とはなにか」。二月、「三田文学」に「日本文壇を批判する」。六月、㈶日本文化会議を発足させ、常任理事となる。七月、「自由」に戯曲「解つてたまるか！」。八月、「文藝春秋」に「若者に引搔き廻されてたまるか」。九月、カナダのトロント大学にて日本学専攻者に二ヵ月間、日本文学近代化小史を講義。「文学界」に「文学を疑ふ」。一〇月、『解つてたまるか！　億万長者夫人』刊。
一九六九年（昭和四四年）　五七歳
二月、「産経新聞」の「ズバリひとこと」欄を毎週一回担当開始（四月まで）。三月、「明智光秀」を松本幸四郎一統と〈欅〉により帝国劇場にて演出・上演。四月、京都産業大学教授に就任し、月一回の集中講義を行う。五月、評論集『日本を思ふ』刊。七月、「諸君！」創刊号に「利己心のすすめ―生き甲斐といふ事―」。九月、「空騒ぎ」を〈欅〉により日生劇場にて演出・上演。一〇月、前年に生じた山崎豊子の盗作問題に対する文芸家協会の態度を不満とし、同協会を退会。伊勢にて講演し、伊勢神宮に参詣。

一九七〇年（昭和四五年）　五八歳

一月、「文学界」に「公開日誌」を連載開始（一一月まで）。五月二二日、日本学生文化会議の結成式で「塹壕の時代」と題して講演。六月、『総統いまだ死せず』刊。「別冊文藝春秋」に戯曲「総統いまだ死せず」。福田訳エリオット「寺院の殺人」を〈雲〉により日本万国博覧会のクリスト教館にて演出・上演。一〇月、「文学界」に「「藪の中」について―公開日誌・その四」。中村光夫、大岡昇平らと文学論争になる。一二月、「中央公論」臨時増刊「歴史と人物」に「乃木将軍は軍神か愚将か」。

一九七一年（昭和四六年）　五九歳

一月、「諸君！」に「日本人にとって天皇とは何か」（司馬遼太郎らとのシンポジウム）。

三月、「総統いまだ死せず」により第三回日本文学大賞受賞。六月、評論集『生き甲斐といふ事』刊。九月、「コリオレイナス」を〈雲〉により日生劇場にて演出・上演。一二月、長男が結婚。

一九七二年（昭和四七年）　六〇歳

二月、神西清訳チェーホフ「ワーニャ伯父さん」を〈雲〉により東横ホールにて演出・上演。四月、次男が結婚。五月、赤坂離宮において催された春の園遊会に招かれる。八月、「ハムレット」を市川染五郎と〈東宝劇団〉により日生劇場にて上演。一一月、四日に奈良県桜井市の大神神社に参り、保田與重郎の「土舞台」顕彰行事に森繁久弥らと参加（翌日、同所にて万葉歌碑の除幕式。春日神社境内には、福田揮毫による大津皇子と大来皇女の歌碑あり）。

一九七三年（昭和四八年）　六一歳

三月、母が死去（享年八九）。評論集『言論

の自由といふ事』刊。六月、『中国のすべて』(日本の将来シリーズ)刊(本シリーズは福田が企画編輯し、七七年一〇月までに計九冊を高木書房から刊行)。テレビ東京で「人に歴史あり―福田恆存　行動する知識人」を放映。現代演劇協会一〇周年記念として「あらし」を〈雲〉により国立小劇場にて、引き続き「ヴェニスの商人」を〈欅〉により日経ホールと砂防会館ホールにて連続演出・上演。七月、吉田国際教育基金及びアジア財団の援助により臼井善隆と渡米し、政財界人、学者、知識人と会談。一〇月、東洋文化振興会の依頼で名古屋にて講演。一一月、「文藝春秋」に「日米両国民に訴える」を連載開始(翌年一月まで)。

一九七四年(昭和四九年)　六二歳

一月、文京区本駒込二丁目二九番地に㈶現代演劇協会の事務局、演劇図書館、附属劇団〈雲〉と〈欅〉の稽古場、客席三百人を収容する三百人劇場を竣工し、麻布篁笥町より移転。この年より〈雲〉は芥川比呂志、〈欅〉は福田に所管分担する。「新潮」に「独断的な、余りに独断的な」を連載開始(翌年三月まで)。三月、ジョン・ギールグッドの「テンペスト」見物のため次男と渡英。一〇月、「歴史と人物」に「私の歴史教室―家永教科書裁判をめぐって―」。「億万長者夫人」を〈欅〉により日経ホールにて演出・上演。

一九七五年(昭和五〇年)　六三歳

一月、「歴史と人物」に「空しき王冠」(福田逸・松原正訳ジョン・バートン「空しき王冠」の解説)を連載開始(一二月まで)。八月、現代演劇協会より芥川を始め〈雲〉の役者の大半が分裂・脱退する。国民文化研究会の依頼で阿蘇にて講演。九月、大阪青年会議所創立二五周年記念のため、高坂正堯の依頼で松原正「脆きもの、汝の名は日本」を〈欅〉〈雲〉により大阪ロイヤル・ホテルにて演出・上演。一〇月、ソウルにおける韓国芸術院シンポジウム「芸術の社会性と内面性」に参加。同時に朴正熙大統領の招待にて妻と訪韓。慶州、公州等の各地を案内される。一一月、「ユリイカ」にインタビュー「シェイクスピアへ還れ」。

一九七六年（昭和五一年）六四歳

この年、〈雲〉と〈欅〉の二劇団を合併統一し、〈昴〉と称する。二月、「芸術新潮」に「韓国美術紀行」。三月、「土曜講座」を三百人劇場にて企画し、小林秀雄、山本健吉らの講演や「処世術から宗教まで」と題した福田自身の連続講演を開催（翌年三月まで）。六月、芥川龍之介没後五〇年を記念して「河童」を脚色し、〈昴〉により三百人劇場にて演出・上演。七月、三島由紀夫「班女」を坂東玉三郎主演により国立小劇場にて演出・上演。八月、「新潮」に「醒めて踊れ―近代化といふ事―」。一一月、妹・悠紀枝が死去。評論集『知る事と行ふ事と』刊。一二月、「読売新聞」（6日）に「元号をめぐつて」。

一九七七年（昭和五二年）六五歳

二月、「昴」に「思ひつくままに」を連載開始（翌年一一月まで）。六月から数回、大阪清風学園にて講演。七月、フジテレビの番組「世相を斬る」で日曜日毎に連続対談（翌々年の九月まで）。一〇月、「季刊芸術」に「せりふの美学・力学」を連載開始（翌年七月まで）。「テアトロ」に「役者への忠告」を連載開始（翌々年九月まで）。一一月、フジテレビの援助によりシェイクスピアに関する資料を記録的に撮影するため、次男らとイギリス、アメリカに赴く。

一九七八年（昭和五三年）六六歳

この年、現代演劇協会創立一五周年記念公演四本の演出を受け持つ（二月、「解つてたまるか！」を〈昴〉により三百人劇場にて上演。七月、福田訳イプセン「ヘッダ・ガーブラー」を〈昴〉により紀伊國屋ホールにて上演。九月、加藤恭平訳カワード「陽気な幽霊」を〈昴〉により三百人劇場にて上演。一一月、神西清訳ゴーリキー「どん底」を〈昴〉により三百人劇場にて上演）。九月、「中央公論」に「嫌煙権的思考を排す―人権と人格」。一〇月、日韓演劇交流打ち合わせのため次男らと渡韓。一一月、熊本市の尚絅短期大学にて講演。

一九七九年（昭和五四年）　六七歳

三月、中華民国政府の招きにより亜東関係協会東京弁事所の陳鵬仁と台湾を訪ねる。九月、日韓演劇交流打ち合わせのため再度渡韓。一〇月、『私の幸福論』（『幸福への手帖』を補筆・改題）刊。「中央公論」に「防衛論の進め方についての疑問」。森嶋通夫と防衛論争を展開。山本有三「米百俵」を松本幸四郎主演により歌舞伎座にて演出・上演し、芸術祭優秀賞受賞。日韓親善演劇交流として劇団〈昴〉と共に渡韓し、臼井善隆訳ラティガン「海は深く青く」を〈昴〉によりソウルの世宗会館にて演出・上演。一一月、帰国後、同作品を三百人劇場にて演出・上演。『福田恆存せりふと動き』刊。「正論」に「近代化試論―言葉の問題―」。

一九八〇年（昭和五五年）　六八歳

一月、肺炎のため日大板橋病院に一〇日間入院。「文藝春秋」に「孤独の人、朴正熙」。三月、福島市の桜の聖母短期大学にて講演。四月、「芸術新潮」に「フィリプス・コレクションへの招待」。五月、評論集『人間不在の防衛論議』刊。六月、『私の英国史』刊。「諸君！」に「大事なものが見えない時代―言論の空しさ」。七月、渡韓し、益山弥勒寺等を訪ねる。八月、国民文化研究会の依頼で阿蘇にて講演。九月、評論集『教育とは何か』刊。一〇月、「中央公論」に「近代日本知識人の典型清水幾太郎を論ず」。一一月、第二八回菊池寛賞受賞。評論集『文化なき文化国家』刊。
一九八一年（昭和五六年）六九歳
一月、「小説新潮スペシャル」創刊号に「小林秀雄『本居宣長』」。二月、「新潮」に「言葉、言葉、言葉」（翌月にも分載）。四月、「中央公論」に「問ひ質したいことども―公開日誌から」。江藤淳ら保守派の論客を批判。五月、脳梗塞のため日大駿河台病院に一ヵ月入院。山本有三「同志の人々」を市川染五郎、尾上辰之助、中村勘九郎らにより歌舞伎座にて演出・上演。六月、第三七回日本芸術院賞受賞。『演劇入門』刊。一〇月、『問ひ質したき事ども』刊。エリオット「カクテル・パーティー」を〈昴〉により三百人劇場にて演出・上演。一二月、日本芸術院会員になる。
一九八二年（昭和五七年）七〇歳
二月、中村光夫と共に東宮御所に招かれる。六月、「ヘンリー四世」を〈昴〉により三百人劇場と国立小劇場にて演出・上演。八月、「諸君！」に「反核運動の欺瞞―私の死生観」。一〇月、「すばる」に「〃劇場〃を〃廃墟〃とする前に」（川口松太郎との対談）。
一九八三年（昭和五八年）七一歳
三月、八日に小林秀雄の葬儀に際し、弔辞を読む。京都産業大学を定年退職。六月、現代演劇協会創立三〇周年記念公演Ⅰとして「ヴェニスの商人」を〈昴〉により三百人劇場にて上演。九月、「新潮」に翻訳「オイディプス王」及び「ギリシャ古典悲劇と現代」（小島信夫との対談）。一〇月、現代演劇協会創立三〇周年記念公演Ⅱとして「オイディプス王」を〈昴〉により三百人劇場にて演出・上演。
一九八四年（昭和五九年）七二歳
七月、「新潮」に翻訳「アンティゴネ」及び「『アンティゴネ』の抒情と豊潤」。

一九八五年（昭和六〇年）　七三歳
一月、文藝春秋より全集刊行の議があり、旧作の復読・整理に専念し、日々多忙を極める。一一月、「夏の夜の夢」を〈昴〉により三百人劇場にて演出・上演。この年から菊池寛賞選考顧問（九三年まで）。
一九八六年（昭和六一年）　七四歳
一月、「Voice」に「特別インタビュー・日本よ、行くところまで行け」。五月、勲三等旭日中綬章を受ける。
一九八七年（昭和六二年）　七五歳
一月、肺炎のため東海大学大磯病院に一週間入院。『福田恆存全集』全八巻刊行開始（翌年七月に完結）。三月、「文藝春秋」に「腑抜けにされた日本の文化」（佐伯彰一との対談）。
一九八八年（昭和六三年）　七六歳
二月、㈶現代演劇協会の理事長を辞し、会長となる。三月、「朝日新聞」（4日）に談話「余白を語る」。七月二〇日、中村光夫の葬儀に友人代表として列席。九月一二日、清水幾太郎の葬儀に列席。一二月二七日、大岡昇平の密葬に列席し、出棺を送る。
一九八九年（平成元年）　七七歳
二月、「新潮45」に「可哀想な可哀想な『平成』」。三月、「文藝春秋」特別号「大いなる昭和」に「象徴天皇の宿命」。一〇月七日、保田與重郎を偲ぶ「炫火忌」に列席。
一九九〇年（平成二年）　七八歳
二月、「文藝春秋」臨時増刊に「老いの繰言」。
一九九二年（平成四年）　八〇歳
一月、『福田恆存翻訳全集』全八巻刊行開始（翌年四月に完結）。「新潮45」に「某月某日」（絶筆）。
一九九三年（平成五年）　八一歳
一二月、肺炎のため一時入院。以後、病臥。
一九九四年（平成六年）　八二歳

一〇月二三日、肺炎のため東海大学大磯病院に入院。一一月二〇日、肺炎のため同病院で死去。従四位に叙せられる。二一日、妙大寺で通夜。二二日、同寺で密葬。一二月九日、午後一時から港区・青山葬儀所で本葬・告別式（喪主＝福田敦江、葬儀委員長＝阿川弘之、弔辞＝林健太郎、原文兵衛、久米明）。ベートーヴェンのチェロ・ソナタが流れる式場に文学、演劇、政界等、各界の著名人が集い、別れを惜しむ。墓所は大磯・妙大寺。戒名は「實相院恆存日信居士」。

二〇〇二年（平成一四年）
一二月、一三日に三百人劇場で「福田恆存生誕九十年記念會」が開催され、福田がテレビ出演した「人に歴史あり」の上映や、「父を語る」と題した福田逸の講演、井尻千男、坪内祐三、富岡幸一郎、土井義士、金子光彦らによるシンポジウムが行われる。

二〇〇五年（平成一七年）
四月、「國語國字」が福田恆存を特集。

二〇〇六年（平成一八年）
一二月、三百人劇場が閉館。

二〇〇七年（平成一九年）
一一月、『福田恆存評論集』全二〇巻・別巻刊行開始（二〇一一年三月に完結）。

二〇〇八年（平成二〇年）
一一月、『福田恆存戯曲全集』全五巻・別巻刊行開始（二〇一一年五月に完結）。

二〇一一年（平成二三年）
四月、『福田恆存対談・座談集』全七巻刊行開始（翌年一〇月に完結）。八月、「テアトロ」が「福田恆存の世界　生誕１００年によせて」を特集。一一月、一六日からシアターグリーンで「福田恆存生誕百年記念公演」として「一族再会」と「堅塁奪取」が上演される（二〇日まで）。

二〇一二年（平成二四年）　生誕百年

九月、三〇日に紀伊國屋サザンシアターで「福田恆存生誕100年　福田恆存とその時代」が開催され、山田太一の講演や遠藤浩一、新保祐司、中島岳志、福田逸らによるパネルディスカッションが行われる。一一月、二三日から神奈川近代文学館で「生誕100年　福田恆存資料展」開催（翌年二月二四日まで）。二八日から紀伊國屋サザンシアターで「福田恆存生誕百年記念公演」として「明暗」が上演される（一二月二日まで）。

二〇一三年（平成二五年）

一一月、現代演劇協会（理事長＝福田逸）が解散。

二〇一四年（平成二六年）

一〇月、二五日に明治大学で開催された文化講座「シェイクスピアと日本」で、福田逸が「シェイクスピア・福田恆存・その翻訳」と題した講義を行う。

二〇一五年（平成二七年）

二月、『人間の生き方、ものの考え方　学生たちへの特別講義』刊。増刷の結果、一万部を超える売れ行きとなる。五月、福田にとって初めてのムック本『総特集　福田恆存　人間・この劇的なるもの』刊。

二〇一六年（平成二八年）

六月、『滅びゆく日本へ　福田恆存の言葉』刊。

二〇一七年（平成二九年）

七月、福田逸著『父・福田恆存』刊。本書は、父の精神を継いで演劇と翻訳の世界に生きた次男が、内側から客観的に父・恆存の本質を剔抉した貴重な回想。

文藝春秋『福田恆存全集』第七巻所収の「年譜」及び福田の著作等を元にまとめたが、翻訳、演劇その他、多岐にわたる活動の多くは、やむなく割愛した。また、「年譜」中の著書の出版社名は「著書目録」に譲った。なお、『福田恆存文芸論集』所収の「年譜」に、歿後を中心とした増訂を施した。

（齋藤秀昭編）

著書目録

福田恆存

【単行本】

作家の態度　昭22・9　中央公論社
近代の宿命　昭22・11　東西文庫
平衡感覚　昭22・12　真善美社
太宰と芥川　昭23・10　新潮社
太宰治研究*　昭23・11　津人書房
現代作家研究叢書
白く塗りたる墓　昭23・12　河出書房
最後の切札　昭24・1　文潮社
現代作家　昭24・2　新潮社
知慧について　昭24・6　糸書房
知識人の探求*　昭24・7　河出書房
西欧作家論　昭24・8　創元社
小説の運命　昭24・8　角川書店
（10月発行もある）
否定の精神　昭24・9　銀座出版社
キティ颱風　昭25・3　創元社
芸術とはなにか　昭25・6　要書房
（要選書3）
戯曲武蔵野夫人　昭26・5　河出書房
（市民文庫）
龍を撫でた男　昭27・11　池田書店
（昭和新名作選）
ロレンスの結婚観　昭28・7　河出書房
―チャタレイ裁判
最終弁論（市民文庫）

謎の女　昭29・2　新潮社
平和論にたいする疑問　昭30・2　文藝春秋新社
文化とはなにか　昭30・4　東京創元社
謎の女（河出新書）　昭30・6　河出書房
インテリかたぎ　昭30・11　池田書店
明暗・崖のうへ　昭31・2　新潮社
人間・この劇的なるもの　昭31・6　新潮社
幸福への手帖　昭31・12　新潮社
芥川龍之介研究*　昭32・1　新潮社
作家研究叢書
戦争と平和と　昭32・3　講談社
（ミリオン・ブックス）
坐り心地の悪い椅子　昭32・7　新潮社
劇場への招待　昭32・11　新潮社
私の演劇白書　昭33・12　新潮社
私の恋愛教室　昭34・6　新潮社
批評家の手帖　昭35・5　新潮社
常識に還れ　昭35・10　新潮社
私の国語教室　昭35・12　新潮社
論争のすすめ　昭36・5　新潮社
私の演劇教室　昭36・10　新潮社
現代の悪魔　昭37・5　新潮社
国語問題論争史*　昭37・12　新潮社
平和の理念　昭40・8　新潮社
西欧作家論　昭41・1　講談社
（名著シリーズ）
建白書　昭41・10　潮出版社
解つてたまるか！　億万長者夫人　昭43・10　新潮社
日本を思ふ（人と思想）　昭44・5　文藝春秋
〝憂国〟の論理（講演集）*　昭45・5　日本教文社
総統いまだ死せず　昭45・6　新潮社
生き甲斐といふ事　昭46・6　新潮社
言論の自由といふ事　昭48・3　新潮社
日米両国民に訴へる　昭49・5　高木書房
（日本の将来シリーズ）
知る事と行ふ事と　昭51・11　新潮社

福田恆存・世相を斬る―日本の安全を考える（対談集）　昭53・10　サンケイ出版
ホレイショー日記　豪華限定版　昭54・8　槐書房
私の幸福論　昭54・10　高木書房
福田恆存せりふと動き―役者と観客のために　昭54・11　玉川大学出版部
人間不在の防衛論議　昭55・5　新潮社
私の英国史―空しき王冠　昭55・6　中央公論社
教育とは何か　昭55・9　玉川大学出版部
文化なき文化国家　昭55・11　PHP研究所
演劇入門　昭56・6　玉川大学出版部
問ひ質したき事ども　昭56・10　新潮社
日本への遺言　福田恆存語録　平7・4　文藝春秋
人間の生き方、ものの考え方　学生たちへの特別講義（編＝福田逸・国民文化研究会、解＝福田逸）　平27・2　文藝春秋
滅びゆく日本へ　福田恆存の言葉（編・解＝佐藤松男）　平28・6　河出書房新社

【単行本　翻訳】

戦塵の旅　前篇（エーヴ・キューリー、共訳）　昭21・10　日本橋書店
現代イソップ（ジェイムズ・サーバー）　昭25・7　万有社
カクテル・パーティー（T・S・エリオット）　昭26・2　小山書店
現代人は愛しうるか（D・H・ロレンス）　昭26・11　白水社

老人と海（アーネスト・ヘミングウェイ） 昭28・3 チャールズ・E・タトル商会
SEXは必要か（サーバー、一時間文庫、共訳） 昭28・10 新潮社
ワイルド語録 昭30・4 池田書店
老人と海 改訂版（ヘミングウェイ） 昭31・4 チャールズ・E・タトル商会
性・文学・検閲（ロレンス、共訳） 昭31・8 新潮社
アウトサイダー（C・ウィルソン、共訳） 昭32・4 紀伊國屋書店
緑色の亀の秘密（エラリイ・クイーン、ジュニア・ミステリ5） 昭33・5 早川書房
サロメ（オスカー・ワイルド） 昭33・10 新潮社
年上の女（ジョン・ブレイン、世界新文学双書） 昭34・6 河出書房新社
年上の女（ブレイン、河出ペーパーバックス） 昭38・2 河出書房新社
聖女ジャンヌ・ダーク（バーナード・ショー、共訳） 昭38・12 新潮社
現代人は愛しうるか（ロレンス、筑摩叢書47） 昭40・11 筑摩書房
SHAKESPEARE BIRTHDAY BOOK（シェイクスピア名句集） 昭42・12 新潮社
年上の女（ブレイン、モダン・クラシックス） 昭45・11 河出書房新社
ヘッダ・ガーブラー 昭54・11 中央公論社

（ヘンリク・イプセン）
シェイクスピア6大名作　昭56・4　河出書房新社

【全集・選集類】

福田恆存著作集　全八巻　昭32・9〜昭33・6　新潮社
福田恆存評論集　全七巻　昭41・11　新潮社
福田恆存全集　全八巻　昭62・1〜昭63・7　文藝春秋
福田恆存評論集　全二〇巻・別巻　平19・11〜平23・3　麗澤大学出版会
福田恆存戯曲全集　全五巻・別巻　平20・11〜平23・5　文藝春秋
福田恆存対談・座談集　全七巻　平23・4〜平24・10　玉川大学出版部
新文学講座1　昭23・1　新潮社
理論編
新文学講座2　昭23・9　新潮社
歴史編
文芸評論代表選集1　昭24・5　丹頂書房
文芸評論代表選集　昭25・9　中央公論社
昭和25年度版
新日本代表作選集5　昭25・10　実業之日本社
文学講座5　昭26・4　筑摩書房
新選現代戯曲5　昭28・1　河出書房
福田恆存集（新文学全集）　昭28・4　河出書房
昭和28年版戯曲代表選集　昭28・4　白水社
昭和文学全集16　昭28・6　角川書店
（亀井勝一郎・中村光夫・福田恆存集）
昭和30年版戯曲代表選集　昭30・3　白水社
現代日本戯曲選集12　昭31・2　白水社

年刊戯曲3　昭31・6　宝文館
昭和32年版戯曲代表選集　昭32・3　白水社
世界紀行文学全集17　北アメリカ編　昭34・3　修道社
日本文化研究8（伝統にたいする心構）　昭35・7　新潮社
現代日本思想大系35（新保守主義）　昭38・12　筑摩書房
現代日本思想大系32（反近代の思想）　昭40・2　筑摩書房
日本現代文学全集103（田中千禾夫・福田恆存・木下順二・安部公房集）　昭42・10　講談社
昭和批評大系2　昭43・1　番町書房
昭和批評大系3　昭43・3　番町書房
戦後日本思想大系1　昭43・7　筑摩書房
昭和批評大系4　昭43・8　番町書房
全集現代文学の発見4（政治と文学）　昭43・11　学芸書林
戦後日本思想大系7　昭43・11　筑摩書房
戦後日本思想大系13　昭44・2　筑摩書房
近代文学評論大系7　昭47・9　角川書店
戦後日本思想大系15　昭49・5　筑摩書房
昭和文学全集27　平元・3　小学館
長野県文学全集（第Ⅲ期・現代作家編）8　随筆・紀行編Ⅱ　平2・11　郷土出版社
日本の名随筆　別巻45　翻訳　平6・11　作品社
全集現代文学の発見4（政治と文学　新装版）　平15・4　学芸書林
日本近代文学評論選　昭和篇　平16・3　岩波文庫
日本文学全集30　日本語のために（編＝池澤夏樹）　平28・8　河出書房新社
リーディングス　戦　平29・6　岩波書店

後日本の思想水脈7　現代への反逆としての保守（編・解＝中島岳志）

【全集・選集類　翻訳】

シェイクスピア全集　昭34・10～昭61・6　新潮社　全一五巻・補巻四巻
福田恆存翻訳全集　平4・1～平5・4　文藝春秋　全八巻
ロレンス選集9（「恋する女たち」上巻）　昭25・11　小山書店
ロレンス選集10（「恋する女たち」中巻）　昭26・2　小山書店
現代世界文学全集26（エリオット「カクテル・パーティー」他）　昭29・3　新潮社
シェイクスピア全集5（「ハムレット」）　昭30・5　河出書房
シェイクスピア全集16（「じゃじゃ馬ならし」）　昭30・7　河出書房
シェイクスピア全集4（「マクベス」）　昭30・11　河出書房
ヘミングウェイ全集10（「老人と海」）　昭31・2　三笠書房
シェイクスピア全集9（「リチャード三世」）　昭31・4　河出書房
世界文学全集第二期25（J・M・バリー「あっぱれクライトン」、共訳）　昭31・4　河出書房
世界推理小説全集6（G・K・チェスタトン「ブラウン神父」）　昭31・7　東京創元社
世界少年少女文学全　昭31・9　東京創元社

集50（世界名作劇集、シェイクスピア「マルヴォリオだまし」）
シェイクスピア全集13（「夏の夜の夢」）　昭32・1　河出書房
世界推理小説全集33（チェスタトン「詩人と狂人達」）　昭32・1　東京創元社
現代推理小説全集10（エドワード・グリアスン「第二の男」）　昭32・9　東京創元社
世界推理小説全集55（チェスタトン「奇商クラブ」）　昭33・2　東京創元社
少年少女世界文学選集1（シェイクスピア名作集）　昭33・2　あかね書房
世界推理小説全集56（チェスタトン「ポンド氏の逆説」）　昭34・2　東京創元社

エリオット全集2（「寺院の殺人」他）　昭35・5　中央公論社
世界名作推理小説大系6（チェスタトン「ブラウン神父」）　昭35・10　東京創元社
世界文学全集第二集18（ヘミングウェイ「老人と海」）　昭38・1　河出書房新社
世界文学全集第二集2（シェイクスピア「オセロー」他）　昭38・4　河出書房新社
世界の文学1（シェイクスピア「ハムレット」他）　昭38・11　中央公論社
世界の文学44（ヘミングウェイ「老人と海」）　昭39・4　中央公論社
ヘミングウェイ全集7（「老人と海」）　昭39・9　三笠書房
世界文学全集1（シェ　昭40・10　河出書房新社

イクスピア「ハムレット」他）

ヘミングウェイ全集10（「老人と海」）　昭41・2　三笠書房

カラー版世界文学全集4（シェイクスピア「ハムレット」他）　昭42・2　河出書房新社

ポケット版世界の文学14（ヘミングウェイ「老人と海」）　昭42・12　河出書房新社

新潮世界文学1（シェイクスピア「ロミオとジュリエット」他）　昭43・2　新潮社

新潮世界文学2（シェイクスピア「じゃじゃ馬ならし」他）　昭43・3　新潮社

新集世界の文学1（シェイクスピア「ロミオとジュリエット」他）　昭44・1　中央公論社

新潮世界文学44（ヘミングウェイ「老人と海」）　昭45・1　新潮社

新潮世界文学39（ロレンス「てんとう虫」他）　昭45・9　新潮社

少年少女世界の文学1（シェークスピア「ロミオとジュリエット」）　昭46・4　あかね書房

ノーベル賞文学全集20（バーナード・ショー「聖女ジャンヌ・ダーク」、共訳）　昭47・4　主婦の友社

ノーベル賞文学全集24（エリオット「寺院の殺人」）　昭47・8　主婦の友社

チェスタトン著作集1（「正統とは何か」、共訳）　昭48・5　春秋社

新訳豪華決定版ヘミングウェイ全集7（「老人と海」）　昭48・12　三笠書房
世界幻想文学大系12（チェスタトン「詩人と狂人達」）　昭51・6　国書刊行会
河出世界文学大系7（シェイクスピア「オセロー」他）　昭55・11　河出書房新社
河出世界文学大系89（ヘミングウェイ「老人と海」）　昭55・11　河出書房新社
河出世界文学全集2（シェイクスピア「ハムレット」他）　平元・10　河出書房新社
新装世界の文学セレクション36・1　シェイクスピアI（「ハムレット」他）　平5・10　中央公論社
新装世界の文学セレクション36・32　ヘミングウェイ（「老人と海」）　平5・11　中央公論社
新装世界の文学セレクション36・2　シェイクスピアII（「ロミオとジュリエット」他）　平6・8　中央公論社
新・ちくま文学の森13　世界は笑う（シェークスピア「十二夜」）　平7・9　筑摩書房

【文庫】（「翻訳」を含む）
ハムレット（シェイクスピア、解＝中村保男）　昭42・9　新潮文庫
ヴェニスの商人（シェイクスピア、解＝中村保男）　昭42・10　新潮文庫

リア王（シェイクスピア、解＝中村保男）　昭42・11　新潮文庫
マクベス（シェイクスピア、解＝中村保男）　昭44・8　新潮文庫
オセロー（シェイクスピア、解＝中村保男）　昭48・6　新潮文庫
お気に召すまま（シェイクスピア、解＝中村保男）　昭56・7　新潮文庫
オイディプス王・アンティゴネ（ソポクレス）　昭59・9　新潮文庫
私の幸福論（解＝中野翠）　平10・9　ちくま文庫
サロメ（ワイルド、改版）　平12・5　岩波文庫
私の国語教室（解＝市川浩）　平14・3　文春文庫
老人と海（ヘミングウェイ、改版、解＝福田恆存）　平15・5　新潮文庫
夏の夜の夢・あらし（シェイクスピア、改版、題＝福田恆存、解＝中村保男）　平15・10　新潮文庫
リチャード三世（シェイクスピア、改版、題＝福田恆存、解＝中村保男）　平16・7　新潮文庫
ドリアン・グレイの肖像（ワイルド、改版、解＝佐伯彰一）　平16・7　新潮文庫
じゃじゃ馬ならし・空騒ぎ（シェイクスピア、改版、題＝福田恆存、解＝中村保男）　平16・11　新潮文庫
黙示録論（ロレンス、解＝高橋英夫）　平16・12　ちくま学芸文庫
アントニーとクレオパトラ（シェイクスピア　平17・3　新潮文庫

ピア、改版、題＝福田恆存、解＝中村保男）

ジュリアス・シーザー（シェイクスピア、改版、題＝福田恆存、解＝中村保男）　平17・5　新潮文庫

人間・この劇的なるもの（改版、解＝佐伯彰一、推＝坪内祐三）　平20・2　新潮文庫

保守とは何か（編・解＝浜崎洋介）　平25・10　文春学藝ライブラリー

国家とは何か（編・解＝浜崎洋介）　平26・12　文春学藝ライブラリー

私の英国史（文＝福田逸、解＝浜崎洋介）　平27・2　中公文庫

人間とは何か（編・解＝浜崎洋介）　平28・2　文春学藝ライブラリー

本目録は主要著書目録として作成されたものなので、編共著や監修本等は原則として除外したが、重要だと思われるものに関しては＊印を付して【単行本】中に加えた。【全集・選集類】に関しては、代表的なものを除き、その多くを割愛した。また、【文庫】は現在流通しているもののみ掲げた。（　）の略号は、解＝解説、題＝解題、編＝編者、推＝推薦文、文＝文庫化に際して、を示す。なお、『福田恆存文芸論集』所収の「著書目録」に増訂を施した。

（作成・齋藤秀昭）

本書は、レグルス文庫『芥川龍之介と太宰治』（第三文明社刊、一九七七年九月）を元本とし、底本には『福田恆存全集』第一巻（文藝春秋刊、一九八七年一月）を用い、新漢字新かな遣いに改めました。本文中明らかな誤植と思われる箇所は正しましたが、原則として底本に従いました。また底本にある表現で、今日からみれば不適切と思われる表現がありますが、作品が書かれた時代背景および著者（故人）が差別助長の意図で使用していないことなどを考慮し、底本のままとしました。よろしくご理解のほどお願い致します。

芥川龍之介と太宰治

福田恆存

二〇一八年一〇月一〇日第一刷発行

発行者――渡瀬昌彦

発行所――株式会社　講談社

東京都文京区音羽2・12・21　〒112-8001

電話　編集（03）5395・3513
販売（03）5395・5817
業務（03）5395・3615

デザイン――菊地信義

印刷――豊国印刷株式会社

製本――株式会社国宝社

本文データ制作――講談社デジタル製作

定価はカバーに表示してあります。

講談社
文芸文庫

ISBN978-4-06-513299-9

著者	書名	解説等
日本文藝家協会編	現代小説クロニクル1975～1979	川村 湊——解
日本文藝家協会編	現代小説クロニクル1980～1984	川村 湊——解
日本文藝家協会編	現代小説クロニクル1985～1989	川村 湊——解
日本文藝家協会編	現代小説クロニクル1990～1994	川村 湊——解
日本文藝家協会編	現代小説クロニクル1995～1999	川村 湊——解
日本文藝家協会編	現代小説クロニクル2000～2004	川村 湊——解
日本文藝家協会編	現代小説クロニクル2005～2009	川村 湊——解
日本文藝家協会編	現代小説クロニクル2010～2014	川村 湊——解
丹羽文雄	小説作法	青木淳悟——解／中島国彦——年
野口冨士男	なぎの葉考｜少女 野口冨士男短篇集	勝又 浩——解／編集部——年
野口冨士男	風の系譜	川本三郎——解／平井一麥——年
野口冨士男	感触的昭和文壇史	川村 湊——解／平井一麥——年
野坂昭如	人称代名詞	秋山 駿——解／鈴木貞美——案
野坂昭如	東京小説	町田 康——解／村上玄——年
野田宇太郎	新東京文学散歩 上野から麻布まで	坂崎重盛——解
野田宇太郎	新東京文学散歩 漱石・一葉・荷風など	大村彦次郎——解
野間 宏	暗い絵｜顔の中の赤い月	紅野謙介——解／紅野謙介——年
野呂邦暢	[ワイド版]草のつるぎ｜一滴の夏 野呂邦暢作品集	川西政明——解／中野章子——年
橋川文三	日本浪曼派批判序説	井口時男——解／赤藤了勇——年
蓮實重彥	夏目漱石論	松浦理英子——解／著者——年
蓮實重彥	「私小説」を読む	小野正嗣——解／著者——年
蓮實重彥	凡庸な芸術家の肖像 上 マクシム・デュ・カン論	
蓮實重彥	凡庸な芸術家の肖像 下 マクシム・デュ・カン論	工藤庸子——解
花田清輝	復興期の精神	池内 紀——解／日高昭二——年
埴谷雄高	死霊 Ⅰ Ⅱ Ⅲ	鶴見俊輔——解／立石 伯——年
埴谷雄高	埴谷雄高政治論集 埴谷雄高評論選書1 立石伯編	
埴谷雄高	埴谷雄高思想論集 埴谷雄高評論選書2 立石伯編	
埴谷雄高	埴谷雄高文学論集 埴谷雄高評論選書3 立石伯編	立石 伯——年
埴谷雄高	酒と戦後派 人物随想集	
濱田庄司	無盡蔵	水尾比呂志——解／水尾比呂志——年
林 京子	祭りの場｜ギヤマン ビードロ	川西政明——解／金井景子——案
林 京子	長い時間をかけた人間の経験	川西政明——解／金井景子——年
林 京子	希望	外岡秀俊——解／金井景子——年
林 京子	やすらかに今はねむり給え｜道	青来有一——解／金井景子——年

▶解=解説 案=作家案内 人=人と作品 年=年譜を示す。 2018年10月現在

講談社文芸文庫

講談社文芸文庫